Mit Unterstützung des Programms »Kultur 2000«
der Europäischen Union (Éducation et culture)

Titel der Originalausgabe:
Šolen z Brega.
Ljubljana 1997: *cf.

© 2002 Drava Verlag
Satz und Druck: Tiskarna/Druckerei Drava
Klagenfurt/Celovec
www.drava.at

ISBN 3-85435-376-6

Zoran Hočevar

Herr Schühlein von Breg

Roman

Aus dem Slowenischen
übersetzt
von
Erwin Köstler

DRAVA Verlag
Klagenfurt/Celovec

1. Teil
Vlasta

1. Kapitel

Es war Mitte Jänner 1991, als ich nach langem wieder einmal zu Ančka Kujk zu Besuch kam. Ich hatte mich schon seit Juni, Mai nicht gemeldet, ich weiß nicht genau. Auf jeden Fall erschien mir das Sitzen bei ihr nicht so interessant wie die politischen Ereignisse und das Politisieren mit den diversen Straßenbekanntschaften. Wer erinnert sich nicht an die ersten demokratischen Wahlen, an die Lapsus und Streitereien im Parlament?! Wer erinnert sich nicht an Peterle, der Titos Bild abnahm?! Erinnern wir uns, ferner, an die Vereinigung Deutschlands, an die irakische Okkupation Kuwaits, an die »erhabenen und würdevollen Kundgebungen« der Menschen in Serbien, Montenegro und Kosovo für die Erhaltung Jugoslawiens, an die Waffendrohungen gegen Slowenien und Kroatien, an die Flucht der Touristen von der Adria, an die herbstliche Balkanrevolution der »Bloßhändigen und Hilflosen« im Hinterland Dalmatiens, und schließlich, vergessen wir nicht das Referendum für die slowenische Unabhängigkeit, an dem wir uns am 23. Dezember 1990 so massenhaft beteiligten! Eine fundiertere Analyse verlangte jetzt natürlich von mir, all die Gründe zu nennen, warum wir Slowenen so stur aus Jugoslawien drängten, doch ich habe dafür nicht genügend Platz, denn die Sache ist gar nicht einfach. Eine detailliertere Analyse verdiente auch der zeitgleiche slowenische Kampf für die Erhaltung Jugoslawiens. Auf dem Referendum setzten wir uns daher die Frist von einem halben Jahr: wenn Serbien mit Milošević an der Spitze und die Bundesarmee bis Juni 1991 nicht von der gewaltsamen Wiederherstellung der Verhältnisse in Jugoslawien Abstand nehmen, wird Slowenien definitiv unabhängig! ... Wer erinnert sich nicht an die Parole, daß alle Serben in einem Staat leben müssen? Wer erinnert sich nicht, warum Slowenien seine Polizisten aus dem Kosovo abzog? Und nicht zuletzt, erinnern wir uns, was für Sorgen wir um unsere Burschen in der Jugoslawischen Volksarmee hatten! ... Madonna, da ist so viel, daß mir schon schwindlig wird! ... Auch nach dem Referendum gab es noch viele Ereignisse, sowohl in Slowenien als auch in Kroatien und anderswo, doch scheuchte der Winter mit seinen Feiertagen und dem konstanten Jännerfrost die Straßenpolitikaster hinter den Ofen und in die Familiennester. Naja, wie jeden. Ich, der ich allein lebe, erinnerte mich, wie gesagt, Mitte Jänner an Ančka, die Witwe nach meinem Freund Pepček Kujk, und beschloß, mich für eine halbe Stunde oder so an ihren Tisch zu setzen.

Vor Ančkas Tür hockte ein Kater. Oder eine Katze. Was weiß ich. Alles in allem, ich zog ein Gesicht. Ich hasse diese Bestien. Und die Leute, hm, wie die Leute halt sind: läßt du dich ein zwei Tage nicht blicken, finden sie sich schon eine Katzengesellschaft.

Ich klopfte. Nichts. Keine Antwort. Ich ging über den Laufgang zum Küchenfenster und sah über den Vorhang hinein. Das einzige sich bewegende Ding war der Sekundenzeiger an der elektrischen Wanduhr. Sie zeigte zehn Uhr sechzehn. Nun, und in diesem Moment kam Ančka mit einem Bartwisch in der Hand aus dem Schlafzimmer. Ich klopfte an die Scheibe, und sie sah mich. Reaktion gleich null. Sie ging einfach ins Vorzimmer weiter. Da streifte ich mir vor der Tür die Schuhe ab. Sie waren zwar praktisch sauber, aber trotz allem.

Ančka machte auf und sagte:
»Ist doch offen!«
Dann drehte sie sich einfach um und ging in die Küche. Der Kater flitzte ihr nach, ich aber zog im Vorraum den Mantel aus, hängte ihn auf, holte mein Taschentuch heraus und schneuzte und reinigte mir eingehend die Nase, all das zu dem Zweck, sie zu strafen, weil sie mich allein ließ. Doch aus der Küche kam kein Laut. Ich sagte:
»Richtiger Jännerfrost!«
Nichts. Ich legte das Tuch zusammen und steckte es ein. Sie hätte mich wenigstens fragen können, ob mir der Fuß eingeschlafen ist oder so. Dann trat ich ein.

Aber Ančka war gar nicht in der Küche. Ich hörte sie im Schlafzimmer. Sie machte die Fenster zu, lärmend und mit Sinn für Theater. Klar, ich war zu lange nicht da gewesen.

Dann zeigte sie sich.
»Setz dich. Was stehst du herum.«
Verglichen damit, wie sie war, als ich sie das letzte Mal sah, hatte sie mindestens zehn Kilo zugenommen. Ich mag nicht, wenn die Leute sich gehenlassen. Ich bin, klar, immer derselbe. Ich setzte mich auf die Bank am Fenster. Von dort übersieht man den Raum am besten. Nebenbei prüfte ich, ob es unter den Fensterflügeln zog. Es zog nicht. Ich sprach:
»Wie geht's dir so, Ančka?«
Kann man in der gegebenen Situation etwas Dümmeres von sich geben? Darum kam auch keine Antwort. Ančka fuhr mit der Hand in das

Schränkchen über der Abwasch und sagte hinein:
»Trinkst du einen?«

Zwar bin ich kein Liebhaber von gebrannten Getränken, doch manchmal, hin und wieder, bin ich für ein, aber nur für ein Gläschen zu haben. Ich gestehe aber, daß Zigaretten meine Leidenschaft sind. Äh, Leidenschaft ist ein zu starkes Wort. Ich rauche bis zu fünfzehn am Tag.

Ančka schenkte zwei Gläschen ein. Alles war schön auf einem gezähnten Tablett aus Kristallimitat arrangiert. Ich bedauerte, daß ich nichts Süßes dabei hatte, aber was soll's, ich bin's nicht gewöhnt. Wir stießen an.

»Zum Wohl, Schühlein!« sagte Ančka.

Der Name klebt an mir, weil ich immer braune Halbschuhe trage. Auch im Winter, wenn es trocken ist, so wie jetzt. Wenn die Schuhe schon nicht neu sind, achte ich darauf, daß sie wenigstens immer so aussehen. Übrigens schone ich sie nicht, weil ich von Natur aus Fußgeher und in dieser Disziplin eine echte Kapazität bin. Außerdem meine ich, daß man Schuhe auch auf den Sohlen pflegen muß, wenn sie aus Leder sind – und aus Leder müssen sie jedenfalls sein. Ich bin nämlich ein Stadtmensch. Schuhe mit Gummisohlen sind Alpinistengerümpel. Trotz der offenen Provokation reagierte ich auf den »Schühlein« nicht.

»Zum Wohl!« sagte ich.

Ich kippte meinen, Ančka hingegen ihren nicht. Sie drückte das Gläschen in der Hand und sah mich durch ihre die Augen abnorm vergrößernden Dioptrien an.

»Was ist denn?« sagte ich.

Ein Weilchen beäugte sie mich noch, dann aber sagte sie:

»Wo warst du denn ein ganzes Jahr?«

Ich schnappte. Der Angriff war erwartet, doch übertreiben muß man trotzdem nicht. Noch ehe ich aber etwas antwortete, servierte sie mir noch einen:

»Und auch zu Neujahr warst du nicht da!«

»Du hast doch eine Karte von mir gekriegt!« brauste ich auf.

»Eine Karte!« sagte sie. »Sind wir nicht in Ljubljana? Ich leb doch nicht irgendwo in der Gottschee!«

Jetzt nippte sie doch ein wenig Schnaps, wahrscheinlich überzeugt, es verdient zu haben. Ich sagte, daß sie natürlich in Ljubljana lebt, daß aber Ljubljana auch kein Krähwinkel ist! Und wann hab ich zu Neujahr Besuche gemacht? Nie! Und ich mach das auch nicht! ... Nun, dann versteifte sie sich auf meine ewigen Streifzüge durch die Innenstadt, diese Gewohnheit von mir, von der ich überzeugt bin, daß sie sie lächerlich findet und für die sie und Frau Zlatka, ihre beste Freundin, über mich lästern, was das Zeug hält.

»Wenn du jeden lieben Tag auf den Markt gehen kannst, könntest du dich nicht wenigstens dann und wann mal noch die zweihundert Meter in die Streliška herbemühen?!«

»Was heißt zweihundert«, sagte ich. »Bis zu dir sind's mindestens vierhundert!«

»Und das ist zu viel für dich?!«

Im Grunde macht mir auch ein Kilometer nichts aus. Ich hatte keine Lust, zu ihr zu gehen, das ist es. Auch nach Pepčeks Tod war ich noch jahrelang regelmäßig zu Gast gewesen, doch in der letzten Zeit waren an meinem Ausbleiben nicht nur die Ereignisse in Jugoslawien schuld.

Im Ernst, ich war bei Ančka viel zu oft auf die erwähnte Frau Zlatka gestoßen, die einen dicken Strunk von Rumpf und extrem dünne Beine hat, um die sich Strumpfhosen oder Strümpfe winden wie Därme. Doch das ist nicht das Unappetitlichste an ihr, sondern dies: die ehemalige Finanzbeamtin zwitschert gern mal einen, und dann hält sie sich für einen Experten in allen Fragen, rechtlichen, ökonomischen und politischen. Außerdem ist sie ganz gelb von Tabak, übers Gesicht aber hängt strähnenweise dunkelgelbes und abgeschundenes Haar. Was ich ihr im Grunde nicht einmal vorwerfen könnte; durchaus aber werfe ich ihr ihre Schlampigkeit vor, die nur den Zustand unseres Klimas in der allgemeinen Krise hervorstreicht. Von der ganzen Frau Zlatka respektiere ich nur die Füße. Frau Zlatka trägt Männerschuhe Nr. 46! Diese Dimension von ihr schokkiert mich immer aufs neue. Zwar dünken mich meine Sohlen in perfektem Verhältnis zu meiner Größe, ich tauschte aber glatt mit ihren, denn große Füße sind vielleicht eine der Voraussetzungen für seelische Stabilität, für die Überzeugung vom eigenen Recht. Und davon habe ich entschieden zu wenig. Obwohl, nun ja, auf der anderen Seite klar ist, daß übertriebenes Selbstbewußtsein der Dummheit entspringt.

»Den Markt wirf mir bloß nicht vor«, sagte ich und stellte mich beleidigt. Eine Blödsinnigkeit. Ich hätte das Thema radikal wechseln müssen. Ančka nagelte mich sofort fest:

»Du weißt genau, daß ich dir den Markt nicht vorwerfe.«

Sie sah mich durch diese dicken Gläser an. Sie würde nicht lockerlassen. Ich frage mich oft, wa-

rum es in der Diplomatie sozusagen keine Frauen gibt. Heuchlerisch bohrte sie nach:
»Warst du etwa krank?«
»Nein. Seh ich aus, als wär ich krank gewesen?«
»Du bist irgendwie dünner.«
»Ich bitte dich, Ančka!«
Schon vierzig Jahre wiege ich achtundsechzig Kilo. Konstant. Wohl aber hätte *ich* ihr ihre lockeren achtzig vorhalten können, und so eine Debatte wäre mir gerade recht gekommen. Trotz ihrer heiklen Seiten, wäre sie auch für Ančka durchaus akzeptabel gewesen, doch ich will mich nicht übers Gewicht unterhalten. Davon hatte ich schon mit Minča, meiner Exfrau, genug. Die ewigen Diskussionen über Diäten! Ich verstehe nicht, sie pappeln und naschen so gern, werden monate- und jahrelang dick, lassen allem die Zügel schleifen, und dann möchten sie in einer Woche das ganze Fett loswerden beziehungsweise *jenes* wieder zurück! Doch *jenes* gibt es nie mehr, wenn mich jemand fragt. Na, wir hielten uns sechs Jahre aus. Dann heiratete sie wieder, irgendeinen Ingenieur. Sie ist aber kürzlich gestorben. Sie hat sich mit dem Auto umgebracht, dem Mittel, das sie sich so wünschte und das ich ihr, als wir noch zusammen waren, nicht zu kaufen erlaubte. Im Partezettel stand, daß sie ein edles Herz hatte. Wieder etwas Neues für mich.
Jetzt fiel es mir ein:
»Aber, haben wir uns nicht in der Zeit, die ich nicht bei dir war, sogar zweimal getroffen?«
»Oh, gleich zweimal haben wir uns getroffen! Schauschau! Gleich zwei ganze Nullmal haben wir uns getroffen! Und wenn nicht? Es wär ohne das auch gegangen!«

»Jetzt Himmeldonnerwetter«, sagte ich, »wie kannst du ... Hab ich dich nicht auch auf einen Kaffee eingeladen?!«

Den Kaffee erwähnte ich, weil ich gerade Ančka zuliebe und nur ihretwegen in diese Kaffeebar gegangen war. Und das, bitteschön, ich, der ich im höchsten Maß das Geldverpulvern gerade in diesen kleinen Cafes hasse, die in letzter Zeit aus dem Boden schießen wie die Schneeglöckchen nach der Schmelze. Wenn also ich in eine Kaffeebar gehe, ist das ein Opfer von meiner Seite, und ich will, daß es beachtet wird!

Kurz, ich explodierte. Ančka starrte mich überrascht an. Ihre Augen wurden nicht nur groß und noch größer, sie begannen ihr sogar auseinanderzufließen. Sie bekam auch eine rote Nase. Dann nahm sie mit einer raschen Geste die Brille ab, zog ein zerknülltes Tuch aus dem Sack und rieb sich anschließend die Augen damit. Es war klar, sie würden rot davon werden und das ganze ergäbe dann eine prächtige Szene. Das fehlte mir gerade, hier die verweinte alte Freundin Ančka zu umarmen und ihr die nassen Locken hinter die Ohren zu fingern!

»Glaubst du, Žani, mir würde ein wenig Liebe schaden? Glaubst du, das würde mir schaden?«

Ich erstarrte. Sollte ich das als rhetorische Frage nehmen? Madonna, es sah nicht aus, als ginge es um eine rhetorische Frage! Ich lachte nervös.

»Hehe, ganz sicher nicht. Wem würde es schon schaden?«

Du Teufel du! Machte ich damit nicht unvorsichtig auf mich aufmerksam und bot mich geradezu an? Sie aber schaute auch so beschwörend, daß ich mich, wäre ich der Richtige gewesen, sofort auf ihre Knie hätte setzen müssen. Etwas in mir kommandierte: »Lauf weg!« Und doch, wie soll ein Mensch, reif und gleichsam an der Schwelle des Lebensherbstes, einfach aufstehen und seiner alten Vertrauten die Fersen zeigen? Auf der anderen Seite aber sprach etwas zu mir, ich sollte doch etwas tun. Ich mußte ihr ja nicht gleich die Wäsche vom Leib reißen. Vielleicht küsse und drücke ich sie nur ein bißchen, streichle sie ein bißchen und sage ein paar Worte ...

Alle diese Gedanken durchliefen mich freilich in ein paar Sekunden. Normal, daß ich nicht eine halbe Stunde wie ein Kretin neben ihr saß und ihr beim Gesichterschneiden zusah.

Und ich entschied mich. Ich griff nach ihrer Hand, die auf dem Tischtuch lag, und tätschelte sie.

»No-no-no!«

Und rechnete damit, etwas zu bewirken. Ančka aber, als hätte sie kein Gefühl, machte noch immer mit dem Tuch an den Augen herum. Sie sagte:

»Es würde mir wirklich nicht schaden. Weiß Gott, nein.«

Sie stützte die Faust mit dem Taschentuch unters Kinn und fixierte mit geschwollenen Augen die Wand überm Tisch, wo drei Reproduktionen in Miniaturrahmen hängen. Auf der einen Seite das Meer mit der sinkenden Sonne, auf der anderen die Alpen in prächtigen Farben, auf der dritten aber sehen wir einen rustikalen Balkon in Blumen, von dem ein Mädchen im Dirndl zu jemandem breit hinunterlacht, der den Hut einfach so in die Luft hält.

Da hob ich mich leicht, nahm sie um die Schultern und drückte ihr, ohne in Betracht zu ziehen, daß sie vor Verwunderung die Augen aufriß, einen auf die feiste Backe. Schma-atz!

»No«, sagte ich, »no ...«

Ančka aber, wenn sie schon dabei war, gaffte mich weiter an. Was jetzt?

Doch urplötzlich heiterte ihr Gesicht sich auf. Wirklich wahr. Und der Arm mit dem Tüchlein in der Hand fiel wie ein Fabriksschlot auf den Tisch.

»O du Žani«, sagte sie, »gib schon Ruh!«

Und schob mich neckisch weg, ein wenig errötet. Ich nahm wieder Platz. Ančka setzte wieder die Brille auf, erhob sich fidel und ging zum Sparherd. Evo, es bestand keine Gefahr mehr. Ich hatte die Kurve gekratzt.

»Du magst doch einen Kaffee, oder?«

Und stellte einfach zu. Wieder war alles in Ordnung zwischen uns. Naja, in Ordnung. Wenigstens eine Sache legten wir ad acta. Nie mehr aber wird zwischen uns diese Nähe sein wie früher. Naja, Nähe ... Etwas Außergewöhnliches war es sowieso nie. Etwas, das einen innerlich ganz zufriedenstellt, sicher nicht. Mit dem Rücken zu mir sagte sie:

»Hast du den Schwerhörigen gesehen«, sagte sie, »wieviel Geld er sich genommen hat?«

Damit meinte sie den serbischen Präsidenten und achtzehn Milliarden Dinar Primäremission. Die Affäre war vor ein paar Tagen ausgebrochen. Ich griff zu:

»Was bleibt ihm denn anderes übrig? Im Grunde können wir uns wundern, daß er nicht noch mehr genommen hat. Die Gelddruckerei ist ja wohl in Belgrad, und man weiß, wer dort der Chef ist. Er wird alles für Löhne und Pensionen in Serbien rausschmeißen, zahlen wird ganz Jugoslawien!«

»Geld für Pensionen rausschmeißen ist keine schlechte Idee«, sagte Ančka.

»Aber die direkte Folge so eines Handelns ist Inflation!« belehrte ich sie. »Wenn wieder die Hyperinflation ausbricht, wird es für Slowenien das Beste sein, sich sofort abzuspalten!«

Nun stimmte Ančka zu:

»Ja, diese Inflation, das stimmt! Daß aber jeden Tag die Preise gestiegen sind, das war das Schlimmste! Aber jetzt hab ich am meisten vor diesem Krieg in Arabien Angst.«

Sie dachte an den Irak und die Bombardierung dieses Staates durch das Bündnis, die eben begonnen hatte. Ich winkte ab.

»Vergiß es, Ančka, dort ist für uns überhaupt keine Gefahr. Die größte Gefahr droht uns von der Sowjetunion. Alle fürchten sich vor ihrem Zerfall. Litauen ist sozusagen schon frei. Gut. Aber wenn es so weitergeht und wenn der Prozeß nicht gelenkt wird, kann es sogar zum Atomkrieg kommen, oder wir werden Millionen und Millionen Flüchtlinge am Buckel haben. Gefährlich ist die Sowjetunion aber auch, wenn sie nicht zerfällt. Du weißt doch, Serbien und die jugoslawische Armee stützen sich auf die Russen. Ferner sind die Systeme dort und hier noch immer sozialistisch, und Slowenien ist immer noch in der SFRJ. Die Sowjetunion hat strategische Interessen auf dem Balkan. Und schließlich: Russen und Serben vereinigt der orthodoxe Glaube. Wie die Katholiken ihren Vatikan in Rom haben, so haben die Serben ihren in Moskau. Die Serben mit Milošević an der Spitze hätten gern, daß Jugoslawien ganz bleibt, und natürlich unter ihrem Kommando. Und Rußland hält ihnen bei diesen Plänen die Stange. Ich sage dir, Ančka, wenn uns jemand zum Verhängnis wird, sind es die diversen Vatikane!«

Ančka stellte den Kaffee auf den Tisch und sagte:

»So ist's auch wieder nicht, nein. Die Vatikane. Es ist doch nur so, daß immer ohne Glauben warst und auch bleibst.«

Es war zu dumm, um es ernst zu nehmen.

»Ohne Glauben, natürlich. Und du? Wann warst denn du zuletzt in der Messe?«

Und Ančka antwortete mir nichts dir nichts:

»Zu Weihnachten. Ich war in der Mette.«

Ich schnappte.

»Was?«

»Zur Mette geh ich jedes Jahr. Weißt du das nicht?«

»Ich hör es zum ersten Mal!«

»Seit Pepček tot ist, geh ich dann und wann in die Messe. Ich tu es, weil ich mich erinnere, wie es war, als ich in meiner Jugend in die Kirche gegangen bin.«

Ich setzte mich und beobachtete sie. Ich bin Atheist, so wie seinerzeit Pepček. Hier hatten wir über Religion nicht einmal geredet. Und Pepček hatte als Kommunist und Marineoffizier in Pension ein ziviles Begräbnis bekommen.

»Naja«,, sagte ich, »ich versuch dich zu verstehen. Naja, jetzt, wo kein Sozialismus mehr ist ...«

»Ich weiß, was du mir sagen willst«, unterbrach mich Ančka. »Aber ich bin nicht wie diese Rozika, die so rot war, daß sogar du vor ihr weggerannt bist, und jetzt ist sie ganz in Peterle verliebt.«

Ich hatte genug von all dem.

»Soll sein!« sagte ich und sah auf die Uhr. Bald zwölf. Um zwölf bin ich für gewöhnlich schon daheim und beginne mit dem Essenmachen. Ich stand auf.

»Ančka, es tut mir sehr leid, aber es wird Zeit für mich.«

Ihr Gesicht wurde nazarenisch lang.

»Wie, du willst schon gehen? Warum bleibst du nicht zum Essen bei mir? Ich mach uns ein Hühnerrisotto.«

Ich zog mich zur Tür zurück. Ich mag keine Konvertiten.

»Jaaaa, woher denn! Grad heute hab ich mit alten Kollegen ein Treffen beim Mrak. Das ist Tradition, und es ist absolut unmöglich, denk ich, wenigstens solange wir ...«

Ich log, klar. Ančka fuchtelte vor Zorn mit den Händen.

»Das gefällt mir aber nicht, Žani! Das gefällt mir wirklich nicht! Jetzt bin ich wütend auf dich! Jetzt in dieser Kälte willst du zum Mrak!«

»Kälte hin oder her! Einmal muß ich hier weg. Im Grunde aber wohne ich auch dort in der Nähe, du weißt ja. Naja, ich weiß nicht, ob du's weißt. Du bist noch nie bei mir gewesen.«

»Hör schon auf!« sagte Ančka bereits äußerst mißlaunig. »*Ich* werde bei einem ledigen Mann Besuche machen!«

»Bei wem denn, wenn nicht bei einem ledigen«, versuchte ich ihre Laune zu heben. Aber es ging nicht. Ich war schon angezogen, als ihr etwas einfiel. Ich wußte gleich, es würde etwas Widerwärtiges sein.

»Du wirst das eins zwei drei erledigt haben. Du bist so geschickt.«

Es ging um ein großes Farbfoto von Josip Broz – Tito, unserem verstorbenen Marschall (Format

100 x 70 cm), das Pepček um 1964 herum unter Glas und in einen rot lackierten Rahmen gab. Wir sehen darauf den Marschall in Marineuniform, gestützt auf die Reling eines Kriegsschiffs und zu fernen Horizonten blickend. Das Bild hing Jahre und Jahre im Wohnzimmer neben dem Fernseher, und wenn ich mich recht erinnere, hing es dort noch nach Pepčeks Tod 1981. Es war wirklich übertrieben dimensioniert, doch Pepček muß man verstehen. Obwohl sie ihn 1954 noch recht jung und ehrgeizig plötzlich im Fregattenkapitänsrang pensionierten und ihm damit ein unverzeihliches Unrecht zufügten, schaffte er sich ein Marschallporträt in Marineuniform an. Eine gewisse Beziehung zu seinen beruflichen und weltanschaulichen Idealen mußte er doch aufrechterhalten. Pepčeks Revolte aber zeigte sich darin, daß er nie mehr ans Meer mochte; nein, er kam nicht einmal mehr in die Nähe des Meers. Nicht einmal nach Koper.

»Ich kann ihn nicht mehr sehen«, sagte Ančka. »Ich möchte dich bitten, ihn auf den Boden zu tragen.«

In der Tat, seltsame Winde wehten in diesem Haus. Ich sagte:

»Warum denn?«

Im Grunde stellte ich eine dumme Frage. Wäre ich der Besitzer des Porträts gewesen, ich hätte es schon längst auf den Boden getragen! Ich hätte sie fragen müssen, warum erst jetzt und was sie dazu ermunterte, doch ich traute mich nicht. Und wie die Frage nicht die richtige war, so war auch die Antwort nicht die richtige.

»Oh, du kannst ihn dir auch mit heim nehmen, wenn du willst!«

Mit der Stange öffnete ich die Tür in der Dekke des Vorraums und zog die Klappleiter zu Boden. Dann trug ich das schwere fürchterlich große Bild hinauf.

Auf dem Dachboden war nichts Besonderes. Das durch die Luke fallende Licht erhellte keine Kristalluster, ausgemusterten Persianer, Stühle aus geschnitzter Eiche und wertvollen chinesischen Vasen. Da waren zwei emaillierte, abgeschlagene, ineinandergesetzte Nachttöpfe, drei eingedrückte Kartonschachteln, einige ausgetretene Schuhe, ein Haufen wurmstichiger Latten und ein durchlöcherter Rucksack. Der Raum und die Gegenstände waren somit ohne jede Spur der Noblesse, die der Marschall so geliebt hatte. Ich stellte ihn an einen Balken und stieg runter.

Ančka und ich verabschiedeten uns im guten Ton, doch kühl. Ich geh nicht mehr zu ihr.

2. Kapitel

Ich ging nicht zum Mrak, klar, sondern nach Hause, auf den Breg. Der Breg ist kein Hang oder Hügel. Breg ist eine vornehme Straße im älteren Teil Ljubljanas. Breg bedeutet Gestade, denn es handelt sich um eine Straße, die auf der einen Seite zur Ljubljanica hin offen ist. Hier wohnte Baron Zois, hier hatte Blaznik seine Druckerei, hier wohnte Ivan Tavčar, und ihre Häuser stehen immer noch. Ich habe ein Buch mit einer Zeichnung aus dem 18. Jahrhundert. Auf ihr ist der Breg genau gleich wie heute. Der Großteil der Häuser hat drei Stockwerke, so auch »meines«. Jedes Stockwerk dieses Hauses sieht mit vier Fenstern auf den Fluß. Meine Wohnung ist ganz oben.

Wenn wir meine Fenster von der Straße aus sehen und beim linken beginnen, ist hinter den ersten beiden das *kleine* Zimmer, das ich schon ein paar Jahre an Studenten vermiete, hinter den anderen beiden, die weiter auseinander sind, aber ist das *große* Zimmer, mein Hauptraum. Daran anschließend, wenn wir in die Tiefe gehen, habe ich eine offene Küche, und dahinter das Bad.

Die Sache wird jedem sonnenklar, der den beiliegenden Grundriß meines Anteils am dritten Stock studiert, weil ich aber wünsche, daß das ganze mehr Leben hat, werde ich erzählen, wie es war, als ich von dem Besuch bei Ančka kam. Zuerst fand ich unten im Hausgang einen Brief im Kasten, adressiert an Tone Šonc, den Studenten, der bei mir wohnt, der aber im Augenblick auf Semesterferien war. Na, ich werde diesen Brief nehmen, sagte ich, und hinauftragen, damit er nicht hier den ganzen Monat vor sich hinfault. Šonc war nämlich seit ein paar Tagen weg. Dann stieg ich die hölzerne und breite Treppe hinauf in den dritten Stock. Wenn du oben bist, ist links ein großes Bogenfenster, der Zugang zur Pawlatsche und der Eingang in die Piškur-Wohnung, geradeaus und rechts aber erstreckt sich ein beträchtlicher Flur mit einem Bretterboden. Geradeaus sind einige belanglose Türen, hinter denen niemand wohnt. Der Raum wird von einem Gastbetrieb als Lager benützt. Rechts, wo der Flur am geräumigsten ist, bin ich, beziehungsweise meine Wohnung. Ich habe zwei Türen. Die erste führt in den Vorraum und weiter in den Hauptteil der Wohnung, und die zweite, tiefer im Flur, ist die Tür zum kleinen, zum Studentenzimmer.

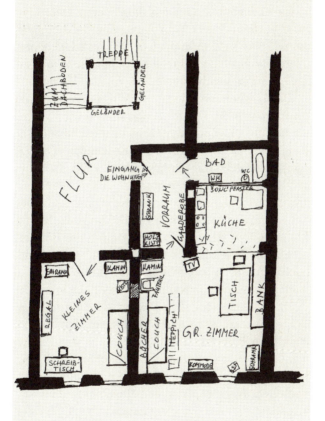

ULICA BREG

Zuerst holte ich bei mir den Schlüssel zum kleinen Zimmer, und fast legte ich den Brief schon auf Šoncens Schreibtisch, da ritt mich die Neugier. Von wo wird ihm nur geschrieben? Die Marke war französisch, und auf dem Stempel war klar zu entziffern: Paris. Aus Paris! Ohoho! Ich gebe zu, ich war beklommen. Ich bin praktisch noch nirgends gewesen. Und wahrscheinlich komme ich nie irgendwo hin.

Dafür aber habe ich eine Wohnung, die mir wunderbar paßt. Das große Zimmer mißt 5 x 5 m. Wenn ich aus dem Vorraum hineinkomme, ist gleich rechts hinter der Tür der Kamin, niedrig, breit, dann folgt die Tür zum kleinen Zimmer, die, seit ich es vermiete, von beiden Seiten zugenagelt und dazwischen mit Isoliermaterial vermacht ist, dann kommt die Couch, mein Schlafplatz, in den Regalen über der Couch aber stehen die Bücher, nichts als Belletristik, etwas über tausend Bände. Nicht viel, aber ausschließlich schöne Romane. Kein Schund, keine Krimis. Leider habe ich nicht viel neue Literatur. Die Bücher sind nämlich in letzter Zeit ziemlich teuer, und wenn sich bei mir irgendein Kundera findet, ist er aus der Bücherei. Hinter der Couch ist ein Kästchen, doch kein Nachtkästchen. Derlei halte ich nicht aus. Nachtkästchen, Nachttöpfe, Wärmflaschen und andere ans Alter erinnernde Gegenstände warf ich nach Mamas Tod 1985 raus. Zwischen den Fenstern steht die Kommode, und im Eck, links vom linken Fenster, der Kleiderschrank. Dann kommt etwas freier Raum, dann eine zwei Meter lange und an die Wand geschraubte Bank, davor der Tisch und zwei gewöhnliche Stühle, und dann setzt sich das Zimmer schon in den Küchenraum fort. Eine Küche wie eine Küche. Da gibt's nichts weiter zu sagen, bloß der Boden ist aus alten honigfarbenen Keramikfliesen mit Rand und Ornament. Das Bad mit dem Klo liegt hinter der Küche. Es ist so lang, wie die Küche breit, und man kommt aus dem Vorraum hinein. Noch vor ein paar Jahren war es der furchtbarste Raum im Haus, jetzt aber ist es das nicht mehr. Es hatte nämlich nicht die kleinste Luke und war trotz Licht, Keramikfliesen und Hygiene im Grunde finster wie das Mittelalter. Dann aber löste der Student des Bauwesens Šimec aus Semič, einem Ort irgendwo hinter den Bergen, dieses Problem.

Ich will erzählen, wie es war.

Als er zum ersten Mal zu mir kam – es war im Juni vor dreieinhalb Jahren – und sich das Zimmer ansah, das ich vermiete, führte ich ihm auch noch das Bad mit dem WC vor, auf das er als Untermieter ein Anrecht hatte. Ich ging hinein und zeigte ihm die Waschmaschine, erklärte, wo auf dem Spiegelbord seine Sachen stehen würden, ich zeigte ihm auch die neue Klobrille – aber er ging nicht weiter als bis an die Tür. Er stand dort und spähte nur seltsam. Es war, als zeigte ich ihm, aus welchem Loch die Ratten kriechen, aus welchem die Molche, und von wo der Blutige Baron seine Hände hineinstreckt!

»Entschuldigung bitte«, sagte er, »was haben Sie denn auf der anderen Seite dieser Wand?«

»Die Küche«, antwortete ich mechanisch. In jenem ausschließlich meinem Gebrauch vorbehaltenen Teil der Wohnung waren wir noch nicht gewesen, und ich beabsichtigte ihn ihm auch nicht zu zeigen. Ich sagte: »Warum interessiert Sie das?«

Da trat er rasch ein und klatschte mit der flachen Hand auf die Wand über den Fliesen.

»Evo!« sagte er und trat zurück.

Ich freilich beäugte ihn mißtrauisch.

»Ich hab mir gedacht«, sagte er, »es wär vielleicht gescheit, ein Fenster in diese Wand zu machen, so, über den Fliesen, wenn geht, bis zur Decke. Sie beschaffen das Fenster, ich setz es Ihnen ein. Die Wand ist dünn. Kein Problem.«

Mir standen, normal, die Haare zu Berge. Nein, nein, sagte ich, ich plane nichts in dieser Richtung, ich werde doch nichts einreißen, wo denn, ich bitte Sie und so weiter.

»Finden Sie das Bad nicht grausig? Schauen Sie, Sie bieten mir ein so schönes Zimmer an, und auch sonst sind die Bedingungen in Ordnung, und das Bad ist ein solcher Jammer! Kommen Sie, ich setz Ihnen das Fenster umsonst. Und ich leg Ihnen noch einen Abzug!«

»Wie?! Wohin?!«

Im Vorraum gleich neben der Badtür ist ein Rauchfang, den eine Eisentür verschließt. Dieser Teufelsstudent, dem hinsichtlich unserer Bude gleich alles klar war, nahm den Pflock raus, machte auf und sagte:

»Sehen Sie!«

Und da war etwas zu sehen. Auf dem Ziegelboden des Rauchfangs, der nach der seltsamen Logik von Umbauten über Jahrhunderte in diesem Stockwerk beginnt, waren eine Schachtel voll verstaubter Einweckgläser, ein paar Plastikkanister, Töpfe, ein zerrissener Korb, eine kaputte Kartoffelpresse und eine Mausefalle mit einem Stück Käse. Was wird er sich denken?

Er dachte sich nichts. Er nahm die Schachtel und stellte sie raus. Dann stieg er hinein und sagte:

»Hab ich mir's doch gedacht!«

Wir wechselten uns ab, und obwohl ich von klein auf weiß, ein wie großes Loch zwischen diesen dicken Mauern und durch den hohen Dachboden aufsteigt, kam mir die Gänsehaut. Phänomenal! Grandios!

»Was haben Sie denn in der Küche an dieser Wand?« fragte er.

»Nichts. Praktisch nichts.«

Warum antworte ich ihm überhaupt auf solche Fragen, dachte ich mir. Die Idee mit dem Fenster war wirklich nicht schlecht, jeder klassische Vermieter aber kann erraten, was in diesen Momenten mein Gehirn okkupierte. Nämlich: ist es während des baulichen Eingriffs und nach einer solchen Arbeit, die der Untermieter gemacht hat, überhaupt noch möglich, bei einer Guten-Tag-Auf-Wiedersehen-Beziehung zu bleiben? Ich bin mit keinem im Haus familiär, und am wenigsten wünsche ich es mit dem Untermieter zu sein! Und wie soll ich mich schließlich zu ihm verhalten, wenn er arbeitet? Was ist mit Essen, Trinken? Außerdem werde ich wahrscheinlich auch mit der Miete heruntergehen müssen! Soll ich ihn einfach bezahlen? Am besten wäre, alles zu lassen, wie es ist. Keine Änderungen! Aber wenn ich ihn nach einem so großzügigen Angebot nicht einmal in die Küche lasse, bin ich ein Schwein.

»Nun«, sagte ich, »sehen Sie es sich an.«

Wer in meine Wohnung eintritt, drückt seine Begeisterung aus. Auch Šimec war keine Ausnahme. Besonders gefiel ihm das Parkett. Normal. Das Parkett ist aus dem vorigen Jahrhundert. Es besteht aus quadratischen Kassetten im Format 40 x 40 cm, und jedes Quadrat setzt sich aus vier verschiedenen Arten Holz und vier Formen von Klötzen zusammen. Das Parkett ist natürlich in beiden Zimmern das gleiche. In diesem Raum gefiel Šimec am besten die warme Atmosphäre und der Einlaß zur Küche. Hier ist alles offen, nur am Plafond ist ein dicker Balken und eine Halbsäule seitlich.

»Hier könnte auch ein Bogen sein«, sagte Šimec, »aber es ist auch so in Ordnung.«

»Ganz in Ordnung«, beeilte ich mich, »ganz in Ordnung!«

Tatsächlich aber war es das nicht. Oder doch, ich weiß nicht. Unter der Decke sammelte sich, wenn ich kochte, besonders gewisse Sachen, der stinkende Dunst, und der Balken versperrte dem Dunst den Weg ins Zimmer. Ich weiß nicht, na. Für das Wohnungsklima wichtiger schien mir das einst bestehende Loch in der Decke überm Sparherd, durch das sich der Dunst auf den Boden verzog. Doch scharten sich, was wieder schlecht war, im Winter die verdammten Katzen an diesem Loch und jagten einander. Nun, dieses Loch war bei Šimec' Einzug schon weg. Es war von den Leuten, die den Dachboden ausbauten, zugestopft worden. Sie flickten es oben, und ich dann noch unten.

Šimec stellte sich vor die Wand, die ans Bad stößt.

»Sehen Sie, das Fenster muß hier sein. Nicht hoch, sondern breit. Sie werden bestimmt etwas Passendes finden.«

Ich schwankte schon. Ich konnte es mir schon irgendwie vorstellen. Als er mir aber noch das

Abzugsrohr erwähnte und wie er es in den Rauchfang leiten würde, begann mich die Sache zu interessieren. Dann schrieb er mir auf, was er brauchte. Sand, ein Gitter, eine Schaufel ... Er schrieb mir auch seine Adresse auf. Wenn ich alles hätte, sollte ich mich melden.

Es war Sommer, die ideale Zeit für eine Adaptierung. Ich will sagen, wie ich zum Fenster kam. Atika aus der Križevniška sagte mir etwas von jemandem in der Salendrova ulica, einem »alten Jusuf«. Der hätte alle Arten von Material. Er sammelte es für den Schwarzbau im Hof, sollte eine Reparaturwerkstatt für alles haben, was man ihm brachte, jetzt aber würde von dem nichts bleiben, weil die Gemeinde beschlossen hatte, das ganze Karree zu sanieren. Hier wird es so sein, wie es früher einmal war, beziehungsweise komplett anders.

Ich suchte mir diesen Jusuf. Ich fand ihn im Hof des Hauses Nr. 4, das heute schon generalsaniert ist und in dem ganz neue Mieter wohnen. Er stand vor einem Holzschuppen, drückte in der Hand einen Tschik und musterte mit halb geschlossenen Augen einen umfangreichen, mit drei Ziegeln unterlegten gußeisernen Ofen. Als ich ihn fragte, ob er Jusuf sei, erwiderte er mißmutig, ja. Als ich ihn fragte, ob er ein Fenster von der und der Größe hätte, nickte er nur. Schau an, dachte ich mir, Millionen Mal bin ich ihm begegnet, und nicht ein einziges Mal ist er mir wichtig erschienen, dabei hat er schon wer weiß wie lange ein Fenster für mich! Dann ging er auf den schlottrigen Holzschuppen zu. Mir wurde kalt. In was sich ein Holzprodukt verwandelt, wenn man es in einem solchen Raum aufhebt, ist bekannt. Doch nein, er sperrte ihn nur zu. Er winkte mir, und wir stiegen hinauf in den ersten Stock. Dort öffnete er irgendein Gelaß und es war wie Sesam öffne dich. Massenhaft Gerümpel. Bretter, Türen, Dachpappe, Isolierung, was man will. Sogleich erblickte ich ein dreifaches Fenster, zwei Meter lang und siebzig Zentimeter hoch, wie für mich gemacht. Die Flügel öffneten sich an der Seite, waren doppelt verglast, und alles sah solide gearbeitet aus. Gebrauchtware zwar, aber in Ordnung.

Ich zog eine kritische Grimasse.

»Hm, es ist fast ein wenig zu groß.«

Ich befühlte es, strich mir und rümpfte die Nase. Ich klopfte auf das Holz, packte und schüttelte es. »Es kommt mir nicht fest genug vor.«

Ich suchte Kratzer, Knoten und Schludrigkeiten. Aber es gab nichts dergleichen.

»Tja«, sagte ich sauer, »die Griffe sind aus Plastik.«

Doch trotz allem wurden wir einig. Jusuf sagte den Preis, ich drückte ihn ein wenig, und dann nahmen wir jeder das Fenster an seinem Ende und trugen es in einem Zug in meine Wohnung. Es waren volle zweihundert Meter plus die Zusatzanstrengung die Stiege hinauf, aber für uns eine Kleinigkeit.

Ich schenkte zwei Gläschen Schnaps ein, blätterte ihm das Geld hin, dann stießen wir an, diskutierten ein wenig, und der Bursche ging.

Als alles beisammen war, schrieb ich Šimec in die Bela krajina. Die Arbeit dauerte nur ein paar Tage. Šimec setzte das Fenster zwischen Bad und Küche, legte das Rohr für den Dunstabzug und montierte einen Ventilator im Bad. Dann sagte ich zu ihm:

»Herr Šimec, lassen Sie uns abmachen, daß Sie mir für zwei Monate nichts zahlen.«

Das machte zweihundert Mark. Er ging nicht darauf ein. Er sagte, es sei nicht der Rede wert, und er sei getröstet, keine klaustrophobischen Zustände mehr zu haben. Wenn auch Sie mit der Lage zufrieden sind, sagte er, kann ich Ihnen also gleich einmal zahlen. Ja, ich war zufrieden. Das Bad war jetzt zwar kein so heller Raum, daß man ohne Glühbirne die Zeitung hätte lesen können, es verschmolz aber auf alle Fälle mit den übrigen Räumen. Eine Zeitlang hielt ich alle drei Teilfenster weit offen, bis die jahrhundertealte Feuchtigkeit getrocknet war, und die Schlaglichter der äußeren Welt vertrieben aus ihm alle Gespenster und seltsamen Empfindungen. Šimec war dann drei Studienjahre bei mir. Mit ihm gab es keinerlei Probleme. Wir pflegten nur den allernötigsten Umgang. Die gemeinsamen Ausgaben, die es im Zusammenhang mit Brennholz, Miete, Wohnungsputz und der Stromrechnung gab, erledigten wir immer postwendend und ohne den geringsten Streit.

Er erriet jedoch, daß ich engere Kontakte fürchtete. Darum brachte er mir aus jener Weinregion nie auch nur einen Liter Wein oder sonst etwas Hausgemachtes mit. Er ging mit mir um, wie er vermutete, daß es mir am meisten entsprach. Und mir als echtem Ljubljančan liegt es natürlich nicht in der Natur, um ein freundliches Wort oder was auch immer zu betteln. Als er schließlich ging, atmete ich fast auf, denn Šimec war trotz seiner Jugend ein äußerst gefestigter Mensch. Ich weiß nicht, er war, als nähme er alles irgendwie leicht, doch er machte alles besser als ich. Eine solche Natur macht mir Angst. Jetzt, wo er weg und dieser Šonc da ist, der mir in seiner Zurückhaltung viel zu ähnlich ist, denke ich gar zu oft an Šimec, und es tut mir sehr leid, daß wir uns nicht besser kennengelernt haben.

Von dem Besuch bei Ančka kam ich in die warme, schon am Morgen geheizte Wohnung zurück. Mit brachte ich ein Häuptel Endivie und eine Kalbsleber. Die Kalbsleber ist vielleicht die einzige, der man trauen kann. Rinder werden nicht so expreß gefüttert, darum folgere ich, daß ein Junges noch nicht mit den diversen Mitteln gefüllt sein kann. Die Zubereitung meines Essen begann ich nicht mit dem Schneiden der Leber. Zuerst stellte ich ein paar Kartoffeln zu. Dann kam die Endivie dran. Nun, und wie allen, außer extrem hohlköpfigen Menschen unentwegt allerlei Gedanken im Kopf herumjagen, so während der Zubereitung des Essens auch mir, und mir stellte sich eine komplizierte Frage. Warum hatte ich es abgelehnt, bei Ančka zu essen, und warum hatte es mich dort eigentlich fortgezogen?

Für den Anfang gestand ich mir ein, daß die Antipathie, die ich Frömmlern gegenüber empfinde, nur ein Vorwand zum Fliehen war. Vor wem oder was also war ich geflohen?

Ich könnte einfach sagen, daß ich immer ein wenig launisch war, oder anders formuliert, ich erlaubte mir öfter einmal eine Handlung, für die geradezustehen mir nicht wert erschien. Das war irgendwie mit mir vereinbar. Aber heuer werde ich sechzig! Ich bin nicht mehr jung! Tue ich etwas Seltsames, verdankt es sich jetzt wohl keiner jugendlichen Laune mehr, sondern wahrscheinlich schon mehr dieser anderen, kindischen!

Ich bitte um Entschuldigung, vielleicht werde ich es nicht gut sagen können, doch bei Ančka hatte mich das Gefühl gepackt, daß wir alt und weg vom Fenster sind und alles Wichtige ist schon vorbei. Ich will nicht, daß es dreckig klingt, doch Ančka und ich hatten uns nach Pepčeks Tod hie und da gern ein wenig gedrückt, aber dann, nun, als sie etwas von Liebe sagte ... Nicht daß ich so große Angst vor Ančka an sich hätte, und auch die Gefahr war ja dann bald vorbei ... Aber zu dem Gefühl, daß die Hauptsache gelaufen ist, kam noch die Frage, warum ich mich demnach überhaupt hier exponiere! ... Wenn sie mir alt und wenn mir alles verbraucht erscheint ... Kurz, mir schien, ich sei trotz meiner sechzig doch noch zu jung für diese Zweisamkeit und das Gejammer des Alters. Entschieden zu jung! Was habe ich bisher überhaupt erlebt! Und selbst was ich erlebt habe, war von lauter Fehlern begleitet! Wie viele Fehler! – und keinen habe ich ausgebügelt! So packte mich also bei Ančka das schlechte Gewissen, die Hastigkeit, das Gefühl, alt zu sein, und zugleich das Gefühl, noch jung zu sein, das alles packte mich – und?! Was machte ich? Noch einen Fehler! Ich rannte im unrichtigsten Moment von Ančka fort!

Ganz recht, daß sie mir diesen Marschall auflud!

Wieder hatte ich Schaden verursacht. Und nicht nur einen! Mir, Ančka und Pepček! Und das, weil ich sogar in diesem Alter noch unreif bin! Und nur, weil ich unreif bin, wird Ančka ihr Risotto allein in ihrem Dachsbau essen, und bei ihr wird niemand sein, der ihr wenigstens sagte, daß der Reis eine Spur zu weich ist ...

Ich richtete mir den Salat und das Kartoffelpüree. Ich briet die Kalbsleber so, wie ich sie am liebsten habe, mit stark gebräunter Zwiebel und gemahlenem Paprika. Aber es ging nicht. Ich hatte keinen Appetit.

3. Kapitel

In wirklich unauslöschlicher Erinnerung aber ist mir das Mittagessen bei meinem Freund Milček ein paar Tage später geblieben. Nicht so sehr wegen des Essens selbst als wegen Milček, der mein letzter echter Freund war und der sich als einmalige Persönlichkeit mit zahlreichen menschlichen Eigenschaften noch am selben Tag von dieser Welt verabschiedete.

Menschliche Eigenschaften zu haben ist nichts Besonderes. Auch der roheste Mörder und Sadist ist ein Mensch, und zwar ein Mensch, der die Eigenschaft hat, verkommen zu sein. Doch zahlreiche menschliche Eigenschaften, und darunter keine, für die einen andere fürchten müßten, hat nur selten wer. Milček Cesar – Mali war mein ehemaliger Chef in meiner letzten Arbeit. Er war ein großer dunkelhaariger Kerl, ein echter Gigant, aus Brežice oder dort irgendwo. Ich weiß nicht genau. Wie schon gesagt, alles außerhalb Ljubljanas halte ich für ferne Exotik. Milček blieb nach dem Krieg in Ljubljana, hier fand er sich eine Arbeit und eine Frau. Mit der Arbeit hatte er Glück (soweit das ich, der ich keine mochte, beurteilen kann). Er blieb die ganze Zeit bei der Finanz und kam schön langsam hoch. Mit der Frau aber hatte er kein Glück. Naja, sie zogen zwei Söhne groß, doch in der Menopause drehte sie durch, und seither ist sie in Polje. Milček ging sonntags zu ihr, doch es war, als sähe er in einen abgeschalteten Fernseher.

An diesem Tag aßen wir bei Milček daheim ein Gulasch aus Pferdefleisch. Ein Gulasch nach seinem Rezept ist extrem stark. Der gemahlene Paprika darin ist ausschließlich scharf, das Fleisch aber wird nicht in Wasser, sondern in Rotwein geköchelt. Die Kümmel-, Knoblauch- und Majoranmengen sind dreimal so groß wie normal. Knoblauch verhackte mein goldiger Milček eine ganze Knolle, und das, bitte, für zwei Personen! Die Pfefferonis aber mußte ich ihm aus der Hand reißen, und wir stritten uns. Ich mußte auch um das Recht auf einen Salat kämpfen, und das, obwohl ich ihn selbst kaufte, zubereitete und aß. Milček war ein kulinarischer Barbar, ein Liebhaber lauter starker Sachen, jeder Art von Fleisch, Speck, Salami, Würsten, Bohnen, Pfefferoni, Pfeffer und Zwiebel. An diesem Tag rechnete ich ihm als Plus nur an, daß er das Gulasch nicht staubte, aber er rieb ein halbes Kilo Erdäpfel hinein.

Während er diese Delikatesse zubereitete, erklärte mir Milček – er wäre heuer 74 geworden – welche Zustände in seiner Familie herrschten. Einer seiner Söhne ist in Koper beim Zoll, das ist der Jüngere und nicht Verheiratete, und der andere lebt in Maribor und hat mit seiner Frau vier Kinder, lauter Buben. Seine Frau Jolanda hat einen religiösen Hieb und glaubt dem Papst alles, was er über Verhütung redet.

»Schau«, sagte er und zählte an den Fingern, obwohl er nichts aufzuzählen hatte; das war ihm von der Arbeit geblieben. »Meine Frau ist verrückt, obwohl es nie irgendwelche Anzeichen gegeben hat. Aber wenn es einmal Jolka erwischt, Jolka, die jetzt schon bescheuert ist, dann werden meine Buben dort arm sein!«

Milček trank während des Essens Rotwein aus seinem Heimatort. Dort, daheim, hatte er einen befreundeten Pfarrer, mit dem zusammen er bei den Partisanen gewesen war.

»Aber jetzt ist er schon unter der Erde«, erzählte Milček. »In den Büroräumen hat er die Bilder von Tito und Papst zusammen hängen gehabt. Die zwei Bildchen, sag ich dir, Žani, eins am andern! Und jetzt erzählen die Christlichen dir, daß wir Partisanen ein rotes Heer waren. Hör doch auf!«

Milček trank einen Wein mit Natron und klopfte sich auf den Bauch.

»Das frißt dir ja den Magen durch«, sagte ich. »Solltest du nicht lieber das Ernährungsregime etwas lockern?«

Er sah mich tief an. Wirklich, manche kriegen das fabelhaft hin. Sie sehen dich tief und nachdenklich an, und du, wenn du nicht aufpaßt, nimmst das als Ausdruck der Achtung vor deiner Person. Weil ich keine oberflächliche Pfeife bin, weiß ich, daß Milček mich glatt überhörte. Im Grunde gab er mir zu verstehen, ich solle ihn in Ruhe lassen. Weil ich aber ernsthaft um seine Gesundheit besorgt war, blieb mir nichts übrig, als es ihm noch einmal zu sagen, wenn ich auch wußte, daß Milček, wenn er aufgebracht war, gern das Besteck auf dem Tisch herumschmiß. Und ein aufgebrachter Milček war eine reguläre Erscheinung. Aber ich beharrte:

»Mit der Ernährungsweise, wie du sie praktizierst, lieber Milček, wirst du nicht weit kommen. Das bringt dich um.«

Jetzt hörte er mich. Auf einmal war er entsetzlich gekränkt. Er richtete die Gabel auf mich und sagte: »Weißt du was, Schühlein. Solang ich in meinem Alter noch die meisten Zähne im Kopf hab, du aber in deinem mit der Prothese auf Salatblättern klepperst, gibst du mir keine Lehren!«

Und warf in höchster Erregung die Gabel hin. Schühlein sagte er fast nie zu mir. Was aber die Prothese betrifft, übertrieb er stark. Ich habe nur ein paar Brücken. Soviel zur Klarstellung, ist aber nicht wesentlich.

Ich hörte auf. Dann sprachen wir über Politik.

»Aber warum«, sagte ich, »bringen die Amerikaner diesen Saddam Hussein nicht um, wenn er ihnen schon auf die Nieren geht? Sie wissen doch in jedem Moment genau, wo er ist. Sie haben doch Satelliten, die alles sehen! Mit Saddams Tod wäre der Krieg sofort aus!«

Milček sagte:

»Wie kannst du so gescheit sein?! Natürlich wäre er aus! Weißt du überhaupt, was sich den Amerikanern seit dem Vietnamkrieg in den Lagern an Granaten und Bomben zusammengeläppert hat? Wo sollen sie sie denn verwenden?! Und noch was: wenn sie Saddam mit einem Direktschlag umbringen, scheißen sich alle Diktatoren an. Wer macht dann noch Stunk?«

»Neben dir komm ich mir so blöd vor!« sagte ich. »Und was denkst du über die Raketen, die auf Israel fallen? Wenn die Amerikaner also Saddam nicht umbringen wollen, dann sind im Grunde sie es, die Israel bombardieren. Stimmst du zu?«

Milček ging in die Defensive:

»Was weiß ich. Dort sind mehrere Eisen im Feuer. In Wahrheit wissen wir hier nichts. Hat einer von unseren Journalisten gesagt, warum die Amerikaner wegen Kuwait so aus dem Häuschen sind? In Ordnung, Erdöl, aber, hat einer die Beziehungen global analysiert? Nein! Nicht einmal Jurij Gustinčič hat etwas Gescheites gesagt!«

»Vielleicht unterliegt er der Mediensperre«, sagte ich so, aus Spaß, dahin. Milček griff es auf: »Hast du den Eindruck?!«

Mit Begeisterung schenkte er sich wieder ein. Er wollte auch mir einschenken, doch mein Glas war voll, und zwar schon eine Weile. Wir tranken guten Wein, doch vor Milček war es nicht klug, zu zeigen, daß dir etwas paßt, denn er war fähig, dich darin zu ertränken. Er wäre bis zum Äußersten gegangen. Mit meiner relativen Enthaltsamkeit hielt ich irgendwie auch ihn bei der Stange. Er war so ereifert, daß er sich selbst die Antwort gab:

»Genau, er hält sich an die Mediensperre, wie alle diese Journalisten, die amerikanischen, englischen, jüdischen, alle! Hast du bemerkt, daß Gustinčič ein irgendwie jüdisches Gesicht hat? Ist er nicht wie Kissinger?«

Idiotisch. Gustinčič ein Jude! Naja, und auch wenn. Gustinčič achte ich. Ich winkte ab. Milček weitete illuminiert die Augen und erwartete von mir ... was weiß denn ich. Wohl nicht, daß ich ihm gratulierte.

»Siehst du ihn nicht? Hast du's nicht bemerkt? Wo siehst du denn hin? Du gaffst wahrscheinlich nur deinen Terček an!«

»Warum denn Terček?« sagte ich, fürs erste noch ruhig.

»So halt«, sagte Milček und versuchte sich ins Glas zu vertiefen.

»Na, sag«, drängte ich, »was hab ich mit Terček?«

»Nichts!« sagte Milček. »Es ist nicht lange her, da geh ich auf dem Gehsteig hinter einem wie du, und ich sag mir, schau, da ist Žani, und fast hab ich dich schon gepackt, dann aber schau ich doch ... da, und es war Tomaž Terček! Von vorn seid ihr euch ja nicht ähnlich, aber eine gewisse Ähnlichkeit gibt es schon. Na, ich weiß nicht ...«

Er hatte sich gründlich verrannt. Ich zündete mir eine Zigarette an und sah aus dem Fenster. Milček tätschelte meine Hand.

»Du wirst doch deswegen nicht beleidigt sein, Žani. Hör doch auf.«

Freilich bin ich dünn und nicht eben groß, doch dieser Vergleich erschien mir ausgesprochen oberflächlich.

»Entschuldige, no«, sagte Milček. »Ich hab nichts Schlechtes gedacht.«

»In Ordnung«, sagte ich. Milček war einer der seltenen Menschen, die es schaffen, sich zu entschuldigen. Fürwahr eine Ausnahme. Doch ich kann manchmal ausgesucht widerlich sein. Ich sprach:

»Warum entschuldigst du dich überhaupt? Terček ist ein ganz patenter Mensch.«

Verlangte ich von Milček zu viel? Er starrte mich an. Dann lachte er, und man sah es richtig, wie sehr er bemüht war, nichts zu sagen. Darum sagte er:

»Stimmt ja. Dem fehlt nichts.«

Jetzt sah auch er aus dem Fenster, zu anständig, um das Thema zu wechseln. Ich hätte es tun müssen. Doch ich sagte:

»Warum entschuldigst du dich dann?«

Milček brach augenblicklich los und donnerte so mit der Faust auf den Tisch, daß alles hüpfte. »Weißt du was!« schrie er. »Piesack mich nicht! Frag dich selbst, zum Teufel, was dir nicht paßt! Warum setzt du mich unter Druck, ich soll es dir sagen, wenn du es selber weißt! Wenn du es nicht wüßtest, hättest du kein Gesicht gemacht! Ich mach da nicht mit. Bei mir ist alles richtig! Ich bin zufrieden!«

Im Grunde hatte er recht, obwohl er mit diesem *zufrieden* unklar blieb. Wahrscheinlich wollte er sagen, er sei mit sich selbst zufrieden. Natürlich, er hatte auch einige Gründe dafür. Wenn sich die Frage stellte, wer von uns dem Begriff *ganzer Kerl* näherkäme, entschiede sich jeder für Milček. Aber nicht nur wegen der Korpulenz. Milček hatte ein komplettes Leben hinter sich. Er hatte eine schwere Jugend, überlebte den Krieg als aktiver Partisan, zog Kinder groß und brachte sie durch die Schule, blieb seiner Frau treu bis zum Schluß, liebte die Arbeit und das Vergnügen ... Milček war eine dionysische, anmaßende Natur, ein stürmisches Temperament und ein für die eigenen Bedürfnisse vollkommen freier Mensch.

»Also in Ordnung«, sagte ich sarkastisch, »gratuliere.«

Was für ein Abschied würde das heute noch werden? Dabei war nicht Milček problematisch, o nein, das paßt mehr auf mich!

»Ich hab sagen wollen, daß du dünn bist«, sagte Milček plötzlich. »Du bist dünn und machst einen irgendwie mageren Eindruck, das ist alles. Eigentlich wirkst du unglücklich. Erlaub dir das wirklich nicht. Sei nicht so unglücklich.«

Mein goldener Milček! Damit, daß er erneut die strittige Sache aufnahm, wollte er sagen, daß er nichts Schlechtes dachte. Ich glaubte ihm, doch den unglücklichen Eindruck würden wir erörtern.

»Ich bin nicht unglücklich«, sagte ich finster.

»Das weiß ich doch!« rief Milček und hob die Flasche. »Ohoho! Du bist doch wirklich nicht unglücklich. Du tust nur so. Da!«

Doch mein Glas war, wie gesagt, die ganze Zeit voll. Ich trank kurzerhand nicht. Wie sollte ich mich sonst des ewigen Nachschenkens erwehren? Milček beäugte mich, als wäre ich krank. Ich mußte das Glas nehmen und trank den halben Wein mit schön gepreßten Lippen und mit Gefühl, sodaß der heimische rote Bizeljsko dünn einsickerte und mir Zunge, Gaumen und Kehle fein benetzte. Bei aller Achtung vor Milček wage ich zu sagen, daß er ihn nie so gründlich schmeckte. Ein anderer Mensch, ich sag's ja.

Als ich das Glas auf den Tisch stellte, füllte es Milček sofort wieder bis zum Rand und darüber.

»Warum nicht trinken!« sagte er und schenkte auch sich ein. »Wo er doch so gut ist! Zum Wohl! Und mögen wir uns schon endlich einmal aus dieser Krise wursteln!«

Er wollte mich dazu bringen, umgehend noch einen zu trinken. Wir alle wünschten uns nämlich schon lange ein Ende der Krisen des jugoslawischen politischen Systems.

»Zum Wohl«, sagte ich. »Du trink nur. Ich werd noch ein wenig warten.«

Milček sah auf.

»Auf wen willst du warten? ... Weißt du was, Žani, ich versteh dich ja, du wünschst mir alles Gute. Aber ich sag dir: denkst du, ich sauf mich an, wenn ich allein bin? Nie! Jetzt trink ich ... danach aber nicht.«

Ich hob das Glas, und wir stießen an. Milček ist mein wahrer Freund, sagte ich mir. Jetzt tut es mir leid, daß ich ihm das nicht laut sagte. Aber immerhin etwas: ich trank den Wein ganz aus. Klar, er schenkte mir gleich wieder ein. Und sagte:

»Wo waren wir stehengeblieben?«

Ich wußte es, aber ich war still. Milček erinnerte sich:

»Aha, beim Fernsehen ...«

Und sah mich an. In diesem Moment erinnerte er sich, daß er sich daran nicht hätte erinnern dürfen. Ich half ihm:

»Wir haben über Journalisten geredet, die nichts wissen!«

Milček breitete dankbar die Arme aus.

»Ergo! Fernsehen und Zeitung, alles ein Dreck! Sag mir, Žani, wer bringt einen Kommentar zusammen, der dir die Dinge besser erklärt, als du sie dir selbst schon hast? Niemand!«

»Warum denn? Kovač in der Mladina, Jež im Delo ...«

»Wirklich? Dir gefallen also die schwarzen Propheten? Na, Geschmackssache. Aber etwas stimmt: heute ist man besser auf dem laufenden als im alten Regime. Früher haben sie uns die Scheiße einfach verschwiegen. Und nicht nur die daheim, sondern auch die draußen.«

»Aber jetzt ist es schon schlechter als vor den Wahlen, die wir die ersten demokratischen nennen. Jetzt schreien die Journalisten schon jeder für seine Partei. Vor den Wahlen war mehr Objektivität.«

»Findest du?« sagte Milček. »Du täuschst dich. Alle haben sich nur bemüht, auf der richtigen Seite zu sein. Nicht nur die Journalisten. Alle! Aber am meisten ihr Roten! Und jetzt nach den Wahlen *seid* ihr auch auf der richtigen Seite! Im Arsch! So! Aber wegen euch wird noch viel Scheiße passieren. Schau die in Serbien an ...«

Mich packte der heilige Zorn.

»Red keinen Blödsinn, Milček! Kommunisten, Kommunisten! Was erzählst du das mir?! Was kannst du mir vorwerfen? Ich hab das satt!«

Ich übertrieb. Ich ließ mich hinreißen. Milček aber zwinkerte süß. Ich war offenbar in die Falle gegangen. Ich mußte es ins Spaßige drehen.

»Ich hab nur die Zahl derer vergrößert, wegen denen die Partei der Fortschrittlichen zur Partei der Durchschnittlichen wurde. Was denkst denn du!«

Milček nickte und strich sich mit der Hand über den Magen.

»So, ja. Aber Kučan ist nicht dumm. Es heißt, daß Milošević von allen Leuten in Jugoslawien ihn als einzigen fürchtet.«

»Warum sollte er nicht, beide sind zähe Parteiapparatschiks. Kučan ist intelligent, ehrgeizig, hat gute Nerven und ist fähig, so lange in einer Versammlung zu sitzen, bis alle umfallen.«

Milček sah mich mit einem Lächeln an.

»Du magst ihn nicht. Denkst, er arbeitet nur für sich.«

»Nur für sich, Milček. Meinst du, das, was er tut, tut er aus Liebe zu dir oder mir?«

»Auf solche Details läßt er sich wahrscheinlich wirklich nicht ein. Du wirst aber zugeben, Žani, daß er viel Nützliches und Gutes für uns getan hat!«

»Seltsam, du liebst ihn so, und bist ihm noch nicht auf der Straße begegnet und hast auch nicht mit ihm geredet!«

Milček pflichtete bei.

»Ich bin ihm nicht begegnet, stimmt. Was soll's. Vielleicht könnten wir als Menschen nicht einmal miteinander. Es geht darum, daß es zwischen Politikern trotzdem große Unterschiede gibt. Ambitioniert sind alle, aber Kučan hetzt nicht zur Gewalt. Das ist elementar. Du wirst wohl nicht sagen, daß du auf Kučan als Politiker nichts gibst!«

»Ich geb schon was auf ihn, aber darum geht's ja nicht. Es geht darum, daß er die Politik macht, die ihm die meisten Punkte bringt!«

Milček lehnte sich in diesem Moment zurück, drehte die Augen zur Decke, und die Hand drückte er sich aufs Herz. Ich wollte ihm diesbezüglich etwas sagen, doch er überholte mich:

»Das heißt, Žani, du würdest eine Politik machen, die dir keine Punkte bringt?«

Als er aber das gesagt hatte, stand er rasch auf, so rasch, daß er wegen seiner Leibesfülle fast den Tisch umwarf, und ging durch den Gang aufs Klo. Aha, dachte ich mir, aha! Geschieht dir recht! Ich war aber auch wütend, weil Milček das Gespräch genau in dem Moment unterbrach, in dem er mir einen Dämpfer aufsetzte. Jetzt waren wir praktisch fertig, denn Milček, wenn er einmal am Klo verschwindet, kommt nicht so leicht wieder raus!

Ich sah automatisch auf den Wecker, der auf der Kredenz stand. Fünf nach halb drei. Milček wäre gut für die Verhandlungen in Belgrad! Er kippte vor die Hegemonisten eine Schubkarre enigmatischer Insinuationen und ginge aufs WC!

Dreiviertel drei. Ich blickte im Raum herum. Bei Milček sieht man Möbelstücke, an die man sich woanders nur mehr erinnert, und nicht einmal mit Nostalgie. So eine Kredenz fände man vielleicht nur mehr irgendwo in Lukovica. Man merkt, daß die Hausfrau dauerhaft abwesend ist. Milček hat offenbar keinen, der ihm sagte, er solle das Ambiente ein wenig modernisieren. Besuchen ihn seine Söhne nicht?

Ich trat mit dem halben Glas Wein zur Abwasch und füllte mit Wasser auf. Das Gulasch machte mich durstig, puren Wein aber darf ich nicht zu viel. Wenn es kein heimischer ist, schon gar nicht. Ich hätte Probleme. Man ist leicht ein lustiger Kerl, wenn man einen Magen hat, wie ihn einige haben!

Der INS-Blechwecker zeigte schon fast drei. Er machte zwik-zwok-zwik-zwok-zwik-zwok, und mich wunderte, daß ich das nicht schon früher gehört hatte. Wie kann man so lange in einer Küche hokken und ein derartiges Geschepper nicht hören? Die Erscheinung ist übrigens häufig. Zuerst hörst du etwas nicht, dann aber, wenn du es hörst, fragst du dich, wie lange dieser unerträgliche Lärm noch dauert. Auf der anderen Seite ist es aber sehr gut möglich, daß mich das Gehör schon verläßt, anfangs nur zeitweilig. In meinem Alter ist schon eine große Wahrscheinlichkeit für alle Arten von Anomalien. So hatte ich etwa Milček zu sagen vergessen, wen mir Ančka aufgepackt und wohin ich ihn getragen hatte, an diverse Erlebnisse aus der Kindheit erinnere ich mich dafür problemlos. So weiß ich den Tag noch, als mir bewußt wurde, daß jeder einmal sterben muß. Ich erzähle einfach, wie es war.

Es war genau so eine Zeit. Jänner. Aber mit viel Schnee und schwerem Frost. Einmal etwa um neun in der Früh kam ich mit meiner Mama von irgendwo. Mama trug in der einen Hand einen Strohzöger, mit der anderen zog sie mich hinter sich her. Ich war vielleicht drei. Als wir zu unserem Haus kamen, am Breg natürlich, dort bin ich auch geboren, stand draußen ein Gendarm und stampfte mit den Fersen. Das Haustor stand weit offen. Der Gendarm sah in den Flur und sagte, wir sollten schnell raufgehen. Mama sagte Jesusmaria, worauf wir ganz schnell eintraten und zur Stiege tief im Hausflur gingen. Wir gingen, trotzdem bemerkten wir, daß am Ende des Korridors, der an der Stiege vorbeiführt, etwas geschah. Dort ist die Tür in den Hof, und fremde Typen drängten sich durch. Ich bekam Angst, Mama aber hielt auf der ersten Stufe. Später lernte ich sie näher kennen, und heute weiß ich, daß sie an so etwas Interessantem bestimmt nicht vorübergegangen wäre. Sie trugen einen erfrorenen Bettler an uns vorbei. Er hatte ein teigiges Gesicht, weiß, ohne Haar, und ganz ohne Augen, alles war irgendwie eingedellt. Er war in einer seltsam gewinkelten Pose. Und sie waren gerade auf unserer Höhe, da trat einer der beiden hinteren Männer auf seinen Mantel, und der Bettler knüppelte zu Boden. Die unter die Gürtellinie gepreßten Arme rührten sich überhaupt nicht, und die Beine blieben angezogen. Er war wie gefrorenes Straubgebäck.

Mama sah sich satt und trug mich bis zum Podest.

Daheim löcherte ich sie mit Fragen, was mit dem Onkel sei. Nichts. Er sei krank. Dann gab sie es zu. Daß er tot war. Klar, ich wollte wissen, was das heißt. Daß er nicht mehr lebte. Natürlich, wenn wir einmal bei diesem Punkt waren, fragte ich, ob auch sie sterben würde. Ihr Eingeständnis dieser rohen Wahrheit traf mich natürlich schwer. Sie saß auf dem Stockerl, und ich wühlte ihr meinen Kopf in den Schoß und heulte und beschwor sie, zu sagen, sie werde nicht sterben. Dann sagte sie es doch, sie werde nicht. Es war wirklich widerlich. Sie schob die Antwort lange hinaus und sie streichelte mich auch nicht. Aber wenn ich je Trost brauchte, damals brauchte ich ihn! Heute weiß ich, daß sie einfach keine Lust hatte, darüber zu reden.

Zwik-zwok-zwik-zwok-zwik-zwok ...

Es geht schon auf viertel vier, und Milček ist noch nicht fertig. Wenn das kein starkes Stück ist! Wenn er allein daheim ist, soll er auf der Muschel sitzen, soviel er will, von mir aus ganze Tage, da mische ich mich nicht ein; aber jetzt, wo er einen Gast bei sich hat, jetzt müßte ihm eine halbe Stunde genügen, und mag er noch so interessante Dinge lesen!

Da sah ich auf dem Kühlschrank seine Lesebrille. Ich ging schnell zur Klosettür. Ich räusperte mich und rief ihn:

»Milček! Hallo!«

Keine Antwort. Stille, wirklich die eine, taube. Der Wecker war bis hierher zu hören.

Zwik-zwok-zwik-zwok-zwik-zwok ...

Ich fühlte, daß mein Herz stehenblieb.

»Heh, Milček!«

Dann sagte ich:

»Wenn du dich nicht meldest, Milček, komm ich einfach rein! Ich hab Angst, daß etwas nicht stimmt, weißt du!«

Dann öffnete ich die Tür.

4. Kapitel

Aufs Begräbnis ging ich, zur Grube aber nicht. Es interessierte mich nicht, wie diese Tischlerarbeit, geschmückt nach einem seltsamen Brauch mit papierenen Goldfedern, eingescharrt wurde. Im Grunde stand das alles mit Milček in keinem Zusammenhang. Generell hat der Mensch als betriebsame Kreatur mit Totengräberei und Bestattungswesen nichts gemein. Ich hielt mich mehr im Hintergrund, trat nebenbei noch an Mamas Grab, doch um Milček war mir so weh, daß ich keine richtige Stimme zusammenbrachte, wenn ich irgendeinen gemeinsamen Bekannten traf.

Es zog mich recht bald fort von Žale. Ich ging zu Fuß zurück; einmal, weil mir das Fußgehen im Blut liegt, zum zweiten, weil es mir nötig schien, mir unseren täglichen Beton und die gefrorenen Gärten auch für Milček anzusehen, der vielleicht noch nicht ganz im Jenseits war, und ich verließ mich darauf, daß Milček, während sein Leichnam unter dem Ballast aus Schotter, Erde und dem Dreck der diversen Organismen lag, wenigstens jetzt, direkt nach dem Tod, vielleicht eine Zeit noch mit meinen Augen schauen und mit meinem Gehirn erleben konnte.

Trotzdem schon die Dämmerung sank, hatte ich es nicht eilig nach Hause. Ich aß im Restaurant, und zwar einen Eintopf. Dann trug mich die Angst vorm Alleinsein ins Kino, und dort liefen eineinhalb Stunden die Bilder und der Lärm einer mir unverständlichen Zivilisation vor mir ab. Ich sage ja nichts, ich liebe Filme, und noch lieber hatte ich sie früher einmal, aber dieser hier war extrem daneben. Und dann ging ich noch zu

Ervin, zu dem ich sonst selten gehe, und ich weiß auch genau, warum das so ist, aber ich sagte mir: *Ich gehe*, kein lebendiger Mensch kann quälender sein als ein Toter, über den man nachdenkt! Außerdem hatten Ervin und Milček sich nicht gekannt. *Ich gehe*, sagte ich, wir werden wenigstens nicht über Milček sprechen. Doch das Unglück rastet nicht. Bei Ervin war es wie in einer Gruft. Ervin ist sonst schon nicht interessant, daheim, in Gegenwart seiner Greta aber traut er sich keinen Mucks zu machen. Von ihm hatte ich nichts, von Greta aber mußte ich alle paar Augenblicke einen Krapfen nehmen. Wir sahen fern und ... naja, das ganze war nichts. Dann aber erstarrte ich. Sie zeigten diesen Zastava-Film über die finsteren Pläne des kroatischen Verteidigungsministers Špegelj. Die Beziehungen zwischen der jugoslawischen Armee und der kroatischen Regierung waren damals sehr gespannt. In Zagreb errichteten die Leute vor den Kasernen Lastwagenbarrieren, damit keine Panzer auf die Straße konnten. Belgrad beschuldigte und drohte, woran es sich nicht alles erinnere! Und jetzt führten sie uns diesen Film vor, der Špegelj in kcinem schönen Licht zeigt. Vielleicht ist alles wahr, vielleicht handelt es sich um eine Montage ... Ich neigte mich gleich vor und gaffte, so interessant war das, da aber – tsk ...

Ervin drückte auf die Fernbedienung und wechselte das Programm!

Es hätte mir fast die Luft genommen. Ervin und Greta, das sind Krapfen, Pudding, Himbeersaft, Bussis und Watte in den Ohren! Aus Höflichkeit wartete ich noch fünf Minuten, dann aber adijo! Den Krapfen, den sie mir mitgaben, warf ich in den Müll. Daheim schaltete ich gleich den Fernseher ein, doch das Programm war überhaupt nicht mehr interessant. Das Wichtigste war schon vorbei. Einzig um Mitternacht herum erschien Špegelj persönlich und sagte, der Film den wir gesehen hatten, sei eine schmutzige Montage.

Nervös und zerrüttet drehte ich den Empfänger ab und ging in Gedanken über den Haß, die Hetzer und die plumpen Kroaten ins Bett. Es wäre klüger gewesen, die Stunden nach dem Begräbnis in stillem Nachdenken über die Vergänglichkeit zu verbringen. Ich hatte einen Fehler gemacht, ich hätte mich der Trauer hingeben und von mir aus auch dem Selbstbedauern überlassen sollen. So aber legten sich die Verzweiflung, die Dilemmas und Gespenster mit mir ins Bett und jagten den Schlaf von mir fort. Schließlich döste ich trotzdem irgendwie ein, doch gesellte der Alptraum sich zu, der mich in solcher oder anderer Form schon seit zwanzig Jahren verfolgt.

Ich fahre in einem Bus des städtischen Verkehrs und halte Mama unterm Arm. In Wahrheit ist nicht ganz klar, ob es Mama ist oder eine alte Henne. Dann tritt Vlasta ein, warm, groß, verstehend. Ich habe Angst, daß sie sich zu uns setzt, daß Mama, die im Augenblick Mama ist, zur Henne wird. Vlasta erschiene es seltsam, was ich mit ihr habe. Und genau das macht sie, sie setzt sich vor uns hin und sagt direkt zu mir:

»Nächste Station steigen wir aus. Gut?«

Oh, wie schön das wäre! Und gleichzeitig so gefährlich! Aber zum Glück habe ich Mama dabei. Diese wird zur Henne und pickt Vlasta ins Gesicht. Ich, ganz naß vor Qual, versuche die Henne am Schnabel zu packen, aber es klappt nicht.

Der Bus wird bald halten, ich sehe hinaus, wir sind an der Côte d'Azur, draußen sind phantastisch schöne, unwahrscheinlich abwechslungsreiche Bauten in warmen Farben und blaues Meer. Vlasta lockt mich noch immer, ich aber plage mich mit dieser Henne. Im Grunde wünsche ich mir, sie möge schon aussteigen, und im selben Moment ist Vlasta tatsächlich draußen, winkt mir schon mit der Hand, gar nicht wütend auf mich, obwohl sie es sein könnte! Ich atme auf. Aus der Henne wird wieder Mama. Doch seltsam, alle sind ausgestiegen, außer uns. Auch der Chauffeur hat das Weite gesucht ... Und draußen ist auch nicht mehr das Meer, es ist nur die Ljubljanica, und hinter den mittelalterlichen Häusern der Turm der Jakobskirche und die Uhr darauf, die hängengeblieben ist und nicht mehr weitergeht ...

Etwa um drei Uhr früh stand ich ganz naßgeschwitzt auf und wankte ins Bad. Šimec' Fenster habe ich im Winter weit offen, damit auch das Bad aus dem großen Zimmer etwas Wärme abkriegt. Zu der späten Nachtzeit war das große Zimmer nicht mehr warm, und das Bad schon gar nicht. Doch genau das behagte mir. Mit einem totalen Wirrwarr im Kopf setzte ich mich aufs WC und stellte mir vor, ich sei nicht ich, sondern Milček. Ich sah auf meine dummen Knie und die Füße in den Lederschlapfen und versuchte mir vorzustellen, daß dies das Letzte sei, was ich auf dieser Welt sehe. Dann ging ich, noch immer lebendig, doch um nichts klüger, unter die Dusche, mich abbrausen im Grunde, und wusch Schweiß und Erscheinungen aller Art nach Kräften gründlich von mir. Wütend auf mich und auf alle Teufel, die mir das, was sein könnte, aber nicht ist, im Traum so herrlich und farbenfroh malten, frottierte ich mich dann mit dem Handtuch fast bis aufs Blut. Dann stieg ich in die Hausschuhe, legte mir den Morgenrock um, rauchte eine Zigarette an und dachte schließlich am Kamin lehnend ganz konstruktiv über Vlasta und überhaupt über alles nach.

1971, als wir uns kennenlernten, war ich 39 und schon geschieden. Im Land war der sogenannte Slowenische Frühling, und den Regierungsvorsitz hatte Stane Kavčič inne, ein Mann, der in uns Hoffnungen auf die Demokratie erweckte. Es war aber auch tatsächlich Frühling, und eines Nachmittags Anfang Mai, als ich mit der Nachbarin Marička auf der Bank vis-à-vis von unserem Haus saß und um uns eine überaus linde Regung von Lüftchen zu spüren war, sah ich sie.

Sie kam von der Jakobsbrücke. Ein hochgewachsenes Mädchen in einem weiten amerikanischen Overall, einem weißen Hemd, einer ärmellosen Weste und mit einer Lausbubenkappe. Sie kam mit langsamen und phlegmatischen Schritten näher. Ihr Gesicht war wahnsinnig schön, und kastanienbraunes Haar schlug dichte Wogen um ihre Schultern. Ich erstarrte.

Marička, die es nicht so leicht merkt, daß ihr niemand zuhört, unterbrach diesmal ihren lauten Monolog, sah nach, wohin ich gaffte, dann aber, mir nichts dir nichts, rief sie:

»Schau an, die Vlasta!«

Als die Hoheit näherkam, sagte Marička laut und ungeniert:

»Setz dich ein wenig, Vlasta! Wo trägt dich der Teufel denn hin? Wohin gehst du?«

Und die Göttliche setzte sich gleichgültig und leger einfach auf meine Seite, weil da mehr Platz war. Ohne Zauderei oder Verlegenheit. Die Verlegenheit spürte ich. Aber nicht zu sehr, denn sie vermittelte nicht den Eindruck, als wollte sie einen in die Zwickmühle bringen, worin manche Weiber ja unglaublich kunstfertig sind. Und weil es so war, erlaubte ich mir, sie direkt zu bewundern, im Ganzen und in ihren Teilen. Ein Mädel um die 22, schön, überhaupt nicht affektiert und von freiem Benehmen. So etwas sieht man bei uns nicht so leicht.

»Wie ist es denn so auf der Akademie?« sagte Marička. Marička ging für die Studenten auf der Kunstakademie posieren. Ich dachte, aha, Vlasta ist eine Künstlerin! Marička aber schwafelte weiter: »War schon lang nicht mehr dort, weißt du? Hab mir das Bein gebrochen, hab einen Gips gehabt. Und da sagt Lojze, kruzifix, warum gehst du nicht *jetzt* auf die Akademie, damit sie dir auf den Gips zeichnen?! Hättest was zur Erinnerung! Aber ich sag dir, Vlasta, ich bin meiner Seel direkt auf die Seite hier geflogen, krach, und bums die Stiege runter, direkt mit dem Kopf voraus, kruzifix. Hat doch die Nachbarin, diese Cilka mit der Krücke, du erinnerst dich, Žani, eine Flasche Öl zerschmissen, und ich bin ausgerutscht. Noch gut, daß ich es überlebt hab! ...«

Und so weiter. Ich aber sah Vlasta an. Sie sah mich auch an, und wahrscheinlich kam es ihr merkwürdig vor, daß ich als relativ erwachsener Mensch, wenigstens im Vergleich mit ihr, gaffte, als wäre ich aus einem Sanatorium für Unterbelichtete entwischt. Aber in der Tat, ich als im Grunde unaufdringlicher und bescheidener

Mensch, ziemlich verschlossen, sonst aber leidlich belesen und nicht ohne Kultur, faßte bei dieser europäischen Erscheinung so etwas wie Mut. Trotzdem meldete zuerst sie sich:

»Was gaffst du denn?«

Das sagte sie ganz freundlich in einem quakenden Alt. Ich dagegen blökte:

»Bist du aus Amerika?«

Dämlich. Doch der erwachte Wunsch gebot mir, nicht aufzupassen. Und ihr gefiel es wahrscheinlich, daß ich, wie ich war, einen solchen Stuß von mir gab. Sie hörte Marička, die in einem fort weiter in den Tag hinein redete, nicht mehr zu, und ich auch nicht. Vlasta sagte:

»Und du bist wahrscheinlich vom Himmel gefallen.«

»Darüber hab ich auch schon nachgedacht«, sagte ich, »Mama aber sagt, daß es nicht so ist. Ähnlich war es auch mit Jesus. Als man Maria gefragt hat, ob ihr Sohn wirklich vom Himmel kommt, hat sie gesagt: ‚Gebt doch mal Frieden!' ... Und sie haben ihn gekreuzigt.«

Marička stieß mich mit dem Ellbogen:

»Hab *ich* denn was gesagt?«

Vlasta bog es direkt vor Lachen. Wir alle lachten, auch Marička, obwohl sie nicht wußte, warum. Auch der taube Jože, den wir zu uns kommen sahen, lachte. Wir waren wie füreinander gemacht. Da erhob sich Vlasta und sagte, sie müsse weiter. Sie legte mir die Hand auf die Schulter und fragte:

»Gehst du mit?«

Ich stand auf, als verstünde es sich von selbst, und steckte mir das Hemd in die Hose. Marička sagte:

»Aja, ihr zwei kennt euch?! Hab ich nicht gewußt. Wie das denn? Naja, dann macht's gut, no! Žani und Vlasta, živjo, no!«

Unter den blühenden Kastanien gingen wir zur Schusterbrücke. Vlasta stupste mich.

»Wie geht's denn, Žani?«

»Gut«, sagte ich, und mir war wirklich noch nie so wohl auf der Welt gewesen. Ganz stolz sah ich sie von der Seite an. Sie war gleich groß wie ich. Sie hatte ein breites Lächeln und gesunde Zähne.

Das Maß meiner Ergebenheit war unerschöpflich. In Vlasta spürte ich sofort meine größte Freundin. Weil ich sie für einen kompletten Menschen hielt, aber auch sexuelles Hochgefühl mit dabei war, fragte ich mich schon, was geschieht mit dir, wenn so eine Freundschaft ein Ende nimmt. Ich wußte, es würde kommen, und schon damals, in den ersten Minuten, hatte ich Angst davor!

5. Kapitel

Wir waren gut einen Monat zusammen. Fürwahr eine kurze Zeit. Obwohl die Sache aber nicht von Dauer war, fragte ich mich schon damals, und ich frage mich heute noch, was Vlasta an mir so interessant fand, daß sie mich nicht schon früher verließ. Einer objektiven Erklärung am nächsten ist meine Vermutung, daß ich sie auf eine vergleichbare Art interessierte, wie Leonardo da Vinci die Würmer. Nein, ich bildete mir absolut nicht ein, ich wäre ihr Liebster fürs Leben. Mein Unglaube, daß sie mich ernst nahm, gründete erst in ihrer außergewöhnlichen Schönheit und Klugheit, dann aber noch darin, daß sie aus reichem Hause war – der Vater ein Vorkriegsmagnat, dann wurde ihm alles genommen; die Rettung war seine ältere Tochter, die einen hohen Parteifunktionär heiratete. Vlasta wußte einfach nicht, was Mangel an Selbstvertrauen ist. Sie war als Zentrum des Universums geboren und zweifelte nie im geringsten daran, das Recht auf alles zu haben. Sie existierte nun mal, die Welt drehte sich um sie, und sie nahm sie mit Neugier und Freude entgegen. Sie brauchte keinerlei Siege, keine Arbeit, um sich lebendig zu fühlen, und trotzdem war schon im voraus jedem klar, daß sie ohne jede Sorge und Mühe leben würde, wo sie wollte und wie es ihr paßte.

Als wir von der Bank aufgestanden waren, gingen wir auf eine Bilderausstellung in die Mestna galerija. Ich fragte sie, ob sie bildende Kunst studiere. A-a, sagte sie, nicht ernsthaft. Dort gehe sie nur zeitweise hin. Nicht öfter als zum Slonček, ins Kino oder auf die Komparatistik. Sie hatte das Gymnasium gemacht, dann nichts mehr. Sie wollte alles probieren.

»Wie, alles?«

»Alles, was mich interessiert!«

Ich überlegte ein wenig, was hierunter alles fallen könnte. Die Haare sträubten sich mir. Damals hatte ich noch ziemlich viele. Als wir darüber sprachen, lagen wir nackt in meinem Zimmer, dem heutigen Studentenzimmer.

»Also nicht einmal theoretisch können wir die ganze Zeit zusammen sein?« sagte ich. Sie mokierte sich nicht. Auch wenn ich das nicht gesagt hätte, dieses theoretisch, hätte sie sich nicht mokiert. Sie war ein fairer Mensch. Mir aber ging ein Abgrund auf.

»Warum«, sagte sie. »Mach es auch so!«

»Vielleicht«, sagte ich, »wenn ich mich traue.«

An Etliches aber traute ich mich nicht einmal denken. Übrigens entwickelte ich mich in diesem Monat geistig unglaublich und lernte manches vom Leben dazu, doch mein Selbstvertrauen wurde nicht größer. Außerdem fiel ich am Ende auch über das erste konkrete Problem, das sie mir stellte. Weil es jetzt nicht in den Kontext paßt, zu erklären, wie es uns ging, was wir zusammen erlebten, und hier auch nicht der Ort ist, einen Dialog zu zitieren – ich werde später einen bringen, an passenderer Stelle – gehe ich gleich zum Ende unserer Geschichte, zur Katastrophe, die Anfang Juni passierte.

Es war ein schöner und warmer Tag, vielleicht Freitag, als mich Vlasta um drei Uhr nachmittags vor der Verwaltung erwartete. Nach Arbeitsschluß kam ich raus, ich sah sie und blieb stehen wie vom Blitz getroffen. Ich sagte bereits, daß Vlasta schön und am schönsten war, was sie mir aber an diesem Tag veranstaltete, läßt sich nicht beschreiben. Nun, schon, ich kann es beschreiben, ich habe auch vor, es zu tun, doch bräuchte ich für eine adäquate Beschreibung mehr Distanz. Zeitliche Distanz habe ich genug, die gefühlsmäßige aber werde ich nie haben!

Sie war eine Schönheit, wie gesagt, doch sie hob es für gewöhnlich nicht hervor. Im Grunde wußte ich nicht einmal, was sie mit ein paar Handgriffen aus sich machen konnte. Manchmal dachte ich, wie schön es wäre, wenn die Frauen aus meiner Abteilung von uns wüßten. Aber auch den paar Männern mit Milček als Chef an der Spitze hätte ich hämisch gegönnt, mich einmal mit Vlasta zu sehen.

Jetzt aber erwartete sie mich in einem ganz leichten Minikleidchen. Im Grunde ging es um ein dünnes, mit Blumen bedrucktes Stück Stoff. Sie hatte nackte Arme und Beine und steckte in kleinen, hochhackigen Schuhen. Das Haar hatte sie aufgesteckt, sodaß ihr Hals nackt war ... Sie war geschminkt und hatte auch eine Halskette um. Drei Uhr nachmittags ist nicht die richtige Zeit für ein Mädchen, sich derart an- beziehungsweise auszuziehen. Ljubljana ist auch irgendwie nicht der richtige Ort für solche Exhibitionen. Vielleicht ist Rio de Janeiro der richtige Ort, vielleicht, will mir scheinen, Paris, aber Ljubljana auf gar keinen Fall. Sie stand dort und lächelte zu mir herüber. Sie zeigte nicht, daß ihr etwas peinlich wäre, auf jeden Fall aber mußte sie wissen, was sie mir mit diesem Auftritt bescherte. Wenn mir das zwischen vier Wänden passiert, sage ich nichts, so aber ...

Ich blieb stehen, wie gesagt, erstarrte im Grunde. Ich sah nach den Leuten, die vorbeigingen und stolperten. Alle gafften sie an. Die Leute aus unseren Büros kamen langsam raus – ich war nämlich unter den ersten gewesen – und ich dachte: was jetzt?!

Ich ging wie Pinocchio auf sie zu, unfähig, Herz, Haltung und Extremitäten zu kontrollieren. Da rief mich der Pförtner:

»Genosse Kolenc, Telefon!«

Ich weiß nicht, ob ich mich bei ihr überhaupt entschuldigte. Woher denn! Ich lief in die Pförtnerkabine und nahm den Hörer. Es war Mama.

»Weißt du was«, sagte sie, »kannst du mir das Kombipulver kaufen? Der Kopf tut mir weh.«

Man muß wissen, Mama hatte mich noch nie in der Arbeit angerufen. Schon in der Arbeit davor war ich in die Partei gedrängt worden, und daheim sagte ich öfter zu ihr: morgen werden sie uns auf einer Versammlung zurückhalten. Ruf an und sag, du seist krank und ob sie mich heim lassen könnten. Ja? – Aber sie rief nicht an. Gut, sagte ich, warum hast du nicht telefoniert? Ich hab nicht gekonnt, sagte sie, wenn doch die Piškurs nicht daheim waren! Beim ersten Mal glaubte ich ihr noch (wir hatten nämlich keinen Anschluß, und auch ich habe immer noch keinen), später aber nicht mehr. Schließlich warf sie mir trotzig an den Kopf, nicht sie habe mich in die Partei gedrängt. Diese Frau soff wirklich mein Blut. Mit diesem Anruf, ihrem ersten, aber tat sie mir in gewisser Weise einen Gefallen. Ich hielt den Hörer in der feuchten Hand und zögerte noch etwas, um mit den Nerven runterzukommen. Ich rang nach Atem und die Beine zitterten mir. Durch die Scheibe sah ich Vlasta, die da draußen stand und auf mich wartete, die Weiber aus meinem Büro aber gingen an dieser schönen Frau vorbei und stupsten einander. Auch Milček ging und alle.

»Gut«, sagte ich, »ich bring es dir. Noch was?«

»Wenn du schon *willst*«, sagte Mama, »dann bring noch einen Bund Petersil vom Markt. Aber in diesem Fall beeil dich!«

Ungern legte ich auf und tappte zitternd zu Vlasta hinaus. Ich war nicht Herr meiner Bewegungen, ich wußte nicht, was sagen, ich war praktisch nicht bei mir. Vlasta sagte, nun, gehen wir, und legte mir den Arm um die Schulter. Wir gingen die Cankarjeva runter in Richtung Hauptpost. Der Pförtner sah uns nach, die Vorbeigehenden rückten ab, die auf der drüberen Seite aber blieben stehen. Ich wußte nicht, wie ich mich verhalten sollte, um einen halbwegs soliden Eindruck zu machen.

»Es war Mama«, sagte ich mit gebrochener Stimme.

Vlasta hatte noch immer ihren Arm um meine Schultern. Ich weiß, sie wollte sich kameradschaftlich benehmen, und ich versuchte ihr dankbar zu sein, doch diese Prüfung war für mich zu schwer. Ich hielt die Augen gesenkt. Die Schuhe tauchten, wie ich ging, im Takt dort unten auf, und daneben gingen Vlastas Schuhe, und diese ihre Beine, und dieses ihr Röckchen, das unerhört wippte, und diese ihre Brüste, die nach vor ragten, fast völlig bloß, und dieses Gesicht über all dem, all dieser Prunk brachte mich um den Verstand. Ich erkannte Vlasta nicht wieder und wußte einfach nicht, wie ich mich mit ihr in der Öffentlichkeit verhalten sollte.

»Sie hat gesagt, ich soll ihr ein Kombipulver bringen.«

Ich hätte bedenken müssen, daß es vielleicht auch Vlasta nicht ganz egal war. Vielleicht stellte sie sich auch selbst auf die Probe. Doch ihr Gesicht, soweit ich es in einem flüchtigen Blick studieren konnte, wies nichts Besonderes auf. Sie sagte:

»Du holst also das Kombipulver?«

Ich nickte und schluckte den Speichel hinunter.

»Und Peters-sil.«

»Gehen wir zusammen?« sagte sie, und jetzt empfand ich zum ersten Mal Traurigkeit in ihrer Stimme. Ihr war klar, daß ich auswich.

»Nicht nötig«, sagte ich.

Wir blieben stehen. Vlasta hielt mich immer noch um die Schultern. Sie sah mir ruhig in die Augen. Da hätte ich am liebsten geweint, und wahrscheinlich wäre das gar nicht so dumm gewesen. Auch wenn ich den Kopf an ihre Brust gelegt und geheult hätte, alles, alles, nur das durfte ich nicht tun, was ich tat.

»Živjo«, sagte ich. Ich zuerst. Weil ich nicht ertrug, daß wir uns so ansahen.

»Živjo«, sagte auch sie, ließ mich los, lächelte ein wenig und ging. Langsam und phlegma, wie immer.

Als ich gut eine halbe Stunde später Mama Pulver und Petersil reichte, war mir schon klar, daß ich ein absolutes persönliches Fiasko erlebt hatte. Ich sah ihr auf die Finger, als sie jenen Petersil hackte. An allem war sie schuld. Hätte sie nicht angerufen, dann hätte ich keine Ausrede gehabt. Ich hätte selbst nicht einfach etwas erfunden und wäre wohl oder übel mit Vlasta geblieben, hätte langsam das Grauen abgeschüttelt, hätte zu genießen begonnen.

Mama pantschte ein wenig mit dem Schöpflöffel im Topf und füllte zwei Teller. Dann sagte sie:

»Wenn du schon am Markt warst, hättest du mir ein Röslein kaufen können!«

Sie sagte *Röslein*. Augenblicklich wußte ich, was zu tun war. In einer Minute schlug ich fast die ganze Küche kaputt. Ich zerschmiß und warf um, was ging, barbarisch vernichtete ich auch manches Familienstück. Stimmt, ich wurde total zum Barbaren. Und Mama saß vor ihrer dampfenden Portion Minestrone und wartete auf den

Tod. Schließlich nahm ich den Besen, drehte ihn um und drückte ihn ihr in die Hand.

»Da hast du dein Röslein!« brüllte ich und tobte hinaus. Ich blieb bis Mitternacht weg. Ich weiß nicht, wo ich mich überall rumtrieb. Ich weiß, ich war bei Pepček und Ančka, in zwei Kinovorstellungen, ich betrank mich auch und schrie die anderen Gäste an. Das Urteilsvermögen kam erst irgendwann abends wieder, als mir der Besen einfiel, den ich ihr gereicht hatte. Da war vom Besen ein Lurch direkt in ihren Teller gefallen. Als mir das einfiel, kam mir das Elend.

Eine Entschuldigung aber hörte sie aus meinem Mund nie und ich erklärte ihr auch nie, was in mich gefahren war. Und sie fragte mich nie danach. Vielleicht erfuhr sie von anderen etwas. Ich weiß nicht. Geht mich nichts an.

Vlasta begegnete ich danach nur noch einmal. Etwa zwei Wochen später sah ich sie auf der anderen Seite der Titova. Sie ging ihr Standardtempo. Sie trug eine weiße Leinenhose und ein weißes Hemd; Sandalen, Gürtel und Brille aber waren schwarz. An diese schwarzweiße Kombination werde ich mich immer erinnern. Sie winkte mir, so, im Vorbeigehen.

Dann sah ich sie nie wieder. Sie ging sicher in den Westen. Da gehörte sie im Grunde auch hin.

6. Kapitel

Wie entwickelten sich die Dinge nach diesem Frühling?

Davon ausgehend, daß ich mich neben Vlasta als lebhafter Geist mit einer direkt blühenden Phantasie erwies, könnte vielleicht jemand denken, daß auch in mir das Bewußtsein von mir als bedeutender Erscheinung zu keimen begann. Ja woher. Ich soll mir etwas Schönes von mir denken? Ich soll, weil ich mich gut neben ihr fühlte, von mir selbst eine bessere Meinung haben? Ich vermute, dafür war ich doch zu klug! Und tatsächlich, für dumm hielt ich mich so und so schon nicht. Und schließlich, ist überhaupt etwas Besonderes daran, wenn man in besserer Gesellschaft ein paar Sprüche reißt, solche, die man unter Idioten nicht wagte? Ich weiß nicht, vielleicht war ein Monat doch zu kurz ... Für jemandes Bewußtsein von sich selbst braucht es ganze Generationen! Das Mindestes ist, daß dich wenigstens die Eltern für etwas Phänomenales halten! Nicht, weil du es wirklich bist, sondern schon, weil du ihrer bist! ... Aber meine zwei, und überhaupt Mama, sahen gerade aus Mangel an Bewußtsein von der eigenen Geltung im Gesamtrahmen der Natur in mir keinerlei Hoffnung. Ich kann es aber auch umdrehen: meine zwei, besonders der Vater, sahen gerade in mir einen ausreichenden Grund, weiterhin an die Unveränderlichkeit der menschlichen und überhaupt der Natur zu glauben. Die Melancholie ist hier kurzerhand daheim. Und von einzelnen Frechlingen dachten wir immer, sie seien halt so, weil ihnen etwas fehlt. Ich würde fast die Behauptung wagen, daß es im Grunde wirklich so ist – und hier ist gerade die letzte Generation der Purgs das beredteste Beispiel. Im Grunde, sage ich, denn Vlasta, obwohl wahnsinnig klug und schön, war die eine und einzige, die deshalb, und auch wegen ihrer Hoheit, nicht auf dem hohen Roß saß. Und trotzdem: was hätte ich hier zu gewinnen gehabt? Das Bewußtsein von meiner Kleinheit festigte sich in dem einen Monat erst richtig! ... Weil plötzliches Wachstum mit erfolgreich bestandenen schweren Prüfungen beginnt, ist klar, daß ich mit meiner Niederlage meinen Zustand einbetonierte. Da ist nichts mehr zu sagen.

Naja, heute könnte ich schon auch ein paar Erbaulichkeiten über mich sagen, aber lassen wir das. Jetzt spreche ich von der Vergangenheit. In jener Zeit, der vergangenen, 1950, nach bestandener großer Matura, nahm ich eine Stelle in der Postadministration an. Wohin hätte ich sonst gehen sollen?! In die Nahrungsmittelindustrie? Bergbau? Kommunale Dienste? ... Es war mir ganz gleich beziehungsweise überall gleich unangenehm. Aber leben muß man, nicht? Am Ende überwog das Kriterium der Entfernung der Arbeit von daheim. Können wir hier von einem Stillstand in meiner Entwicklung sprechen, in Anbetracht dessen, daß ich für diese Tätigkeit dann doch zu viel Grips hatte, mir den Aufstieg in der Hierarchie aber auch nicht wünschte? War am Mangel an Ambitionen der Krieg schuld gewesen? ... Ach nein. Ich denke, Kriegsverhältnisse, Ausnahmesituationen, können sogar stimulierend auf eine Kinderseele wirken. Generell, meine ich. Was aber mich betrifft, möchte ich jetzt ein Erlebnis aus dieser Zeit anführen, ein Erlebnis, das ich mir eingeschärft habe. Wer unsere Familie kennt, weiß, daß mein Vater als Aktivist der Volksbefreiungsfront erst eingesperrt und dann nach Gonars deportiert wurde und dort auch starb. In Ordnung, diese Festnahme, der Schock, als sie mir kurzerhand meinen lieben Vater wegnahmen, das könnte schon etwas Entsetzliches sein. Aber ich merkte mir lieber ein angenehmeres Ereignis. Ich war keine elf Jahre alt, es war im Krieg, als mein Vater und ich einmal draußen waren. Wir sollten nach Vodmat runterfahren. Da standen wir beim Tromostovje und warteten auf die Tram. Es gab mehrere Wartende, darunter auch eine Frau. Wenn ich heute überlege, kann sie nicht älter als fünfundzwanzig gewesen sein, damals aber erschien sie mir höchst erwachsen, nun ja, was sie auch tatsächlich war. Und außerordentlich interessant, weil sie schön war. Außerdem trug sie einen mehr als kniehohen Rock und hochhakkige Schuhe. Kurz und gut, ich bemerkte, daß ihre Beine nicht nur zum Gehen dienten ... Ich sah meinen Vater an. Ja, auch er wurde irgendwie nachdenklich. Ein elfjähriger Junge – und merkt solche Sachen? Ja, ja, keine Sorge! ... Nun, als die Tram gebimmelt kam und stehenblieb, stieg das Fräulein vor uns hinauf ... und da sagte der Vater:

»Siehst du? Wünsch dir nie, groß zu sein!«

Klar, ich schämte mich, der Vater aber lachte und schnalzte mir mit dem Finger gegen die Birne. So prägte ich mir die Anweisung noch mehr ein. Es ist aber klar, daß nicht nur dieses Ereignis Zweifel an der Erhabenheit des Erwachsenseins in mir auslöste. Es gab noch andere Dinge, die mich verschreckten und davon abhielten, Freude an weiß ich was für Beförderungen und weiß ich was für Freuden, die aus der Ehe mit einer erwachsenen Person und den Kindern aus so einer Ehe gezogen werden, zu finden. In Ordnung, naja, wenn schon das Gefühl da wäre, daß ich im Leben Erfolg haben muß, wenn ich schon diese Antriebe hätte, keine Frage. Dann gäbe es auch die Zweifel und die Bedenken nicht. In Wahrheit, global und im Grunde genommen ist die Sache die, daß ich nie auch nur daran dachte, daß ich eine Bestimmung hätte auf dieser Welt, daß hier etwas von meiner Seite zu regeln wäre, daß es irgendwo Institutionen, Berufe, Massen oder andere Faktoren gäbe, die genau auf mich warteten. Tatsächlich dachte ich immer auch, was ich eigentlich immer noch denke, daß sich der Mensch als Einzelner oder als Gattung nicht so aufblasen dürfte, wie er es tut. Magst du dich noch so aufblasen, denkend, du seist wenigstens als Gattung weiß ich was für ein Kaliber, als Einzelner bist du meistens Opfer deiner eigenen Produkte: der Industrie, des Staates, der Politik ... oder irgendeines Automobils. Später, als ich schon verheiratet war, legte sich Minči, die ich zur Frau genommen hatte, weil sie irgendwie täuschend kindlich war, dann aber zur klassischen Gattin wurde, gern auf mich und spann ihre Netze:

»Janko, Janči, sollen nicht wir auch einen Fičo kaufen?«

Und kitzelte mich am Ohr, wahrscheinlich überzeugt, daß mir das weiß ich wie paßte. Aber es paßte mir nicht. Ich habe nämlich dermaßen große Ohren, daß man mich nicht noch extra darauf aufmerksam machen muß.

»Teufel noch mal, bist du schwer«, sagte ich, »du wirst mir alle Knochen brechen. Und laß mich

in Frieden mit diesem Auto! Ich unterstütze sicher nicht den militärisch-industriellen Komplex!«

Worauf sie mit langer Nase runterkletterte, ich aber öffnete wieder das Buch und las weiter (*Reise nach Indien*. Wunderbarer Roman. Zu empfehlen.) und identifizierte mich mit den diversen Antihelden, die nicht mit der Herde meckern wollten.

Ich möchte aber jetzt, wenn wir schon dabei sind, noch etwas Wichtiges von mir erwähnen. Im Grunde stieß mich Vlasta darauf, nämlich auf eine Komponente meines Charakters, eine fatale vielleicht. Na, und hier ist jetzt der Dialog, den ich versprochen habe. Sie sagte, ich lebe unbewußt in einer asiatischen Manier, sei irgendwie auf Gründlichkeit und ein leicht potenziertes Erleben meiner unmittelbaren Umgebung ausgerichtet, was an sich in Ordnung sei, und sie sei auch dafür und gebe mir recht, denke aber, daß ich mich diesem lokalen Leben, wenn ich schon dazu neige, nicht intensiv genug überlasse. Wir Slawen machen alles halb, sagte ich. Schon gut, sagte sie, wir sind aber auch dafür bekannt, daß wir uns charmant dem Gefühl überlassen, und das reißt uns raus. Auch du mußt dich überlassen. Leg deine Verschnürung ab, denn ich weiß nicht, was das heißen soll, wie du sagst, bewußt und mit allen Sinnen sein kleines Leben zu leben, in der Praxis aber nicht bis ans Ende zu gehen ... Wie meinst du das, bis ans Ende, sagte ich, das verstehe ich wirklich nicht. Mich fasziniert einfach, sagte ich, diese höchst triviale menschliche Alltäglichkeit, die einige für die reine Langeweile halten. Worauf Vlasta etwas sagte, das ich ihr damals nicht zu glauben bereit war, nämlich, sie sagte: Du liebst doch diese kleine Realität nicht! Du siehst sie scheel an, Liebe aber erfordert Selbstüberlassung! Evo, sagte ich, dir bin ich ganz ergeben, Vlasta, dir überlasse ich mich ganz, mit dir gehe ich bis ans Ende.

»Gingest du?« sagte sie. »Gingest du wirklich?«

Und als dann geschah, was nun einmal geschah, ging meine Entwicklung freilich nicht weiß ich wie weiter, jedenfalls aber machte ich als erlebnisfähiges Wesen nicht ganz zu. Etwas blieb mir immerhin. Sehr ernst nahm ich nämlich das von der asiatischen Manier und der Liebe zur unmittelbaren Umgebung. Ich bin aber auch wieder so, daß ich mich, über Leute gesprochen, nicht an jeden x-beliebigen binden kann. Du kannst ja wohl nicht jedem alles sagen, was dir einfällt, und du nimmst nicht von jedem alles, was er dir zu verkaufen versucht. Eines aber stimmt sicher: jene Punkte in der Zeit und im vertrauten Raum, die dich am engsten mit dem Menschsein und der Natur überhaupt verbinden, sind dir nahestehende Wesen, Freunde, mit denen du dich verstehst. Meine Wahl war also folgende: zu leben, meine Umgebung zu verstehen zu versuchen, Freunde und Nachbarn gern zu haben. Auch im Lokalen verbirgt sich ein allgemeines Geschick und ein oberstes Gesetz. Die Welt durch ihre Details zu erleben – ist es nicht vielleicht genau das?!

Schön. Nicht schlecht gesagt. Doch einem solchen Mädchen, einer Frau, die Vlasta zumindest ein bißchen gliche, bin ich nicht mehr begegnet. Und weil ich nicht der Mensch bin, der fähig wäre, sich einer schönen und klugen Frau einfach aufzudrängen, und solche im Grunde sowieso nicht vorhanden oder schon vergeben sind, blieb

ich allein und in mein Ideal verträumt. Aus demselben Grund blieben auch meine Bekannten und Freunde immer dieselben beziehungsweise wurden mit den Jahren immer weniger und weniger, weil sie starben. Und überhaupt wagte ich nie einen von den prominenteren Leuten in Ljubljana anzusprechen, auch wenn er mir gefiel. Im Grunde kenne ich zahllose, die wirklich Nummern sind und etwas gelten. So kenne ich zum Beispiel Jančar, der oft am Breg geht. Dann Helena Koder und diesen Urban. Oft begegne ich auch Janez Stanič, der einen Passanten so aufmerksam ansehen kann. Ich sehe auch Gustinčič, den ich für eine weise Person halte. Ferner begegnete ich öfter dem heute schon verstorbenen Ježek, und wenn ich schon bei ihm bin, will ich sagen, daß ein paarmal nur wenig fehlte, um ihn anzusprechen, doch schwand mir der Mut. Ja, einmal, als wir zusammen in der Trafik bei der Jakobsbrücke waren ... Ich erinnere mich auch an den Maler Jakopič, den ich öfter in Krakovo sah. Aber damals war ich, kann ich sagen, noch ein Kind. Von den am Breg Lebenden kannte ich natürlich den Mrak aus dem Zois-Haus am Breg, ich kannte aber auch seine Lebensgefährtin (oder wie ich sie nennen soll), die sich den Pelzmantel einfach mit einem Spagat zuband ... Ivan Tavčar von Nummer 10 starb schon acht Jahre vor meiner Geburt, und auch seine Söhne, die ich noch lange sah, leben nicht mehr. Was mich angeht, ich gab von den bekannteren Leuten nur einem die Hand, und zwar schon vor Jahren. Ich will diesen Fall beschreiben:

Einmal im Sommer, früh am Abend, saß ich mit meiner Nachbarin Karla draußen auf der

Bank. Wir saßen dem Tavčar-Haus, in dem sie wohnte, gegenüber und unterhielten uns über unser Grätzel.

»Ich sag es dir so, Žani«, sagte Karla, »wie ich es von der Ludva gehört hab.«

»Unglaublich!« sagte ich und folgte einem komischen Paar, das an uns vorbeiging. Wenn die Dämmerung einfällt, ist der Breg eine ziemlich muntere Promenade. War er wenigstens. Und im Sommer überhaupt.

»Und du weißt, die Ludva hat nicht gelogen.«

Na, dachte ich mir, ich kenne Leute, die auch Frau Ludva mit einer gewissen Reserve begegnen würden. Karla streckte das Bein aus und massierte sich kurz das Knie.

»So was hat dieser Lump gemacht, ja, so einer war das. Und die Arme hat nie gejammert. Kannst dir das vorstellen, Žani? Zwanzig Jahre!«

Frauen sind wirklich arm dran, dachte ich. Sie können dich ein ganzes Leben lang lieben, und solange sie dich lieben, glauben sie dir alles. Wenn sie dich nicht mehr lieben, halten sie dich für einen Lügner, auch wenn du sagst, ein Hund sei ein Köter.

Da blieb jemand vor uns stehen und rief:

»Oh, guten Abend, Frau Karla!«

Es war irgendein Kerl um die fünfundzwanzig, frohgestimmt, angenehm, sonst sah ich ihn nicht näher an. Karla holte erst einmal Atem, dann aber hob sie beide Hände hoch in die Luft und klatschte sich auf die Knie. Über junge Leute freute sie sich immer. Nun, jetzt, mit mehr als siebzig im Kreuz, hüpfte sie wenigstens nicht mehr auf.

»Schau, der Slavko! Ja wie lang hab ich dich schon nicht mehr gesehn! Žani, kennst du ihn,

Slavko vom Fernsehen? Er hat eine Zeitlang bei mir gewohnt!«

Ich kannte ihn wirklich. Slavko Kastelic las manchmal die Nachrichten im TV. Er trug langes Haar und einen so schiefen Lächler. Die Zuseher kritisierten ihn wegen der Haare, meiner Meinung nach aber war in diesen Zeiten sein Lächler viel blasphemischer. Auch Ajda Kalan setzt einen schiefen Lächler ein. Wir bräuchten mehr solche.

»Aha«, sagte ich, »ja, ja!«

Und wir gaben uns die Hand. Zugleich stellte ich mich auch vor und er sich. Dies war also mein einziger Kontakt mit jemandem aus der Welt der Bekannten.

Ich erinnere mich aber auch an den weiteren Abend. Als Kastelic weg war, setzte sich erst Pepca aus demselben Haus zu Karla und mir, und dann noch Cilka mit der Krücke, und schon entstand diese Atmosphäre echter Geselligkeit. Natürlich ging es auch ohne Janoš nicht, obwohl seine Beine damals schon schlecht waren und ich ihm eben deshalb meinen Sitzplatz abtrat, wie auch nicht ohne Frau Mici mit den hohen Schuhen. Praktisch kam das halbe Grätzel! Nicht zum ersten und nicht zum letzten Mal überließ ich mich dem Strom gegenseitiger Hänseleien und hatte Spaß mit den anderen Leuten zusammen, die wir in dieser Zwischenepoche, genannt Sozialismus, die einst edlen und reichen Häuser am Breg bewohnten und auf bessere Zeiten hofften. Von diesem Leben distanzierte ich mich wahrhaftig nicht, und diesbezüglich hätte mir auch Vlasta nichts vorzuwerfen gehabt. Dennoch müssen wir uns über eines im klaren sein: ich, belesen und gebildet, mit relativ guter Stellung im Amt, und danach mit einer guten Pension, hielt mich durchaus nicht für organisch mit dieser Klasse verbunden. Immer hielt mich eine gewisse Distanz davon ab, mich ganz mit den Leuten aus der Umgebung zu identifizieren, überhaupt aber floh ich vor solchen wie dem tauben Jože oder Maričkas Lojze zum Beispiel, vor Leuten, denen ich trotz ihrer Herzensgüte und ihrem fürwahr innigen Eingefügtsein ins Leben höchstens einen Liter Wein für Hilfe im Holzschuppen, von mir aber effektiv nichts zu geben gewillt gewesen wäre.

Darum mögen mir die Nachbarn und Bekannten verzeihen, wenn ich jetzt ganz direkt werde. Trotzdem ich niemandem gegenüber Groll oder Haß hege, im Gegenteil, trotzdem es alles in allem schön für mich war, am Breg zu leben und mit den Bekannten behaglich zu plaudern, überkam mich in der Nacht nach dem Begräbnis meines goldenen Freundes Milček die bittere Erkenntnis, daß ich jetzt ganz allein war. In jener Nacht nach dem Begräbnis und dem neuerlichen Traum von Vlasta, als ich halb bemäntelt am Kamin stand, rauchte und zitterte, erhob sich das Leben am Breg vor mir als total sinnlos, leer, ungenügend und traurig. Mir fehlten wahrhafte Berührungen, und überhaupt so was wie eine echte Liebe. Die Formel vom ergebenen Sichüberlassen erlebte ein Debakel.

Als ich mich dann wieder unter die Steppdecke verkroch, umfing mich kein kräftigender Schlaf, sondern ich fiel durch die Erkenntnis von meiner generellen Unausgelebtheit in die schwärzeste Verzweiflung.

7. Kapitel

Aber ich erkältete mich auch in dieser Nacht und wurde sozusagen auch physisch krank. Wegen der Dusche im kühlen Bad und weil ich barfuß durch die Wohnung gegeistert war. Aber das Rotzen und Niesen schien mir irgendwie in keinem Verhältnis zur Tiefe meines seelischen Schmerzes zu stehen. Ich war wirklich am Boden. Dafür, wie ich mich innerlich fühlte, hätte ich mindestens einen Schrank gebraucht, der auf mich stürzte. Es gibt Leute, die erachten es kaum als genug, sich die Stiege hinunterzuwerfen; oder sie gehen her und vergiften sich so lange mit allerhand Dreck, bis sie am Ende krebskrank werden. Mir, der ich nur eine Woche Bettruhe im melancholischen Trog des Selbstmitleids brauchte, und zwar sofort, ohne Zwischenprozeduren im Krankenhaus, gefiel nichts von dem Aufgezählten. Ich wählte ein anderes Rezept. Es bot sich mir im Grunde von selbst an.

Vom Brennholz, das mir der Student Šonc heraufgetragen hatte, bevor er in die Winterferien fuhr, war schon fast nichts mehr da. Ich entschloß mich, die Kiste selbst zu füllen.

Man muß wissen, daß die Kiste, die übrigens im Vorraum stationiert ist, fast ein Kubik Volumen hat. Laut Abmachung sorgt der Student für das Holz; wenn aber Not am Mann ist, heuere ich Maričkas Lojze an, und der füllt mir die Kiste für einen Liter Wein. Diesmal brauchte ich niemanden. Die Verhältnisse waren ideal. Ende Jänner, und die Hausstiege hinreichend kalt und voller Durchzug. Doch noch besserer Durchzug ist, wenn einer das Haustor oder die Hoftür offenläßt. Nun, und weil der Holzschuppen wo sonst als im Hof ist, waren alle Voraussetzungen gegeben. Auf der Linie zwischen meiner Wohnung und dem Holzschuppen, das heißt zwischen Erdgeschoß und drittem Stock, verbrachte ich dann drei Stunden, verfrachtete dieses Brennholz und setzte mein verschwitztes Körperlein dem wohltuenden Windchen aus. Schließlich war die Kiste voll, und ich hatte mir eine Angina mit allen Attributen zugezogen und mir ein wasserdichtes Alibi zum Liegen beschafft.

Ein Meister der Mimikri! Ein Houdini der Selbsttäuschung!

Doch irgendwie muß man anfangen. Auch jeder anständige Phönix bestreut sich erst mal mit Asche!

Die ersten vier Tage war es wunderbar. Ich litt, laut Eigendiagnose, an einer grandiosen Entzündung des Halses, der Augen und Ohren, und vielleicht auch der Lunge. Aus dem Aufgezählten geht hervor, daß mir nicht schwerfiel, mich der Krankheit mit innigem Bemühen und Hingabe zu überlassen. Doch am fünften Tag wurde ich irgendwie gereizt, beleidigt und böse. Das Bedürfnis, das warme Bettchen zu hüten, verpuffte: ein klares Zeichen, daß es aufwärts ging, daß die Phase der Akkumulation vorbei war. Ein roher Husten trat auf. Es war, als ziehe jemand einen offenen Schirm durch meine Luftröhre. Schließlich trat mit dem Husten auch dieser Schleim auf, und ... nun, kurz, die Krankheit bot mir wahrhaftig keinen Genuß mehr. Ich mußte sie nur noch loswerden. Das aber war das Schwerste, denn nur strikte Bettruhe kann definitiv eine Erkrankung des Halses und der Atmungsorgane vertreiben.

Jetzt begann sich die Zeit entsetzlich zu ziehen. Und mit ihr spürte ich eindringlich, wie auch dieser Winter (1990/91) sich hinzog. Ich hatte schon so genug davon, er dauerte schon so unendlich lang, daß er bereits aufs Haar der jugoslawischen Krise glich. Die Einförmigkeit der Tage, die Unveränderlichkeit des Wetters, Kälte von allen Seiten. Und nirgends ein Zeichen, daß er aufhören würde, außer wir heizten vielleicht selbst mal tüchtig ein!

Doch am fünften Februar, als es mir gesundheitlich schon besser ging, änderte sich endlich auch das Wetter. Aber wie?! Nach fast zwei Monaten eines trockenen, grauen und kühlen Zustands begann es zu schneien! Evo, sagte ich, zu allem, was uns sowieso schon bis oben steht, kriegen wir noch diesen Teufel dazu!

Weil ich Schnee absolut nicht liebe, schien er mir als Lösung des Problems dasselbe zu sein wie für einen Verzweifelten der Selbstmord und für die jugoslawische Krise der Krieg! Schnee fiel auch am nächsten Tag, in großen Fetzen und Quantitäten. Zutiefst deprimiert lehnte ich am Fenster und starrte in die runterjagende Sendung. Mit dem Fenster zusammen machte ich eine Himmelsreise und hob mich vom Erdboden, den zu verlassen vielleicht wirklich gut gewesen wäre. Scheinbar stiegen wir auf, tatsächlich aber blieb unsere düstere, mit mir und Problemen überladene Welt da unten einbetoniert. Ich strengte die Augen an und versuchte, durch den Schneevorhang die Zeiger am Turm der Jakobskirche auszumachen, doch der Schnee war zu dicht. Nicht nur, daß keine Zeiger zu sehen waren, selbst die Uhr konnte ich kaum erkennen. Ich mußte vom Fenster weg, mir wurde schwindlig.

Übrigens wußte ich, wie spät es war. Es handelt sich nämlich um jenen Kirchturm, der mir in dem bereits beschriebenen Traum erschienen war. Die Uhr dort geht tatsächlich nicht! Sie blieb bald nach Mamas Tod stehen, als wäre zwischen ihnen eine tiefere Verbindung gewesen. Damals blieb sie auf zehn vor neun. Später wurde ein wenig an ihr repariert und gedreht, und jetzt zeigte sie schon seit einigen Jahren punkt sechs. Mama hatte übrigens die Uhren im Haus nach der am Kirchturm gestellt; und vielleicht war ihr, der Frommen, diese Uhr etwas mehr gewesen als nur eine Uhr (wir wissen ja, in welchem Sinn), doch ich selbst meine, es ist angemessener, die stehende Uhr der Jakobskirche in Zusammenhang mit der Lage in Jugoslawien zu bringen. Klingt lächerlich? Jedenfalls ließe ich mich selbst nicht auf derlei Hypothesen ein, wenn es nur um den einen Fall ginge. Ich möchte wirklich nicht als eine Art Ortstrottel gelten. Aber in den letzten Jahren blieb nach und nach der Großteil der öffentlichen Uhren Ljubljanas stehen! Und das kann kein bloßer Zufall sein! Niemand, der halbwegs bei sich ist, wird sagen, daß Zeit und Uhren nichts Gemeinsames haben! Und niemand, der lebt und an sich und in sich die politische, ökonomische und gesellschaftliche Situation spürt, kann verneinen, daß uns die Zeit wirklich stehengeblieben ist!

Ist es dann seltsam, wenn ich in diesem Zusammenhang ernsthaft nachzudenken begann?

Wenn die öffentlichen Uhren repariert würden, bewegte sich in diesem Fall auch die Zeit selbst vom toten Punkt? Interessante Frage. Und wenn, sagen wir, ich auf irgendeine Art dafür sorgte, daß sich die öffentlichen Uhren bewegen?

Besteht nicht die Möglichkeit, daß sich dann auch meine persönliche Zeit bewegt?

Am achten, am Tag von Prešerens Tod beziehungsweise am slowenischen Kulturfeiertag, fühlte ich mich schon ganz in Ordnung. Ich wünschte mir wieder menschliche Nähe beziehungsweise so die normale Routine im alltäglichen Leben. Ich wünschte mir aber auch, daß mir endlich etwas Besonderes geschähe, etwas, das mit der Erneuerung meiner Person im Zusammenhang stünde. Ich war nämlich schon öfter krank, depressiv und sauer geworden, ohne im Grunde zu wissen, warum. Jetzt aber wußte ich es schon. Immer geschahen mir die Dinge nur, nie wirkte ich auf mein Schicksal ein. Ich zog mich zurück, paßte mich an und lieferte mich aus, doch ohne Genuß. Es gibt Leute, die sich mit Freude, Sanftmut und Dankbarkeit dem Schicksal ausliefern und deshalb kein schlechtes Gewissen verspüren, geschweige denn leiden. Mich aber ermüdete so eine Lebensweise. Ich wünschte mir mehr. Ich wünschte mir eine bessere Frau, als Minči war, ich wünschte mir klügeren und gebildeteren Umgang, interessantere Beziehungen zu den Menschen, vielleicht sogar Abenteuer, vielleicht aber Abenteuer auf dieser erwachsenen Ebene, so wirklich erfüllende. Recht hatte Milček, als er sagte, ich sehe unglücklich aus. Die Probleme in mir waren nicht erst jetzt entstanden. Auch früher waren sie mir schon bewußt gewesen, klar, doch sie hatten sich irgendwie wegschieben lassen. Aber jetzt, nach dem Tod des einzigen noch halbwegs interessanten Menschen aus meinem Bekanntenkreis, sozusagen des einzigen Freundes, jetzt war ich mit der Tatsache konfrontiert. Jetzt, Schühlein, ist schließlich doch die

Zeit gekommen, etwas zu tun! Die Jahre sind nämlich genau danach, entweder etwas zu tun oder sich endlich schon einmal abzufinden und damit aufzuhören, Gesichter zu ziehen!

Raus ging ich am nächsten Tag, Samstag vormittag. Es lag noch ziemlich viel Schnee, sie hatten ihn noch nicht räumen können. Ich fühlte mich ganz gut, trotz gesteigerten Winters, und ich kam mir selbst irgendwie neu vor. Siehst du, sagte ich mir, fast zehn Tage warst du weg, warst du praktisch nicht unter den Lebenden, darum wirktest du auch nicht auf die Ereignisse ein. Jeder, den du triffst, ist genau dort, wo er auch in dem Fall wäre, daß es dich auf der Welt überhaupt nicht gäbe!

Verlockende Gedanken, was? Ich wollte mir selbst das Gefühl aufzwingen, momentan schon mit meiner bloßen Existenz gestaltend zum allgemeinen Geschehen beizutragen. Doch damit war ich nicht zu täuschen. Derart könnte man auch den Kater, der einem über den Weg läuft, als gestaltend qualifizieren! Neinnein, aber ich meinte es mit diesen Gedanken ja auch nicht ganz ernst. Ich führe sie nur zur Veranschaulichung meiner Stimmung an. Ich war direkt irgendwie guter Laune. Hätte auch geplaudert. Nur daß ich niemanden dazu hatte. Naja, zur Not wäre es auch mit den Verkäuferinnen im Geschäft gegangen; weil mich aber keine auch nur fragte, wo ich zehn Tage lang war, und weil klar war, daß sie meine Abwesenheit vom Konsumleben nicht einmal bemerkt hatten (oder doch, aber es war ihnen egal), wollte ich mich selbst freilich nicht zwingen. So kaufte ich ohne überflüssige Worte einige Lebensmittel, eine Zeitung und Zigaretten und kehrte in die Wohnung zurück.

Ich bereitete mir eine Suppe aus Kalbsknochen zu, die, wie es heißt, gut für Rekonvaleszenten ist, zwei angebratene und gedünstete Schweinsschnitzel, dazu eine Soße aus Knoblauch und Sauerrahm und gedämpften Reis mit Schalotten. Aus Radicchio, geriebener Karotte, Petersil, Zwiebel und Schnittlauch machte ich einen Salat und dazu eine Marinade aus Kernöl, Zitronensaft und Senf. Während des Essens trank ich fast eine Bouteille Riesling und zum Dessert aß ich einen Apfel. Jesus!

Kein Wunder! Mehr als eine Woche hatte ich fast nichts hinuntergekriegt!

Nach einem solchen Mahl ist es am besten, sich hinzulegen. Davor aber noch das Geschirr abzuwaschen, natürlich, und die Wohnung zu lüften. Nun, und als alles getan war, legte ich mich tatsächlich hin, aber diesmal echt mit Genuß! Ich war in ein paar Minuten hinüber und dann ganze vier Stunden in totaler Bewußtlosigkeit. Ich bin qualifiziert, zu erklären: wenn du nach einem solchen Schläfchen nicht aufwachst, bist du tot. Wenn du aufwachst, bist du gesund!

In der Dämmerung machte ich einen längeren Spaziergang und gratulierte mir. Mich erfaßte ein feierliches Befinden, eine Empfindung, als wäre ich noch ein Rotzbub und als wären Vater und Mama bei mir, als machten wir zusammen einen Abendspaziergang im ersten Schnee und wunderten uns, wie verändert Ljubljana war. Manchmal waren wir wirklich so spaziert. Ich weiß noch, wie gut es mir damals tat, zwischen ihnen und sicher zu sein. Auch jetzt war mir so. Nicht, weil ich gedacht hätte, ihre Geister wären bei mir, sondern ich war in mir selbst so fest. Der Grund dafür aber war natürlich mein offenes Eingeständnis, daß ich mir mehr wünsche, als mir Umgebung und Umstände bieten.

Ich ging auf dem knirschenden Schnee und überlegte, was ich zu tun hätte, um im Einklang mit den noch frischen Entschlüssen zu handeln. Es zog mich in menschliche Nähe, das muß ich schon sagen, denn mit einem Menschen beginnt und endet alles. Jeder aber weiß, daß ein Wintersamstagabend in den Gassen Ljubljanas nicht viele Möglichkeiten bietet. Ich müßte irgendwen besuchen, das ist klar. Aber wen?

Die erste Person, die mir einfiel, war Ančka Kujk. Als ich noch einige durchgenommen und alle nacheinander als unannehmbar verworfen hatte, erschien mir wieder Ančka Kujk. O du Unglück! Ich, der ich noch gestern Pepček und Milček unter die kritische Lupe genommen hatte, sie hätten in einigem nicht das Niveau erreicht, das ich mir als relativ belesener und in etlichen Dingen versierter Mensch wünschte, und schließlich lande ich wieder bei Ančka! Und das, trotzdem sie sich letztens geleistet hatte, gleichsam ins feindliche Lager zu wechseln und ich sagte, was ich sagte, nämlich, nicht mehr zu ihr zu gehen.

Was jetzt? Gut, ich hätte ins Theater oder ins Kino gekonnt, doch dorthin gehst du nicht allein. Wenn du allein auf Veranstaltungen gehst, ist allen klar, daß du allein bist. Aus diesem Grund gehe ich sonntags nicht einmal spazieren. Ich bin allein, doch ich will nicht dafür gehalten werden. Trotz allem.

Aber wie schamlos hatte ich Ančka damals das Mittagessen verdorben! Wäre es im Grunde nicht schön, gerade heute, wenn ich schon so drauf bin, reformatorisch oder wie soll ich sagen, mit einer kleinen Aufmerksamkeit zu ihr zu gehen? Ohoho! Ich glaube, der Mund bliebe ihr offen, wenn einmal ich, Schühlein, auch mit einer Erklärung käme à la Entschuldigung für letztes Mal, Ančka! Du weißt ja, so und so und so weiter ... Ja, vielleicht fehlt mir genau das, nämlich mich ein bißchen anders zu zeigen, was weiß ich, fähig, den Mitmenschen mit Herzlichkeit zu überraschen! ... Mit Güte! ... Vielleicht auch mit der Fähigkeit zu vergeben! ... Vor allem letzteres, heißt es, spreche für die Größe eines Menschen. Ich hatte Glück, daß die Selbstbedienung im Nama angesichts von Tag und Stunde noch offen war. Ich kaufte eine nicht zu große Tafel Nußschokolade und verlangte auch, sie einzupacken. Es war nicht weiß ich was, ich rechnete aber, daß sich Ančka trotzdem freuen würde. Sie würde sich schon freuen, wenn ich ihr einen Lutscher mitbrächte. Denn es wäre das erste Mal!

Nun, dann ging ich die Čopova zum Prešeren-Platz runter. Und dort ... mich traf fast der Schlag!

Über die linke Brücke des Tromostovje näherte sich ein älteres Paar. Eine Frau und ein Mann. Weil ich in der Weite noch immer hervorragend sehe, erkannte ich die Frau sofort. Es war Ančka Kujk.

Ančka Kujk? Pepčeks Witwe? Mit einem Dritten?

Trotz des Schocks bog ich so unschuldig es ging und wie spontan in die Trubarjeva ein und begann in die stumpfsinnigste aller Centromerkur-Auslagen zu gaffen. Natürlich begleitete währenddessen mein ganzes Wesen diese zwei. Sie überquerten langsam den Platz und nahmen diesen Anstieg neben der Franziskanerkirche. Jetzt mußte ich schon einen Schritt ums Hauseck zurück, um sie mit den Augen verfolgen zu können. Damit sie im Schnee nicht ausrutschten, hielt sich das Mannsbild am Geländer und sie sich an ihm, und so gingen sie zur Plattform hinauf. Aber sie gingen oben nicht weiter. Es geschah, was ich erwartet hatte. Oben bogen sie unters Vordach beim Seiteneingang in die Kirche und ... schwupp hinein!

Ja!

Den Typen hatte ich nicht optimal gesehen, aber seine Erscheinung wirkte irgendwie altgläubig, direkt rustikal, wenn ich so sagen darf. Er verströmte – in metaphorischem Sinn natürlich – den Geruch nach Kautabak und nach einem jener vorsintflutlichen Gewerbe, das Zinn verwendet, Draht zum Topfbinden, Kolophonium, Wagenschmiere, glühende Kohlen und seltsame Beizen in Fläschchen, und an der Wand hängt verpflichtend unter verrauchtem Glas eine Heilige mit Rad oder Zange und bittet für uns. Naja, mit etwas weniger Bosheit aber muß ich sagen, daß er trotz des sichtlich hohen Alters recht rüstig ging und daß er nicht wie ein Verlorener in der Großstadt aussah. Er bewegte sich wie zu Hause, seltsam aber war, daß ich ihn noch nie gesehen hatte. Ljubljana ist nämlich trotz allem kein so großer Ort, daß man einem dort lebenden Menschen, und schon gar einem älteren, nicht zumindest ein paarmal begegnet. Mir, der ich ewig auf der Straße bin, kann das nicht widerfahren. Es lief mir kalt hinunter: was, wenn das ein Tertiarier ist, der bisher vereinsamt, gottversunken und mit dem Schlapphut in der Hand nur in den Sakristeien herumgehuscht ist, sich um die Altäre zu schaffen gemacht und vor der breiten Öffentlichkeit hinter den Säulen versteckt hat? War Ančka, Witwe eines Kommunisten und Fregattenkapitäns, meines Freundes Pepček, so einem nahegekommen? Hatte ich seinetwegen den Marschall auf den Dachboden tragen müssen?

Aber diese Fragen waren nicht einmal die schlimmsten. Die eine stellte sich, die mich am meisten zu Boden drückte. Nämlich, wir mögen es so oder anders betrachten, zwischen Ančka und dem eben gesehenen Onkel war dieses Etwas zu spüren.

Liebe.

Zuerst zog ich richtig erschüttert los. Die Beine trugen mich fast von allein, doch war nichts Sprunghaftes mehr in ihnen. Aus einem Optimisten hatte ich mich in eine Ruine verwandelt. Damit das ganze aber nicht allzu düster ausfiele, begann ich Ančka vor mir selbst zu entschuldigen. Wo steht denn, zum Beispiel, daß Ančka jetzt ihre ganze Vergangenheit mit Pepček und mit mir gleich abgeschrieben hat? Vielleicht hat nur die Angst vor dem Alleinsein im Alter sie überwältigt! Ein Altwerden zu zweit hat vor einem Greisenleben in Einsamkeit zweifellos den Vorzug, und hier gäbe ich Ančka recht ...

Recht aber muß ich ihr auch geben, wenn sie sich verliebt hat! Das ist das Recht jedes Menschen! Du hast recht, und wenn du dich in wen immer verliebst, meinetwegen in das gesamte Personal der katholischen Genossenschaft! Eine Liebesbeziehung muß man respektieren und segnen!

Ich lief mit total verdorbener Stimmung im Herzen herum und hielt schließlich verwundert vor meinem Geburtshaus am Breg. Im Grunde hatten mich die Beine von allein heimgetragen.

Wart, sagte ich, so am Ende sind wir ja wohl auch wieder nicht! Mich neuerlich auf die Couch werfen? Ich hatte doch bestimmte Versprechen geäußert! Sie bei der ersten Hürde zu brechen, wäre eine Sünde!

Wohin also? Wohin zum Teufel soll ich gehen?

Na, und da erinnerte ich mich an die Purgs, die Verwandtschaft in Krakovo. Ja, stimmt, überrieselte es mich, die hab ich lange schon nicht gesehen! Und hab sie sozusagen gleich vor der Nase!

Naja, dachte ich mir, denen stehen wir wegen des Generationswechsels nicht mehr so nahe, doch ich werde wenigstens etwas von dieser Unmittelbarkeit mitkriegen, für die sie bekannt sind. Und ich würde sogar willkommen sein, denn ich griff ihnen seinerzeit recht ausgiebig unter die Arme. Dazu nötigte mich, ich geb's zu, meine Mama, und selbst sie mehr um der Vergangenheit willen, als aus Liebe zu diesen jungen Purgs. Einst wird es dir vielleicht hundertfach vergolten, sagte sie. Ja, ein Dreck wird, sagte ich. Sie gefielen mir nicht. Sie alle hatten irgendwie kleine und runde Augen, wie Katzenaugen. Nein, dachte ich mir, diese jetzige Generation ... Ts, ts, ts!

Soll ich es riskieren? Malčika, Jožef und Ljubica sind wirklich keine Elite. Auf Kultur pfeifen sie, jede Finesse ist ihnen fremd ... Aber verdammt nochmal, es bringt mich wohl nicht um, wenn mir neben all den Leuten, die sich ihre Liebe finden, auch ich ein wenig menschlichen Umgang zuziehe?

Vielleicht aber wird mir, sagte ich mir, der Besuch bei diesen praktischen Leuten, wenn nichts anderes, dann wenigstens eine Lösung bieten!

Und ich ging.

2. Teil

Die gefrorene Zeit

8. Kapitel

Zu den Purgs kam ich kurz vor den Abendnachrichten. Im Wohnzimmer beziehungsweise der großen Küche war alles in Unordnung. Auf dem Boden kugelten Plastikpistolen, Maschinengewehre, Spielzeugautos, Panzer, Flugzeuge, Topfdeckel und zerquetschte Kekse herum. Ich gab Bojanček diese Schokolade, die im Grunde für Ančka war, und setzte mich aufs Kanapee. Hier haben sie so ein Kanapee, das vor dem Fernseher steht. Ljubica mischte mir einen Fruchtsaft aus Sirup. Jožef sagte:

»Und mir nichts?!«

Sie reagierte nicht. Sie setzte sich müde ins gegenüberliegende Eck des Kanapees und starrte zerstreut auf den Fernseher. Eben fingen die Nachrichten an, doch Ljubica sah nicht hin, weil es sie interessiert hätte, sondern einfach so. Da stand Jožef auf. Mit seinem Mordskörper füllte er fast den ganzen Raum. Es sah nach dicker Luft aus. Ich dachte, was kommt jetzt, wird er Ljubica so vor mir eine knallen oder was. Aber er tat es nicht, er kratzte sich nur den Hintern und setzte sich wieder aufs Stockerl neben mir hin. Es war ein Scherz gewesen.

Die Nachrichten fingen, wie gesagt, an, und Bojan kroch auf meine Knie, aber so, daß er zu mir gedreht war. Keiner versuchte ihn daran zu hindern. Er hielt sein Gesicht ganz nah vor meines und schnitt Fratzen. Nichts zu machen. Ich mußte meines komisch verziehen. Der Kleine platzte vor Lachen und schrie:

»Žani scheißi ani!«

Jožef lächelte irgendwie gar zu fröhlich.

»Ljubi«, sagte er zu Ljubica, »pack den Kleinen ins Bett.«

»Du weißt, daß er nicht schlafen wird«, sagte Ljubica. »Und überhaupt kann ich nicht mehr.«

»Ich weiß«, sagte Jožef und zwinkerte mir kalt zu, »du bist fix und fertig.«

Dann reichte er seinen stammartigen Arm dem Kleinen und winkte mit den dicken Fingern.

»Komm zu mir.«

Er hätte besser daran getan, ihn mir einfach abzunehmen. Die Schokolade in Bojans Hand schmolz bereits, und das fürchtete ich. Doch Bojan gehorchte nicht gern. Schließlich hörte Jožef zu fingern auf. Etwas im Fernsehen irritierte ihn. Sie zeigten Panzer und Flugzeuge der antiirakischen Koalition. Jožef war Mechaniker beim Militär. Kann mir denken, was für ein Mechaniker, bei seiner mentalen Entwicklung. Wirklich merklich war nur sein Körper entwickelt. Außerdem hatte ich ihn in Verdacht, daß er irgendwo daheim eine Waffe hatte. Zurückgebliebenheit und Waffen, das gehört irgendwie zusammen.

Den Kleinen stellte ich schön selbst auf den Boden und ich zeigte ihm:

»Schau, Panzer!«

Aber in diesem Moment verschwanden die Panzer. Bojan entwand sich mir, stopfte den Rest der Schokolade in den Mund und kroch, sich an meiner Hose haltend, auf das Kanapee, dann auf die Rückenlehne ... Ich fing ihn gerade noch ab, bevor er sich mit all diesen Fingern auf mich warf.

»Nein!« sagte ich streng. »Gehen wir Hände waschen!«

Ich führte ihn zur Abwasch, hob ihn und wusch ihm die Hände. Er wehrte sich nicht. Noch mehr, er wollte, daß wir den Hahn zudrehen und aufdrehen, das Wasser vom Topf in die Gläser und umgekehrt schütten, daß wir kurz mit diesem ganzen schmutzigen Geschirrzeug spielen, mir aber war nicht danach. Am meisten nervte mich die Grabesstille hinter meinem Rücken. Jožef und Ljubica glotzten ohne jedes Interesse in den Fernseher, und ich, den es interessierte, wie in Litauen das Unabhängigkeitsreferendum lief, und überhaupt, was um uns geschah, ich mußte mich mit ihrem Kind abgeben!

Dann hängte er sich mir an den Hals. Dieses Hängende und vor Vergnügen Heulende trug ich hin und her, ich kreiste zwischen den Pistolen und Panzern, dann aber setzte ich mich einfach aufs Kanapee. Das Fernsehen brachte gerade jetzt einen spannenden Bericht aus Belgrad. Eben war das Präsidium der SFRJ mit den Republikspräsidenten beziehungsweise den Präsidenten der Republikspräsidien zusammengetroffen. Tuđman und Mesić fehlten. Wegen antikroatischer (wahrscheinlich bestellter) Demonstrationen hatten sie nicht zu kommen gewagt. Es war spannend, ich sah zu, Bojanček aber kletterte inzwischen hinter mir auf die Lehne und trampelte mir im Rücken herum. Da sagte Jožef:

»Ljubi, nimm den Kleinen, damit er nicht auf den Rücken fällt.«

Dankenswert! Doch er saß näher und unternahm nichts, darum rührte sich Ljubica nicht einmal. Bojan kletterte allein runter, legte sich so zwischen Ljubica und mich, daß der Kopf dort war und die Füße bei mir – und trat mich, fuhrwerkte mit den Armen, brüllte und erregte auf alle Arten Aufmerksamkeit. Weil niemand reagierte, lief er schließlich zum Fernseher und stellte ihn ab.

So was!

Ich sah Jožef an, der mir den Blick zurückgab, offenbar stolz auf den Sohn. Das Kind ist tatsächlich intelligent, aber nicht nach ihm. Das hat er von Malčika, Jožefs Mutter. Die ist eher so.

Dann maßen sie sich:

»Hör mal zu«, sagte Jožef, »wenn du uns nicht die Nachrichten schauen läßt, dann laß ich dich keinen Zeichentrick schauen.«

Bojan ließ sich nicht beirren. Er kapierte, daß es Jožef nicht ernst war. Wahrscheinlich hatten sie ihm schon auf diese Art gedroht, die Drohung dann aber natürlich nicht wahrgemacht.

»Echt, echt«, drohte Jožef. »Du wirst keinen Tom und Jerry mehr sehen!«

»Nicht Tom und Jerry! Biene Maja!«

Jožef zuckte zusammen.

»Ljubi, verfluchter Scheißdreck, du hast ihm doch keine Biene Maja gebracht! Laß das! Ich will nicht, daß mein Sohn schwul wird! Verstanden?!«

»Vergiß es«, zuckte Ljubica die Schultern, »ich nehm was sie haben.«

Jožef wandte sich wieder Bojan zu:

»Wie, und den He-Man hast du satt?«

»Er ist grauslich!«

»Wie, grauslich, verdammte Scheiße?! Er ist stark und besiegt alle! Bojan, schalt ein! Wird's bald?!«

»Nein!«

Jetzt stand Jožef auf, doch auch das war Teil des Spiels. Der Kleine lief zum Fernseher und schaltete selbst wieder ein.

»Wenn Bojan lieber Zeichentrick sieht«, meldete ich mich, »soll er doch! Wenn ich nicht hier wäre, würdet ihr wahrscheinlich nicht die Nachrichten sehen.«

»Klar würden wir«, erwiderte Jožef seitwärts.

Einen Dreck würdet ihr, dachte ich mir. Ihr wißt überhaupt nichts, und euch interessiert auch nichts!

Da waren die Nachrichten auch schon zu Ende. Bojan aber stand inmitten der Spielzeuge vor dem Fernseher und ruderte mit den Armen. Als er bemerkte, daß ich das Programm im Grunde nicht einmal mehr verfolgte, warf er sich Ljubica in die Arme und weinte gnadenlos. Ljubica tätschelte und streichelte ihn, als hätte ihm jemand das schlimmste Unrecht zugefügt. Ich drehte mich zu Jožef.

»Wo ist denn die Mama?«

Jožef sah Ljubica duckmäuserisch an, aber ich weiß nicht, ob die mich überhaupt hörte. Er zeigte die Zähne, lächelte.

»Sie ist ein wenig raus.«

Da stimmt was nicht, sagte ich mir. Der Kleine aber hörte genau jetzt zu brüllen auf. Er schrie:

»Gacken!«

Ljubica, müde, schickte ihn zu Jožef.

»Geh mit Papa aufs Klo.«

»Nicht aufs Klo! Hier gacken!«

Man stellt sich immer vor, daß Kinder zur selben Zeit schlafen gehen wie die Häschen vor den Fernsehnachrichten. Doch dem ist nicht so. Jožef stand auf und holte den Topf vom Klo. Unterwegs boxte er in die Luft und zeigte überhaupt so eine Anspannung. Er stellte den Topf mitten ins Spielzeug, und dann hatten wir Bojanček am Topf vor uns. Er saß, zielte mit einer Pistole auf mich und leerte den kleinen Darm. Pock! Pock!

»Wie geht's denn Ihnen so!« fragte mich plötzlich und irgendwie spöttisch Jožef. Er saß so, daß er die Beine auseinander hatte, die über die Schenkel gelegten Unterarme aber hingen einwärts, und die Riesenfäuste am Ende waren geballt. Zwischen den Fingern der einen schwelte eine Zigarette.

»Gut, geht gut«, sagte ich.

»Ja, aber wirklich«, meldete sich Ljubica, »Sie halten sich prächtig. In Ihrem Alter!«

Verdammt, die Leute haben wirklich kein Gefühl.

»Lob mich nicht zu früh«, sagte ich. »Wenn du's in vierzig Jahren tust, werd ich mich ehrlich freuen!«

»Warum denn?« fragte sie.

Ich sah Jožef überrascht an, der aber widmete sich seinem Sohn auf dem Topf. Er zwinkerte ihm zu und schoß mit dem Finger zurück. Bumm. Bumm.

»Ja«, sagte ich, »dann werd ich hundert sein!«

Sie lächelte mich freundlich an.

»Meinen Sie, daß Sie so alt werden?«

Mir war ja schon eine ganze Zeit klar, daß ich nicht hätte herkommen dürfen, aber jetzt durfte ich noch nicht nach Hause. Wegen Malčika. Wenn sie am Ende kommt, ist sie entrüstet, weil ich nicht gewartet habe. Da erhob sich Bojan vom Topf und begann mit nacktem Hintern herumzulaufen. Wer wird sich heben? Ich sah Jožef an. Nun, da stand Ljubica auf, nahm irgendwie zufrieden den Kleinen und ging mit ihm ins Bad. Jožef und ich blieben schweigend sitzen. Nach einer Weile sagte ich:

»Paßt es nicht, wenn ich hier bin? Vielleicht habt ihr etwas anderes vorgehabt?«

Jožef gaffte vor sich hin.

»Woher denn! Nichts.«

Ich liebte die jungen Purgs nicht, auf die Nerven wollte ich ihnen aber auch nicht gehen. Ich fühlte mich ein wenig schuldig, hatte aber tatsächlich keinerlei Grund dazu. Neben kleineren Summen bekamen sie einmal ganze 5000 Mark von mir, und zwar für ein Auto, einen Hunderteinser. Zwar kam Malčika mit der Bitte um das Darlehen zu Mama, doch waren sofort zwei Dinge klar: daß das Geld ich leihen und daß ich es nie mehr sehen würde. Aber in Ordnung, damals dachte ich noch im Ernst, daß vielleicht das Auto der Purgs auch Mama und mir einmal zugute käme. Was weiß man, was einem zustoßen kann. Überhaupt aber waren 5000 Mark nur die halbe für das Auto nötige Summe. Aber lassen wir das. Jetzt war das Auto schon alt und verbeult, und mich hatten sie nur einmal nach Tržič mitgenommen, und selbst das hatte ich nicht nötig gehabt.

Im Vorraum war Stampfen zu hören, und das Licht ging an. Ich hörte, wie Schuhe aus- und angezogen wurden, dann ging die Glastür energisch auf und Malči trat ein.

Über Malčika muß ich ein paar Worte sagen, noch davor aber muß ich ein paar Worte über die Purgs sagen und wie ich mit ihnen verwandt bin. Meine Mama und Malčikas Vater Gašper waren Cousins, doch war für die Aufrechterhaltung der verwandtschaftlichen Beziehungen etwas anderes wichtiger, nämlich die Freundschaft zwischen meiner Mama und Gašpers Frau Mihelca. Nach

Mihelcas Tod ging Mama dort nicht mehr hin, dafür aber meldete sich gern Malči bei uns, »die unersättliche Malči«, wie Mama sagte. Sie aß ratzeputz auf, was man vor sie hinstellte. Dann heiratete ich, und Malčika kam, außer vielleicht einmal, zweimal, nicht mehr zu uns. Schließlich ging sie auch weg von daheim, so wie ihre zwei älteren Brüder, zwei geschulte Burschen. Als Malči das Haus verließ, blieb Gašper allein. Und hier beginnt die Geschichte. Der alte Gašper war schon über siebzig, er war Spenglermeister in Rente, ihm wurde langweilig, nun, und da ging er her und verliebte sich in eine dreißig Jahre jüngere Frau. Als sie sich so ein wenig besser kannten, schlug er ihr vor, mit ihm zusammenzuleben. Die Frau war gleich dafür, besonders, weil sie mit ihren zwei Kindern in nächster Nähe wohnte.

Da kehrte aber plötzlich Malči zurück, die sonst in Zalog mit einem Eisenbahner lebte. Sie kam mit einem Kind, Jožef, zwei Jahre alt, und blieb für immer. Klar, ihre Absicht war, den Vater daran zu hindern, eine Dummheit zu begehen. Ich weiß nicht, vielleicht sehe ich manche Dinge naiv, doch damit, daß sie das Haus und die übrigen Immobilien zusammenhielt, machte sie mehreren Leuten das Leben kaputt. Zuerst dem alten Gašper, der zwar eine ehrliche und gute Haut war, der aber den Fehler machte, sich zu verlieben, dann ihrem Mann, der als Eisenbahner nicht einfach so umziehen konnte und den sie schließlich ganz von sich stieß, sie schadete wahrscheinlich aber auch sich und Jožef. Sich selbst, weil sie danach, wahrscheinlich wegen ihrer Habgier, keiner mehr mochte, und Jožef, weil ohne Vater aus ihm ein debiler Halunke wurde. Naja, ich weiß nicht. Auf jeden Fall starb der Alte vor Traurigkeit, und seither sind die Purgs nicht mehr das, was sie waren.

»Schau an, Žani, du bist es!« sagte Malči, während sie mit dem Fuß eine alte Kinderdecke unter die Tür stieß. Malči ist ein pralles großes Weib. Im Augenblick war sie in einem engen kniehohen Rock und dicken Strumpfhosen und hatte ein Jäckchen an. Die Dauerwelle auf ihrem runden Kopf war frisch. Malči achtet auf ihr Aussehen, denn sie ist Chefin in einer Selbstbedienung.

»Hab überlegt, wem diese schwarzen Stiefel gehören. Wer hätte gedacht, daß es deine sind!«

Sie lächelte flüchtig und ließ die Augen flitzen. Ja, das war ihr Stil zu foppen beziehungsweise zu verarschen, wenn ich genauer bin. Wie auch immer, ich wußte darauf nichts zu sagen. Ich bemerkte aber, daß Jožef sie aufmerksam beobachtete. In diesem Moment kam Bojan aus dem Bad gelaufen, barfuß und froh wie ein Hündchen. Malči machte eine aus Leibeskräften freundliche Miene und breitete die Arme aus.

»Schau an! Bist du noch nicht im Bett?!«

Der Kleine war auf einmal woanders. Aha, dachte ich mir, die Kinder spüren die Falschheit. Er drückte sich an Jožef und blieb ruhig. Aus dem Bad kam noch Ljubica, und jetzt waren sie alle auf einem Haufen. Sie alle hatten runde Katzenköpfe. Auch Ljubica, nur daß sie nicht durchtrieben und heimtückisch aussah, wohl aber faul und vernagelt.

»Wo hast du denn die Hausschuchi?« sagte Malči, ging herum und schaute hierhin und dorthin, als wäre genau das im Moment das Wichtigste. »Na, wo hast du die Schuchi hingetan?«

Ljubica sah sie nicht einmal an. Sie nahm Bojan auf den Arm und ging zur Vorzimmertür. Sie und Jožef hatten sich auf dem Dachboden eingerichtet. Von der Klinke nahm sie eine ausgeweitete Weste und legte sie um das Kind.

»Sagst du Papi gute Nacht?« sagte sie. »Sagst du Onkel Žani gute Nacht?«

Der Kleine sagte gute Nacht, und wir zwei sagten gute Nacht, Malči aber stöberte inzwischen heftig nach den Pantoffeln. Sie war in Rage. Ljubica ging mit dem Kleinen hinauf in die Dachwohnung, und sowie sie verschwunden war, ging es Malči besser. Sie sah mich an und setzte sich neben mir auf das Kanapee. Das Kanapee sank derart unter ihr ein, daß ich ihr fast auf den Schoß gerollt wäre. Im letzten Moment hielt ich mich am Seitenteil, und dann ließ ich es auch nicht mehr los. Die Frau hat hundert Kilo, und sie ist dabei nicht einmal dick.

»Da, schau!« sagte sie noch immer merklich erregt und zog die Pantoffel hinter meinem Rükken hervor. Ich entschuldigte mich, ich weiß zwar nicht, wofür, ich hatte ja nicht gewußt, daß sie dort waren, doch Malči reagierte nicht. Daß sie sich um meine Entschuldigung nicht scherte, gehörte hier zu den gängigen Verfahren, du aber sahst deswegen nicht rot, sondern hieltst dich unter dem Druck der göttlichen Verachtung üblicher Normen für einen kleinlichen Arsch. Und solche Finten, angeboren oder erlernt, ich weiß nicht, kamen wie am Schnürchen. Drei Möglichkeiten bieten sich einem: entweder er flieht sofort vor den Purgs, oder er verliebt sich in sie, weil ihn gerade solche anziehen, oder aber er duldet sie, weil sie halt verwandt mit ihm sind.

Malči gab die Pantoffeln Jožef, der links neben mir auf dem Stockerl saß. Weil sie ihn nicht so leicht erreichte und weil Jožef nicht einmal aufmerksam wurde, lehnte sie sich ganz auf mich, sodaß Jožef die Pantoffeln und ich diese grandiose Büste unter die Nase bekam. Sie sagte:

»Da, trag sie rauf!«

Madonna, vor mir weitete sich diese Büste und wogte, und ich hielt mich fest am Seitenteil des Kanapees und wünschte mir, die Dinge würden nicht zu lange dauern. Vor Jožef wollte ich ihr wirklich nicht in die Arme fallen, und noch weniger in seiner Abwesenheit. Schließlich nahm er doch diese Pantoffel ... (Verlaß mich nicht, Jožef! – beschwor ich ihn in Gedanken) ... und stellte sie auf den Boden.

»Jetzt braucht er sie wirklich nicht«, sagte er.

So ist Jožef. Unleidlich und grob, doch manchmal ganz verläßlich. Malči richtete sich auf, rückte aber nicht ab. Wir berührten uns mit den Schenkeln. Ich fragte mich, wie sich wohl all dieses Fleisch unterm Rock jetzt zusammenkneten mochte. Sie fixierte mich wie ein Huhn den Wurm.

»Wie geht's dir denn, Žani? Warst lange nicht hier. Warum bist du so still? Willst du was trinken?«

Drei Fragen auf einmal. Ein konsequenter Mensch käme durcheinander, ich aber wußte schon, daß ich mich nicht ins Antwortgeben verstricken durfte. Sie hätte mich so oder so nach drei Worten unterbrochen.

»Ist schon in Ordnung, Malči«, sagte ich, »ich trinke einen Saft. Wie geht's denn dir?«

Sie antwortete nicht. Sie fuhr einfach fort:

»Siehst irgendwie schlapp aus. Bist irgendwie mager. Was ist los, verfolgt dich irgendein Weibsbild?«

Das war eine Konversation in ihrem Stil. Vor solchen Fragen hatte ich immer Angst. Ich wußte zwar, was notgetan hätte. Ich hätte mit etwas von der Art parieren müssen, wie etwa: bist mir's etwa falsch, du Trampel? – aber damit wäre ich in Treibsand getreten. Ich antwortete wahrheitsgemäß:

»Im Grunde war ich wirklich krank. Ich bin zehn Tage gelegen. Ich bin noch nicht ganz bei mir.«

Malči sperrte ihre runden Katzenaugen über die Maßen auf.

»Hör schon auf! Und was hast du gehabt?«

»Ach, nichts Ernstes. Angina. Und vielleicht ein wenig Lungenentzündung.«

Jetzt sah mich auch Jožef an.

»Hast du gehört?« sagte Malči. »Krank war er, und wir haben nichts davon gewußt!«

»Ich bitte euch!« rief ich. »Es war ja nichts Ernstes! Was müßtest du erst sagen, wenn ich einen Krebs hätte, am Zwölffingerdarm oder an der Leber!«

Sie beobachteten mich. Sie beobachteten mich wirklich. Als erste kam Malči zu sich:

»Hast du gehört, Jožef? Hast du gehört, wovon er redet?!«

Treibsand! Bei den Purgs trittst du so oder so rein. Ich wurde zornig:

»Blödsinn! Es war nur eine Angina! Und was ist das? Nichts!«

»Nur eine Angina, ja«, sagte Malči. »Ich höre, ich höre und kann es nicht glauben. Willst du was essen, Žani?«

»Nein, nein«, sagte ich. »Nach sechs esse ich nicht. Außer manchmal eine Kleinigkeit.«

»Na, eben, eine Kleinigkeit!« sagte Malči. »Ich werd dir wohl jetzt keinen Hasen braten!«

So behandeln sie dich, ja, dachte ich, wie einen Idioten! Malči nahm aus dem Kühlschrank ein Tablett mit einer viertel Torte. Ich erschrak: »Wenn das für mich ist, dann lieber nicht!« Malči sah Jožef mit einem Lächeln an. »Natürlich nicht! Was denkst du denn! Nur ein Stück!« Sogar Jožef sah mich mit einem Lächeln an: er zeigte kurz die Zähne. Malči schnitt ein schmales Stück ab und reichte es mir auf einem Tellerchen.

»Da«, sagte sie, »das haben wir noch von Bojans Geburtstag.«

Jetzt erst blieb mir die Luft weg! Ich hatte nichts von dem Geburtstag gewußt. Noch gut, daß ich die Schokolade gebracht hatte! Doch verglichen mit diesem ganzen Arsenal auf dem Boden wäre auch eine Metertafel ein recht mageres Geburtstagsgeschenk gewesen!

»Er hat ihm eine Tafel Schokolade gebracht!« sagte Jožef mit einer gewissen Betonung. Malči wunderte sich:

»Wirklich wahr? Ohoho, Onkel Žani, ohoho!«

Es war klar, sie machten sich lustig. Malči setzte sich rasch zu mir, und das Kanapee sackte wieder ein. Im letzten Moment gelang es mir, mich am Seitenteil zu fangen.

»Was ist, wenn du einmal ernsthaft krank bist, Žani?« sagte sie, und in ihrer Stimme war eine ausgeprägte Sorge zu spüren. »*Wer* wird dann für dich sorgen?«

»Ach«, sagte ich nicht überzeugend, »das mach ich schon.«

»Hast du jetzt, wo du die Angina oder was auch immer du gehabt hast, wenigstens deinen Studenten für irgendwas eingespannt? Hat er dir was aus dem Geschäft gebracht? Wohl ja!«

Ich hätte »ja, ja, natürlich« sagen müssen, aber nein. Ich sagte die Wahrheit. Ich sagte, daß Šonc auf Ferien sei. Es war so naiv, daß sich sogar Jožef zu mir drehte.

Malči sah ihn an, nahm mir das leere Tellerchen ab und stand auf. Als sie aufstand, warf es mich gegen das Seitenteil. Sie ging zur Abwasch und begann sich mit diesem Krempel zu beschäftigen. Sie sagte:

»Ich hab da eine Idee, Žani.«

Als sie das sagte, war sie übers Spülbecken gebeugt. Wenn dich Malči direkt in Arbeit hat, ist sie widerlich, wenn sie dir aber etwas so sagt, von der Seite, ist sie gefährlich. Ich wartete, was kam.

»Aber weißt du was«, sagte sie, noch immer ins Becken, »ich komm mal zu dir heim und erzähl dir alles. Nächste Woche einmal komm ich zu dir auf einen Kaffee.«

»Äh«, sagte ich schwächlich, »jetzt erklär's mir, wenn ich schon hier bin!«

Nun beäugte sie mich höhnisch.

»Schau an! Dir ist leid um den Kaffee! Aber ich hab mir richtig gewünscht, ein wenig bei dir vorbeizuschauen!«

Jetzt würde ich sie selbst einladen müssen!

»O Madonna!« rief ich. »Was scheißt du herum! Du komm nur!«

Na, und wir hatten zusammengefunden.

»So!« sagte sie lobend. »So!«

Ich stand auf, wütend auf mich, und ordnete mir die Kleider.

»Es ist spät«, sagte ich, »ich muß schlafen.«

Sie sah mich an und wies mit dem Kopf auf ihr Zimmer.

»Was das Schlafen angeht, bei mir ist genug Platz!«

Ich machte einen Schwenk zur Tür, Jožef aber überholte mich und öffnete sie. Ich glaub's nicht, er war nicht so vernagelt, daß er nicht gewußt hätte, was sich wirklich nicht gehört. Als ich angezogen war, machte er mir auch die Wohnungstür auf. Dabei keuchte er und sah an mir vorbei. Verdammt, dachte ich, der würfe mich am liebsten aus dem Haus!

Draußen in der frischen Luft blieb ich gleich stehen und zündete mir eine Zigarette an. Vor Tabakgier bog es mich förmlich nieder. In dem Moment, als ich den ersten Zug ausblies, lenkten seltsame Stimmen hinter den verhängten Fenstern des Raumes, in dem wir gesessen waren, meine Aufmerksamkeit auf sich. Ich neige nicht zum Horchen, wirklich nicht, aber wenn ich schon dort war, warum sollte ich mich taub stellen. Es waren Malči und Jožef. Wörter fing ich keine auf, übrigens gab es nicht einmal welche. Eher würde ich sagen, sie knurrten und schnaubten. Und sie rangelten auch, daran ist kein Zweifel. Dann hörte ich Malčika:

»*Laß mich in Frieden!*«

Sie stieß es lachend hervor, wie jemand, der gekitzelt wird.

Es trug mich förmlich nach Hause.

9. Kapitel

Ja, direkt nach Hause trug es mich. Ich ging nirgends mehr hin. Nach einem solchen Besuch ist in einem kein Bedürfnis nach weiterem menschlichen Umgang mehr. Man fühlt sich irgendwie ausgefüllt.

Naja, lassen wir diese Sarkasmen. Im Grunde war ich ordentlich wütend auf mich. Hatte mich jemand gebeten, sie zu besuchen? Ich war selbst hingegangen und hatte sie an mich erinnert!

Und was habe ich jetzt von meinem Entschluß, etwas zu tun? Was nur! Malčika habe ich mir aufgehalst! Malčika, diese durchtriebene, feiste Katze!

Malči kommt nicht einfach so zu einem. Malči kommt nicht zu Besuch, weil sie nicht weiß, was sie tun soll, und sich denkt, na, schau ich halt ein wenig zu Žani, wie es ihm so geht, und wir quatschen ein bißchen und so weiter ... Woher denn! Malči kommt nicht zu dir, weil du gut auf dem Laufenden und daher genau der Richtige für eine eingehendere Diskussion bist. Malči ist nicht von diesem Schlag! Wenn sich Malči bei dir ansagt, kannst du sicher sein, daß sie dir irgendwo ihre Krallen reinschlagen wird!

Bei ihrer Anmeldung begann ich automatisch um zwei Dinge zu fürchten: um die persönliche Integrität und um die Wohnung.

Die Angst um die Wohnung will ich nicht lange erläutern. Die zwischenmenschlichen Beziehungen bei den Purgs sind in offenem Zerfall begriffen. Zwischen ihnen ist so viel an Spannung zusammengekommen, daß das Haus zu klein geworden ist. Wenn Malčikas Idee von daher rührt, ist meine Angst berechtigt.

Was meine persönliche Integrität und Malčika angeht, ist die Sache die. Mir sagen kluge, doch bescheidene Leute zu. Ich wünsche, daß bei meinen Freunden eine bestimmte Dichte an menschlicher Kompliziertheit, vielleicht auch Verträumtheit in höhere Ideale zu spüren ist, ich wünsche mir aber nicht, daß meine Freunde für diese Ideale über Leichen gehen. Ich als Melancholiker ertrage keine Frechlinge, die meinen, die Welt sei zu ihrem Nutzen da. Und genau so ein Frechling ist Malči. Mit ihrem berechnenden Verstand ist sie eine schon in den Grundfesten gefährliche Erscheinung. Ganz zu schweigen von dem Fall, daß sie sich an etwas erinnert!

Wenn sich Malči entschlossen hat, zu mir auf einen Kaffee zu kommen, kommt sie auch. Und sie wird mit einem so schamlosen Vorschlag kommen, mit einer Idee, so schlau gewendet, daß ich mich nicht widersetzen werde können. Aber auch wenn ich mich ihr widersetze, wird die ganze Zeit dieses Wesentliche an ihr präsent sein, ihre Körperlichkeit, dieses Überzeugtsein vom eigenen Körper und von der adäquaten Umgebung für ihn. Sie wird nicht zulassen, daß ich sie abweise. Sie kennt ihre natürlichen Rechte! Wo ich ein Grab unter meinem Arsch gemacht habe, dort ist meine Heimat!

Nein, Malči ist nicht wie ich, der ich von mir als einer temporären Erscheinung unter anderen Erscheinungen denke. Ich halte mich fast für eine Zumutung unter den Elementen dieser Welt. Malčika ist im Gegenteil überzeugt, daß mit ihr alles begonnen hat, und enden wird es nie!

Ich hatte solche Angst vor ihrem Besuch, daß ich mich einige Tage nicht einmal aus der Wohnung traute. Naja, ich sage nicht, daß ich mich kein einziges Mal hinaustraute, aber alle paar Augenblicke ergriff mich die Panik und ich sperrte mich für drei, vier Stunden ein. Wir kennen doch diese Ahnungen: in bestimmten Momenten ist man sich sicher, daß jemand gerade jetzt zu einem geht. Wenn ich aber draußen war, hatte ich Angst vor dem Heimgehen. Was tun, wenn wir uns auf der Stiege begegneten? Beim Runtergehen hätte ich nicht sagen können: ja, Malči, jetzt ist's aber schlecht, jetzt geh ich raus! Und beim Raufgehen hätte ich auch nicht sagen können: Madonna, weißt du was, ich hab im Geschäft was vergessen!

Ich bitte um Entschuldigung, wenn ich jemanden mit diesen Details ermüde, aber in der Tat, ich fürchtete sie, Malčika, wie den leibhaftigen Teufel. Ich war so besessen von ihr, daß mir ein äußerst verschrobener Ausfall passierte. Ich stand mit meinem Bekannten Bucik genau gegenüber der Busstation bei der Markthalle. Wir sprachen gerade über die Ereignisse in Kroatien, diese serbischen Provokationen und so weiter, als Ambrož Bucik, der sonst, während wir reden, die ganze Zeit herumgafft und sich auf seine seichte Art alles ansieht, tatsächlich aber nichts sieht, plötzlich jemanden hinter mir bemerkte. Nicht hinter mir in dem Sinn, daß dieser jemand mir in den Kragen geschnauft hätte, sondern so an die zehn Meter hinten, wahrscheinlich auf der anderen Straßenseite. Die Entfernung läßt sich an den Augen abschätzen, wie sie schauen. Bucik spitzte sich also über meinen Kopf hinweg (weil er größer ist als ich) plötzlich irgendwo ein und vergaß mitten im Satz auf alles. Was bei Bucik nur eines hieß: daß irgendwo hinter mir eine Frau stand, würdig einer ausnehmenden Aufmerksamkeit. Und wirklich. Bucik sprach:

»Madonna, Kolenc, da gafft vielleicht eine Bestie rüber!«

Was tat ich? Ohne Gruß und Pardon verdrückte ich mich zwischen den Leuten auf dem

Markt, und es scherte mich nicht einmal, was Bucik sich dachte!

Jetzt kann ich sagen, daß jene Person nicht Malči war. Es war aber eine weibliche Person. Was für eine, sage ich später. Malčika aber kam diese ganze Woche weder zu mir heim, noch traf ich sie irgendwo draußen. Schließlich, nach gut einer Woche, ließ die Spannung in mir ein wenig nach. Überhaupt leichter wurde mir, als Ende der Woche Tone Šonc, mein momentaner Student, aus den Winterferien zurückkam und mich vom Alleinsein erlöste. Zum Dank warf ich mich ihm selbstverständlich nicht an den Hals, ich war aber sehr froh, daß außer mir noch jemand in der Wohnung war, und mochte es auch einer sein, mit dem ich kaum mal rede. Tatsächlich freute ich mich, daß hier mit mir endlich wieder jemand war, dem gegenüber ich keine Verpflichtung habe und der auch selbst nichts von mir will, noch mehr, der mir vielleicht sogar ausweicht. Ja, dieses letztere gereichte mir richtig zum Trost. Ein solches Verhältnis stärkt das Bewußtsein in einem, daß es doch noch ein paar ihm ähnliche und rücksichtsvolle Leute gibt auf der Welt. Šonc bedankte sich höflich bei mir, weil ich den Brief, den aus Paris, nicht im Postkasten liegengelassen hatte, und ich brummte dann ein wenig über Winter und Frost, die sich ins Unendliche zögen. Nun, dann trug mir er das Holz, und ich sagte nur danke, und mehr mußte ich tatsächlich nicht, denn er erfüllte nur seine vereinbarte Pflicht. Darum brauchte ich ihn nicht auf einen Tee und dergleichen einzuladen. Obwohl, andererseits, ich sage nicht, daß mich nicht das Dilemma wurmte, ob ich ihn nicht im Grunde sogar zum

Essen einladen mußte. Aber das ist mein Problem, mit dem ich niemanden belasten will, und schon gar nicht Šonc, der es kaum erwartete, mir auf Wiedersehen zu sagen. Es ist allein mein Problem, sage ich, wenn ich mich frage, ob es recht ist, daß ich mit jemandem, der praktisch mit mir lebt, nichts als Flüchtigkeiten tausche. Ich denke nämlich öfter einmal an Šimec und seine ausnehmenden Fähigkeiten. Dennoch bin ich auch schnell getröstet. Leute wie Šimec gibt es eigentlich wenige, und ich wäre nur enttäuscht, wenn ich seinetwegen in jedem Studenten, der bei mir biwakiert, eine Persönlichkeit sähe.

Doch die Schwächen der Einsamkeit, mit der ich mich umgebe, sind offensichtlich. Vermutlich verursachte gerade die Einsamkeit, daß ich mit Malčika in meinem Kopf übertrieb. Ich machte sie ärger, als sie in Wirklichkeit ist. Mit dem Tag, an dem Šonc zurückkam, wurde sie kleiner, leichter und fast ungefährlich. Als sie dann auch die ganze nächste Woche nicht kam, begann ich zu glauben, sie käme vielleicht überhaupt nicht. Vielleicht hatten die Purgs intern eine Lösung ihres Problems gefunden. Wenn, sagen wir, *ich* imstande war, mich zu dem philosophischen Schluß durchzuringen, was im Grunde ich überhaupt mit ihnen hatte, warum sollten, sagen wir, nicht auch sie sich zu etwas Ähnlichem durchringen können?

Ich fragte mich auch, wohin mein Mut versickert war. Schließlich hatte ich ihn beim Dezemberplebiszit bewiesen. Ich stimmte für die Selbständigkeit Sloweniens. Ich ringelte tapfer das JA ein! Ja, tapfer bin ich nur auf der öffentlichen, staatsbürgerlichen Ebene, auf der persönlichen zittere ich vor Malčika Purg!

Die Erkenntnis dieses Absurden in mir machte mich lächerlich. Komm schon! - sagte ich mir, vor Malčika flüchten ist nicht nur feig, sondern auch niederträchtig! Außer dem, daß mir Malčika nichts anhaben kann, wenn ich nicht will, darf sie mir auch nichts! Bin doch ich der Eigentümer der Wohnung!

Mein früherer Optimismus, wenn ich so sagen darf, kam wieder. Ich bin keiner, der vor Freude herumspringt, ich wurde aber relativ gelöster. Am ersten März, einen Tag nach Ende des Kuwait-Krieges, als wir endlich sagen konnten, daß noch ein Diktator eins aufs Dach bekommen hatte, traf ich neuerlich Ambrož Bucik. Er spazierte den Cankar-Kai auf und ab, im Hubertusmantel, den Hut bis zur Nase und die Hände am Rücken. Bucik ist keiner, mit dem ich - im Geiste meiner Entschlüsse, etwas im Hinblick auf mich zu tun - die Bekanntschaft vertiefen möchte. Bucik hat kein Format. Im Sozialismus war er Gemeindebediensteter und Spitzel. Im Leben ist es aber so, daß man halt Leute kennenlernt, und dann zieht sich diese Bekanntschaft. Naja, trotz des Beschlusses, mit ihm nicht mehr zu polemisieren, denn wir differierten zu stark, war ich ihm aber, als wohlerzogener Mensch, eine Rechtfertigung schuldig:

»Verzeihen Sie«, sagte ich, »daß ich sie neulich so stehengelassen habe. Mir war plötzlich so schwach und ich weiß selbst nicht ...«

Er winkte ungeduldig ab und sagte:

»Haben Sie es in der heutigen Zeitung gelesen? Die würden sich glatt abspalten, die Sakramentsbande!«

Hatte ich, natürlich, und auch schon in den gestrigen Hauptnachrichten gesehen. Es ging um jene Serben, die letzten Sommer ihren Teil Kroatiens mit Balken abgesperrt hatten. Und nun hatten sie sich die Kninska krajina auch amtlich angeeignet. Sie riefen die Abspaltung von Kroatien aus. Warum? Weil Kroatien raus aus der SFRJ will. Ich sage ja nichts, die kroatische Politik ist auch ihr Geld wert, aber ihr Gebiet ist immerhin ihres! Pure Schweinerei und Usurpation somit, alles unter dem Schutz der Belgrader Politik. Stimmt, ich war auch selbst darüber bestürzt, was sich die Leute erhoffen und wie dumm sie sind, wenn sie glauben, daß ihnen das Regime in Belgrad etwas Gutes will, doch ich hatte beschlossen, wenn ich mir schon eine Identität suchte, mich mit einigen nicht mehr in Debatten einzulassen. Sich auf der Straße aufzuregen ist keine echte Revolte. Das ist nichts. Und rein gar nichts ist es, wenn du es mit einem Ambrož Bucik tust. Ich stellte mich dumm.

»An welche Bande denken Sie?«

Er zuckte mit keiner Wimper. Immerhin war er seinerzeit auch gegen die slowenische Unabhängigkeit gewesen! Und wer weiß, ob auch diese Erregung echt war.

»Was für eine Frechheit!« rief er. »Du kannst nicht einfach so ein Stück Kroatien nehmen und adijo!«

Ich sah auf die Uhr – das Aushängeschild beim Uhrmacher Bazelj in der Nähe. Diese Uhr ging meiner Einschätzung nach genau. Dann sah ich noch auf die Franziskanerkirche und stellte fest, daß die Uhr an ihrer Fassade vollkommen falsch ging. Ja, das war eine dieser öffentlichen Uhren, die ich schon erwähnte. Entweder gehen sie falsch oder sie stehen. Wenn Uhren ein Symbol für die

Zeit sind, sind stehende öffentliche Uhren ein Symbol für die stehengebliebene Zeit. Alles steht still. Auch ich und Bucik stehen. Wenn ich uns so ansehe, kann ich überhaupt nicht mehr ernst diskutieren.

»Sehen Sie«, regte sich Bucik auf, »das ist die Tyrannei der Provinz! Ungelernte, vernagelte, einseitig informierte Leute! Und wissen Sie überhaupt, Kolenc, wie diese Gegend ist? Nichts als Stein! Die Deppen denken wahrscheinlich, daß ihnen jemand aus Belgrad die Erde rankarren wird!«

»Wenn es nichts als Stein ist«, sagte ich, »und das glaube ich Ihnen, würde ich sie, wenn ich Kroatien wäre, ihre Abspaltung einfach machen lassen.«

Bucik begann mich streng anzustarren. Die sonst schon versteckten Augen preßte er so zusammen, daß nur zwei Schlitze zu sehen waren.

»Ich wundere mich über Ihre politische Naivität, Kolenc! Das ist es genau, was Belgrad von Zagreb erwartet! Die denken sich doch, wenn Zagreb Knin hergibt, gibt es auch mehr! Wissen Sie, was die Parole bedeutet, daß alle Serben in einem Staat leben müssen? Serben gibt es ja überall! Schauen Sie, das Militär möchte zwei Minister Tuđmans einsperren, in Serbien sind die kroatischen Tankstellen beschlagnahmt ... Sind Sie normal, Kolenc?! Der Krieg ist unausweichlich! Das sage ich Ihnen! Un-aus-weich-lich!«

So also setzte mir Bucik alles schön auseinander. Wär schon an der Zeit, mich vollends blöd zu stellen.

»Wenn er unausweichlich ist, warum fangen sie ihn dann nicht an?«

Bucik starrte.

»Wie meinen Sie das? Wer soll anfangen?«
»Serbien!«

»Kolenc«, sagte Bucik und wandte sich in einem Ansturm von Gefühlen von mir ab, zum Tromostovje, wo Arbeiter diese Generalüberholung machten. Es war 1991. Man soll das wissen. »Kolenc, können Sie mir sagen, warum Serbien den Krieg anfangen soll?«

»Ja«, sagte ich dumm, »deshalb, weil es ihn offenbar will!«

Bucik holte schon Luft, wahrscheinlich in der Absicht, sich gründlich mit mir zu zerstreiten, da aber öffnete sich die Tür der Werkstatt Dobravc, wo sie Lederbekleidung putzen und färben. Heraus kam ein aufgetakeltes Weibsbild. Es rief affig:

»Brozi, kommst du mal kurz her?«

Mir war sofort klar, das war die Person, die Bucik letztes Mal hinter mir gesehen hatte, und sie hatten sich dann zusammengetan. Ja, Bucik findet sich immer so eine, die sich maximal von der Umgebung abhebt. Die hier war ungefähr fünfundvierzig, kleines und buckliges Gestell, auf dem Kopf ein riesiges Nest aus roten Haaren, an den Füßen spannhohe Absätze. All das und der Rest war eine totale Konfusion untereinander zerstrittener Elemente, farblich und auch sonst.

Ich sah Bucik an. Bucik gab mir einen Blick zurück, doch das war nicht mehr derselbe wie vorher. Sein neuer Blick war glücklich und direkt, seine Augen aber hübsch und weise. Ambrož Bucik hatte Augen wie Vergißmeinnicht! Er streckte mir beide (!) Hände entgegen, las meine irgendwo unten, wo sie im Schock hing, auf, hob sie, drückte, tätschelte sie und sprach:

»Kolenc, Verzeihung, man ruft nach mir. Wiedersehen!«

Und begab sich mit langen Schritten dort hinein. Bucik und seine Neue hatten offenbar irgendein Ding zum Ändern und zum Färben gebracht. Vielleicht sogar den Ledermantel aus Buciks besten Zeiten!

Aber deswegen erstarrte ich noch nicht. Mich machte betroffen, daß die Liebe, die so freigebig rundherum hinfiel, gerade mir aus dem Weg ging.

*

Ich warf mich nicht in die Ljubljanica, stimmt, ich nahm meinen Weg durch die Gassen wieder auf, doch die Sache gab mir zu denken. Dieser Bucik! Wie er im Nu lebendig war! Übrigens danke, ich kenne die Tiefe von Buciks Liebe, würde auch wagen, die Dauer vorherzusehen, doch ... Naja, ich gebe zu, ich war ihm das Gefühl neidisch, die Veränderung. Die generelle Lage ist übrigens nach wie vor dieselbe: die Zeit steht. Statt mit Gigantenschritten in die Zukunft zu gehen und uns mit Europa zu vereinigen, warten wir wieder und wieder, daß jemand zur Vernunft kommt. Doch in dieser Zeit kann jeder selbst sehen, wo er bleibt, und Bucik ist zuzugestehen, daß er es tat!

Ančka, Bucik ... Ist sonst wo noch wer? Nur Ervin will ich noch mit einer Jungen treffen, die er irgendwo auf der Straße aufgegabelt hat! Das wär's dann gewesen. Die Krone! ... Doch ich gebe zu, ich hatte Angst, über diesen Gedanken, mochte er noch so absurd sein, zu spotten. Ich habe schon ziemliche Sachen erlebt. Für meine Person aber kann ich sagen, daß mich die Straße noch nicht mit einer schicksalhaften Begegnung erfreut hat, und von der Straße verspreche ich mir auch nichts Besonderes. Die Person, die mich in eine höhere Gefühlsklasse brächte, ist nicht auf dem Standplatz für den städtischen Busverkehr zu finden. Keine Frage, ich *sehe* ja hin und wieder eine Dame, und ich tausche im Vorbeigehen auch mal Blicke mit einer, aber ich bitte! So was kann kein Gescheiter für Ereignisse halten, die etwas bedeuten! Einige weibliche Personen, die zweifellos in einem recht bestimmten Sinn allein sind, kenne ich sogar gut, und es reizt mich auch, sie näher zu kennen! Dennoch bin ich, wie schon gesagt, nicht der Typ, der imstande wäre, einen Schritt in eine gewisse Richtung zu tun. Zum Teil ist daran meine Bescheidenheit schuld, zum Teil aber auch das Bewußtsein, daß dem Schicksal damit Gewalt angetan würde. Umstände für eine schicksalhafte Begegnung muß es aber wohl mehr geben! Letzten Endes gab es in meiner Karriere ja nicht einmal wenig Gelegenheiten! Es gab ziemlich viele, denen jemand eine erhebliche Bedeutung zuschreiben könnte, aber ich bitte noch einmal, mein Urteilsvermögen ist ja wohl auch ein Faktor! Ich werde wohl einschätzen können, was Feuer ist und was nur Rauch! Jetzt sind wir aber sogar so weit, daß ich nicht einmal mit Feuer zufrieden wäre, denn mit Vlasta hatte ich ein Freudenfeuer, ein richtiges Feuerwerk! Und wie sollte ich da nicht wählerisch sein! ... Naja, da existieren und quälen mich auch ganz gewöhnliche Nöte in einem bestimmten Sinn, aber was soll ich. Ich wär schon gern anders, aber ich bin's leider nicht. Ich bin sogar so, daß ich manche Annäherung glatt übersehe, auch wenn sie mir von einer Person widerfährt, die so einigermaßen den Maßstäben entspricht! Geschweige, wenn sich Frau Zlatka, die mit den großen Füßen, heranmacht, eine Frau, die trotz ihres furchtbaren Äußeren überzeugt ist, daß ich sie aus bloßer Schüchternheit meide! Ja, es wäre lächerlich, wenn es nicht abstoßend wäre. Einmal begleitete sie mich bis vor die Haustür. Und sie wäre sogar mit raufgegangen, wenn mich nicht meine Nachbarin Mici gerettet hätte. Weil auch diese auf mich reflektiert, fiel sie über sie her und hielt sie am Ärmel, und ich verabschiedete mich blitzschnell. Doch um noch einmal zu resümieren: einige Exemplare sind vielleicht wirklich interessanter als andere, doch in dieser Tatsache sehe ich noch lange keinen zwingenden Grund, mich zu verstricken. Ohne Liebe, ohne dieses Mehr, verreck ich lieber allein.

Leicht verärgert schritt ich die Nazorjeva runter und blickte um mich. Auch die Uhr über dem Geschäft Biserka nahe am Durchgang zum Kino Union war schon vor Monaten stehengeblieben, sodaß sie jetzt etwas ganz Falsches anzeigte und den Kinobesuchern schlechte Dienste erwies. Früher war sie ein erstklassiger Zeitanzeiger gewesen. Jeder, der ins Kino eilte, sah erst dort hinauf, wenn er wissen wollte, ob es eilig war oder nicht. Und jetzt, als ob das nicht mehr wichtig wäre. Und auch die Filme sind nicht mehr das, was sie waren. Ich sage ja, allgemeiner Stillstand!

Dann ging ich an der Hauptpost vorbei. Die Uhr dort zeigte zwölf. Wie? – sagte ich, schon zwölf? Nach meiner Rechnung müßte es um elf herum sein! ... Weil ich keine Armbanduhr trage, konnte ich es nicht gleich überprüfen, darum blieb ich stehen und wartete eine halbe Minute ... Ja, die Uhr stand. Die Uhr hier steht! – sagte ich laut, und zwei oder drei sahen nach oben. Doch sie reagierten nicht. Natürlich, die Leute sind sich nicht einmal bewußt, was das heißt. Sie denken, wenn überhaupt was, es handelt sich nur um ein technisches Problemchen.

Doch wenn eine Uhr absolut nicht stehenbleiben darf, ist das die Uhr an der Hauptpost! Die Post ist eine der Säulen, sie ist das System! Die Post ist schließlich die Einrichtung, an der ich als erstes angestellt war!

Die stehenden öffentlichen Uhren reichen sich die Hand mit den kaputten öffentlichen Telefonen, den Polizisten, die mit den Füßen im Fenster in der grünen Minna fahren, den umgeworfenen Müllcontainern, den Schwarzwechslern und den rumänischen Bettlern am Tromostovje. Die Uhren am Burgturm, dem markantesten Ort in Ljubljana, stehen schon einige Jahre, obwohl sie neu und zweifellos teuer sind. Sie blieben sofort nach dem Einbau stehen. Uhren an einem solchen Ort müßten gehen, auch wenn sie ohne Mechanismus wären und jemand sie händisch bewegte, von mir aus Sklaven, und auch wenn Ljubljana deshalb angeklagt würde, die Menschenrechte zu mißachten! Denn öffentliche Uhren, die die genaue Zeit anzeigen, sind eine zivilisatorische Norm! Die erste im Rang unter allen öffentlichen Uhren aber ist die Uhr am Hauptpostamt! Und jetzt ist sogar sie stehengeblieben!

In diesem Moment faßte ich den festen Entschluß, wirklich einen Artikel für die Zeitung zu schreiben. Vielleicht schon heute. Und wenn mir schon nicht gelingen würde, die öffentlichen Uhren Ljubljanas zu bewegen, die Leute sollten ein wenig nachdenken!

Da sah ich über der Straße das Transparent UHREN DURCH DIE JAHRHUNDERTE. Im

Grunde bemerkte ich schon eine ganze Weile, daß auf diese und andere Weise Reklame für die Uhrenausstellung im Nationalmuseum gemacht wurde. Wenn je, dann war es genau jetzt höchst passend, hinzugehen. Wir werden sehen, sagte ich, wie diese Maschinchen durch die Jahrhunderte liefen, und jetzt bleiben sie uns stehen!

Ich war schon ziemlich nah am Museum, dort bei der Oper, wo die Allee anfängt, als ich einen roten Hunderteinser sah, so verbeult und rostig, daß er unmöglich zu übersehen war. Ich sagte: hol mich der Teufel, wenn das nicht der Wagen der Purgs ist! Und er war es. Jener, zu dem ich 5000 Mark beigesteuert hatte. Er stand vor der ersten Kastanie geparkt, der Motor lief, der Auspuff rauchte, und drin saß Jožef.

Jožef war nach hinten gedreht und sah die Straße hinunter. Ich kam von der Seite, darum bemerkte er mich nicht gleich. Als er mich aber bemerkte, drehte er sich hastig zum Lenkrad und versuchte loszufahren. Es war ganz offensichtlich, daß er gern abgehauen wäre. Aber man kann, Sie wissen ja, wenn vor einem ein anderes Auto steht, nicht einfach gleich weiter. Erst muß man ein wenig zurück – und das hielt ihn auf. In der Zwischenzeit war ich schon bei ihm. Meine Absicht war zwar nicht, ihn zu provozieren, denn mit dieser Absicht kam ich auch nicht vorbei, aber wenn man schon einen Verwandten trifft, nicht, wäre es doch auch dumm, einfach vorbeizugehen und zu tun, als sähe man gewisse Manöver nicht, besonders, wenn schon von weitem ersichtlich ist, daß hier jemand etwas am Laufen hat. Worauf Jožef ganz rot vor Zorn die Scheibe herunterdrehte und mich ziemlich widerlich anstarrte. Es war klar, daß ich ihn erwischt hatte, aber wobei, weiß ich heute noch nicht. Um ihm die Sache zu erleichtern, stellte ich mich vollkommen naiv.

»Hier können sie dir das Auto abschleppen«, sagte ich, »du weißt!«

Jožef zeigte die Zähne. Dies war ein Lächeln.

»Ja, weiß ich. Hab sie ja gerade da unten gesehen, die Spinne, verfluchter Scheißdreck!«

Aha, dachte ich mir, diese gewählten Worte waren für mich bestimmt. Ich lachte, eine servile Pest, und sah herum.

»Aber fürs erste kommt sie noch nicht«, sagte ich. »Wartest du auf jemanden? Bist du heute nicht in der Arbeit?«

»Nein. Ich hab ein Business.«

Er musterte mich gereizt. Die dicken Hände, wie er sie auf dem Lenkrad hielt, standen ihm weit aus den engen Sakkoärmeln. Er war nicht in seinem grau-olivgrünen Standardoverall, sondern in Zivil. Er drückte das Lenkrad, daß er fast das Wasser aus ihm quetschte. Durch das halb offene Fenster entwich Wärme und mit ihr der Gestank nach Schwein. Machte Jožef irgendwelche Verwandlungen durch?

Er schielte in den Rückspiegel.

»Und wohin gehen Sie?«

»Oh«, sagte ich selbstabschätzig, »ein wenig herum. Im Grunde nirgendwohin.«

Ich werde ihm nicht erzählen, wohin ich gehe. Von Museen hat er wahrscheinlich eine ziemlich schlechte Meinung. Wieder sah er in den Spiegel. Was konnte er nur darin sehen? Nur das ZK-Gebäude. Hm.

»Zeit haben Sie genug, oder?«

Wie ich ihm auf den Sack gehen mußte! Ich sah mich in der Umgebung um. Da war niemand, der aussah, als hätte er mit Jožef irgendein »Business«.

»Der Abschleppwagen ist woanders hin«, sagte ich und scherzte: »Dann ein andermal. Na, ich gehe ...«

»Ich auch«, griff er zu. »Ich werde nicht mehr warten. Adijo!«

Er manövrierte noch ein wenig, und als er draußen war, fuhr er wild und quietschend los. Im Seitenspiegel ahnte ich seinen blutigen Blick mehr, als ich ihn sah. Mich überkam das Grauen. Dieser Mensch war einmal ein Kindchen, dick und sympathisch, und jetzt sieht er aus wie ein tückischer Kater und stinkt wie ein Schwein.

Wegen all dieser seltsamen Dinge, Buciks und seiner Neuen, der Uhr an der Post und Jožefs unsauberer Geschäfte, war ich so nervös im Museum, daß ich von der Ausstellung praktisch nichts hatte. An meinen Nerven zehrte auch das Parkett, das bei jedem Schritt gnadenlos knarzte, und die Wärterinnen verfolgten mich die ganze Zeit mit den Augen, als wäre ich der größte Dieb unter den Besuchern.

Aus dem Museum kommend ging ich nicht nach links, woher ich gekommen war, sondern nach rechts, auf die Šubičeva. Weil ein Park dazwischen ist, kann man hinübersehen. Der rote Hunderteinser stand wieder dort, und wieder rauchte der Auspuff. Was treibt nur mein lieber Verwandter in dieser roten Büchse? Auf wen wartet er dort und verpestet die Luft?

Angst und Wut schnürten mir die Kehle zu. Die gesellschaftliche Krise, die stehenden Uhren, Winter und Frost, das alles dauert schon zu lange. Es zieht sich, kurz gesagt. Ich bekam das intensive Gefühl, daß sich etwas sehr Schmutziges zusammenbraute. Außerdem begannen die Purgs, allzu drohend in mein Leben zu treten. Kaum war ich die übertriebene Angst vor Malčika los, schon traf ich auf diesen Typen Jožef, der mir zwar nicht sympathisch ist, doch gab ich ihm nie den geringsten Anlaß für den Haß, der, jetzt erst sehe ich es, geradezu aus ihm dampfte.

Es ist wirklich schon Zeit, etwas zu tun. Wenn ich mit einem Zeitungsartikel die Zuständigen ermunterte, für die öffentlichen Uhren zu sorgen, und wenn diese Uhren wieder gingen, unter ihnen vielleicht auch die am Turm von St. Jakob, die ich gleichsam als die meine mitzähle, wäre es dann nicht möglich, wenigstens mit einer winzigen Verschiebung im Leben, im öffentlichen und in meinem, zu rechnen?

Etwas muß geschehen. Sonst fürchte ich, diese muffige und gefrorene Zeit wird Ungeheuer gebären!

10. Kapitel

Am nächsten Morgen hörte ich im Radio, daß eine Polizeieinheit des kroatischen Innenministeriums (MUP) mit einem Blitzangriff und ohne Opfer ihren eigenen (!) Posten in der Stadt Pakrac gestürmt und die Ordnung wiederhergestellt hatte. Worum ging es? Einen Tag oder zwei davor hatten die Serben dieser Stadt und Gemeinde den Anschluß an die Kninska krajina ausgerufen, dann aber die Kroaten vom Polizeiposten verjagt und ihn in ihre Bastion verwandelt. Was machte das berühmte MUP? Es stellte nur den alten Zustand her. Und was geschah dann? Die jugoslawische Armee raste mit Panzern und mit all ihrer Technik und Propaganda, daß den Serben in Pakrac ein grausames Unrecht geschehe, heran. Da, sagte ich mir, was für Absurditäten! Bald werden wir nicht wissen, was vor sich geht! Das ganze wird nur denen klar sein, die sich am blödesten stellen!

Am Vormittag versuchte ich mit einem Bekannten über alles zu reden, doch war kein Passender aufzutreiben, selbst Bucik nicht. Nur Ervin fragte mich ein wenig darüber, doch allein aus Höflichkeit. Ich versetzte ihn vorsätzlich in Schrekken, indem ich sagte, die Sache sei schrecklich gefährlich und die Armee würde jetzt auch bei uns einmarschieren.

Die Ereignisse verhießen wahrhaftig nichts Gutes. Und wirklich. Als ich so um halb eins heimkam und auf dem letzten Absatz kurz vor dem oberen Ende der Treppe stehenblieb, bemerkte ich, daß hinter der Säule oben jemand stand. Weil zuerst nur der Teil eines Kleides und eine große Handtasche zu sehen waren, dachte ich, Frau Zlatka sei es, die dort lehnte und auf mich wartete. Ich weiß nicht, warum mir gerade sie einfiel. Wahrscheinlich, weil es eben normal ist, daß man in meinem Alter nur alten Leuten begegnet. Doch hinter der Säule trat Malčika Purg hervor.

Malčika also! War sie doch gekommen!

»Schau an!« rief sie verärgert. »Wo bist du denn! Hab gedacht, zu Mittag bist du ja wohl daheim!«

Ich stand auf dem Absatz, fünf Stufen tiefer, schnaufend, in der Idealposition für ihre Wut. Bin ich ihr eine Rechtfertigung schuldig? Soll ich mich auf die Knie werfen und diese aufgequollenen Pumps mit Küssen bedecken?

Ein paar Sekunden lang maßen wir uns. Ich fürchtete sie nicht so, wie es richtig gewesen wäre, denn außer dem prallvollen PVC-Sack hatte ich auch die Wut auf Ervin dabei. Und jetzt machte auch sie mich noch heiß, weil sie mir die Verspätung vorwarf. Das war ein ziemlicher Patzer in ihrem Auftritt. Und im nächsten Moment machte sie noch einen falschen Schritt. Beziehungsweise zwei. Sie ging mit vorgehaltener Hand auf mich zu, à la ich helfe dir.

»Laß doch!« brauste ich auf und warf mich mit dem Sack an ihr vorbei.

Dann gingen wir in die Wohnung. Sie war nicht angezogen, als beabsichtigte sie, mich schon mit ihrem Aussehen zu erobern. Und sie benahm sich auch nicht so. Aus ihrer großen Tasche nahm sie ein Zwanzigdekapäckchen *barcaffe* und schob es mir in die Hand.

»Was gibst du mir Kaffee«, brauste ich auf, »als hätte ich keinen!«

Zufrieden, weil sie gut getroffen hatte, setzte sie sich an den Tisch. Doch den Kaffee kochte ich aus meinem Vorrat. Inzwischen nahm sie aus der Tasche eine ganze Stange Marlboro und riß sie roh auf einer Seite auf. Dasselbe tat sie einem der Päckchen an. Plötzlich war von allem mehr als genug da. Wir nahmen jeder eine. Ich war nicht nervös. Ich sagte mir nur, daß ist, was ist. Wird schon. Dann begann sie:

»Žani ...«

Sie machte einen Zug, sah mich an, dann aber ließ sie so viel Qualm raus, daß das Zimmer mit einemmal voll davon war. Und sie sagte:

»Wie siehst du die Lage in unserem Haus?«

Die fragte aber wirklich direkt. Natürlich, sie hatte eine halbe Stunde gewartet, darum wollte sie jetzt keine Zeit für Eröffnungsfinessen vergeuden. Ich sagte:

»Es ist nie so schlecht, daß es nicht noch schlechter ginge.«

Ich lächelte. Sie sah mich vorwurfsvoll an.

»Du kannst leicht Späße machen, wo du schön allein bist und keine Scheißerei mit den Leuten hast.«

»Hm«, sagte ich, »wie wär's, wenn Ljubica arbeiten ginge?«

»Ljubica? Arbeiten?! Wer denkst du denn, würde sie nehmen, *mein Žani*?! Heute ist es schwer mit der Arbeit! Und überhaupt, denkst du, dann wär was besser?«

Sie regte sich richtig auf, doch ich wußte wirklich nicht, worin das konkrete Problem bestand. Ich weiß nur, daß ich dieses Kitzeln am Fenster nicht vergesse.

»Sie fühlt sich nicht nützlich«, sagte ich.

Malči winkte ab. Ich lag daneben.

»Du bist zu viel in deinen Büchern. Du bist zu viel in deiner Welt. Du müßtest ein wenig unter Leute.«

Noch ein bißchen, und sie käme zum Kern der Sache. Ich beharrte:

»Warum macht sich Jožef nicht selbständig? Ljubica könnte ihm die Buchhaltung machen. Sie hat doch Öko ...«

Nichts da, sie unterbrach mich einfach.

»Laß Jožef, ich bitte dich! Mit Jožef hat's keinen Sinn. Er ist eigen. Ich leg mich sicher nicht mit ihm an.«[*]

Sie sah mich durchtrieben an und fuhr fort:

---

[*] Dasselbe sagte auch Premier Marković über General Kadijević. (Anm. Ž. K.)

»Ihn muß man mit Handschuhen anfassen. Jožef hat Wahnsinnsideen! Er hätte am liebsten, daß wir alle, auch du, Žani, Geld für eine neue Wohnung zusammenkratzen. Oder wenigstens für eine vernünftige Adaptierung. Denn angenommen, ich hätte in der Werkstatt des Vaters mein Geschäft ... Ich meine, es geht nicht darum, daß wir alle im selben Haus sind. Es geht darum, daß, wenn du bereit wärst, mitzutun ...«

Sie musterte mich. Ich lächelte und schüttelte schon den Kopf. Sie beeilte sich:

»Du weißt doch, Žani, daß dich Jožef schrecklich gern hat, oder? Das weißt du, oder? Er trägt in sich die Erinnerung an Großvater Gašper, und es tut ihm weh, daß Bojanček keinen Opa hat. Du und Bojan versteht euch aber so ...«

Entsetzlich! Jožef und mich gernhaben! Und dieser Bojanček! Was soll ich sagen?!

»Was ist mit Ljubicas Eltern?«

»Laß ihre Eltern«, sagte sie ungeduldig. »Jožef mag sie nicht. Sie mag er nicht, siehst du, dich schon!«

Jožef mag mich! Bei wem soll ich mich bedanken? Malči gaffte, während sie auf meine Antwort wartete, im Zimmer herum, und als ich mich selbst umsah, erkannte ich, wie schön ich es hatte und wie horrend anders ich es haben könnte.

»Weißt du was, Malči«, sagte ich, »ich hab kein Geld zum Herleihen, und eine Wohnung hab ich schon. Und diese Wohnung reicht mir.«

Die Antwort war so kurz und bündig, daß sie keine Diskussion erlaubte. Malči war nicht zufrieden.

»Geh, geh, du hast kein Geld! Wo gibst du's denn hin! Und übrigens, was schert's mich. Und daß ich dir noch was sage, ich bin auch nicht für Jožefs Idee. Für das Geschäft aber ...«

»Ich hab kein Geld«, sagte ich hölzern. »Ich verbrauch immer alles.«

»Glaub ich«, sagte sie und sah mich mitfühlend an. »Wir machen gräßliche Zeiten durch.«

Mit dem Finger zeigte ich auf die Marlboroschachtel.

»Darf ich?«

»Jesus!« rief sie, »das hab ich doch dir gebracht, die ganze Stange! Sei nicht so blöd!«

»Die reine Verschwendung!« rief noch ich, aber nur, um mich nicht bedanken zu müssen. Was weißt du denn, die Stange ist wahrscheinlich gestohlen.

»Verschwendung!« rief Malči. »Sei nicht blöd, Žani!«

Sie griff in die Tasche und knallte eine halbe Schaufel Mozarttaler auf den Tisch, importierte Schokolade von bester Qualität.

»Bitte«, sagte sie.

Sie nahm sich gleich zwei Räder, wickelte sie aus und warf sie ein. Uh, dachte ich mir, wie wird sie jetzt schmatzen und mahlen! Aber ich verrechnete mich. Sie schluckte die Dinger einfach hinunter. Schluckte? Ich konnte es nicht glauben! So was schluckt man nicht! Mit solchen Delikatessen geht man nicht so um! Man genießt bei solchem und ähnlichem Eßwerk nur, solange man es vor Augen, unter der Nase und im Mund hat! Geht es einmal den Schlund hinunter, ist es damit aus und vorbei!

Ich nahm nur einen Mozarttaler und wickelte ihn langsam aus, inzwischen aber nahm Malči schon den dritten. Sie musterte mich studios.

»Weißt du was, Žani ...«

Sie fing an und verstummte. Sie drehte den Mozarttaler zwischen den Fingern und starrte ihn an. Sie hatte selbst mit einer Pause als psychologischem Druckmittel angefangen, doch wirkte sie auch auf sie. Einmal habe ich den Film über die olympischen Spiele in Berlin 1936 gesehen. Hitler, der mit dem zeremoniellen Satz die Spiele eröffnete, zitterte vor Rührung das Kinn. Auch dieser Abschaum war ein Mensch.

»Žani, ich würde dich von der Stelle weg heiraten.«

Es drückte mich, ich weiß selbst nicht einmal, wo. Überall! Ich war schockiert. Wir starrten einander an, beide einen Mozarttaler zwischen den Fingern. So ernst war alles zusammen, so unmöglich!

»Warum auch nicht!« sagte ich. »Ich koche, wasche, bügle, trinke nicht, und ich sterbe dazu noch bald.«

Sie hätte mir dankbar sein können, weil ich die Luft dünner machte, doch Humor und Distanz sind nicht gut fürs Geschäft. Sie sah mich tadelnd an, wickelte den Mozarttaler aus, warf ihn ein und verschlang ihn sofort.

»Nein«, sagte sie, »ich mein es ernst. Du bist ein so ein patenter Kerl. Ich bräuchte wirklich so einen. Tatsächlich.«

Sie nahm einen neuen Mozarttaler und wickelte ihn aus. Sie starrte auf ihr Tun, doch bewußt wurde es ihr erst, als das Stück schon ausgepackt und auf halber Mundhöhe war. Sie ertappte sich mit dem Naschwerk vor dem offenen Mund, worauf sie mich ansah und ihn schloß. Hab ich sie, die kleine Bestie!

»Woher denn!« sagte ich. »Ausgeschlossen! Ich bitte dich, Malči, weißt du überhaupt, wieviel ich älter bin als du?! Du bist ... wie alt bist du, achtundvierzig. Und überhaupt ...«

Sie sah mich rund an:

»Achtundvierzig?! ... Žani, ich bin nur vierundvierzig! Nicht mehr!«

Sie triumphierte, und ich wußte gar nicht, warum. Mir war klar, daß ich daneben war, was den Bonton betrifft, das schon. Aber sie hätte sich wegen einer Verletzung des guten Tons bestimmt nicht aufgeregt.

»Wie«, sagte ich, um es auszubügeln, »wie alt warst du denn, als du Jožef gekriegt hast?«

»Wie alt! Neunzehn!«

Ich grübelte. Das muß irgendwann 66 gewesen sein, als ich diesen Stunk mit Minči und zuviel eigene Sorgen hatte, um die Ereignisse bei den Purgs zu verfolgen. Beziehungsweise, wahrscheinlich verfolgte ich sie, aber seit damals ist auch schon ziemlich viel Zeit vergangen ...

Malči sah auf die Armbanduhr.

»Na, Žani, was wirst du sagen?«

»Mach keine Witze, Malči!« sagte ich. »Mach keine Witze! Möchtest du, daß wir gleich einig werden? Das geht nicht!«

Wieder sah sie auf die Uhr. Es war Samstag. Ich dachte, sie hat es eilig, die Selbstbedienung zuzusperren. Was mich freute. Worauf sie sagte:

»Na, überleg dir's, Žani. Ich bin, wie ich bin, eine weite slawische Seele, du kennst mich ja wohl. Und was die Verwandtschaft angeht, ich meine, wenn du deshalb Bedenken haben solltest ... wir sind uns ja nicht mehr so ...«

Sie stand auf und ging in den Vorraum zur Garderobe. Auch ich hätte an ihrer Stelle den Satz nicht beendet. Zuerst die Bedeutung von Verwandtschaftsbeziehungen betonen und sie dann verneinen – halt wie man's braucht – ist zumindest doppelzüngig! Praktisch waren wir wirklich nicht mehr verwandt, aber in wesentlichen Dingen schon absolut nicht mehr!

Ich hielt ihr den Mantel hin. Sie schlüpfte in die Ärmel und bugsierte den Mantel auf sich. Doch Achtung jetzt. Ich stand hinter ihr, und auf einmal begann die Wand ihrer Schultern auf mich zu fallen. Ich sage nicht, daß ich keine Zeit zum Ausweichen hatte. Zeit war genug, aber im Nu stellte ich auch fest, daß das hier etwas Gewolltes war, wenn auch zum Scherz, aber doch etwas, dem ich mich nicht entziehen durfte. Sie erwartete einfach, daß ich ihr Spiel aufnahm, denn dadurch, daß wir bei den Kleiderhaken beziehungsweise in Wandnähe standen, war tatsächlich für sie keine ernste Gefahr, zu Boden zu donnern. Sie muß schon gewußt haben, daß ich sonst ihre Masse nicht einfach halten hätte können. Ich weiß schon, gesetzt auch, wir wären mitten im Vorraum gestanden, hätte ich sie nicht einfach fallen lassen dürfen, doch was soll mir das helfen! Je mehr Kavalier ich gewesen wäre, umso schlechter wäre ich davongekommen! Kavalier mußte ich in jedem Fall sein. Und sie wußte, ich würde es sein. Die Wand war gut einen Fuß hinter mir, darum fielen wir nicht weit, doch jagte mir der Druck von Malčis Masse die ganze Luft aus den Lungen, und mein Kopf klopfte an einen Kleiderhaken. Und ich durfte wegen letzterem nicht jammern. Denn worum ging es? Malči bandelte trotzdem mit mir an! Knapp vor dem Gehen beschloß sie wegen der Erfolglosigkeit der vorigen Attacken noch eine sexuelle auf mich zu reiten! Und das, das war im Grunde jenes Schlimmste, vor dem ich die ganze Zeit Angst gehabt hatte! Denn trotz aller heldenhaften Abwehr ist ein Mann, wenn er ein richtiger Mann ist, gar leicht beschämt, wenn er auch das zurückweist, was er nach allen Vorschriften annehmen müßte!

Nun, so, dachte ich, da wären wir! Da wären wir in der gefährlichsten Phase.

Und tatsächlich. Als wir so standen, an die Wand unter den Kleiderhaken gelehnt, nahm sie, noch immer den Rücken auf mir, meine Hand und führte sie auf ihren Bauch, auf diese ihre Dimensionen, wo innerlich alles vor Fett und Leben wallte. Als sie nun kicherte, spürte ich auch die Erschütterungen des Lachens. Nun, immerhin stellte sie sich auch auf und gab mich teilweise frei. Teilweise sage ich, weil sie meine Hand noch nicht ausließ, und ich wollte sie dort auch nicht wegreißen, um nicht als zu großer Feigling dazustehen. Worauf sie sich mit einem Lächeln, das zugleich frivol und nervös war, zu mir drehte, doch spürte ich stark, daß die ganze Sache blutiger Ernst war. Aber daß ich bei ihr auch Liebe gespürt hätte, nein, das war nicht der Fall. Für sie war ich nur ein Hindernis, das an der schwächsten Stelle gebrochen werden mußte. Sie sagte:

»Weißt du, warum ich dich frage, ob du Bedenken hast?«

»Warum?« gab ich mechanisch von mir.

»Darum, weil ich immer noch diese Sachen hab.«

Ich wußte nicht, worauf sie hinauswollte.

»Aber ich komm bald in den Wechsel, darum entscheid dich rasch!«

Jetzt ließ sie endlich doch meine Hand. Sie nahm die Tasche und ging in den Flur. Dort drehte sie sich um und schickte mir einen langen Blick, so einen bedeutungsvollen. Noch immer war ich nicht in ihre Enigmen vorgedrungen. Für alle Fälle sagte ich:

»Ich überleg es mir!«

Worauf sie ging. Ich stand an der Tür und horchte auf die Schritte die Stiege hinunter. Wieviel Gepolter, wenn einer einfach nur geht!

Schließlich schnallte ich es doch. Im Grunde hatte sie mir mitgeteilt, daß ich mit ihr noch ein Kind haben konnte!

Während des Essenmachens warf es mich ordentlich her. Die Zubereitung von Spaghetti mit Dosenthunfisch ist äußerst einfach, und trotzdem fielen mir die ganze Zeit die Sachen aus der Hand. Vor dem Essen mußte ich mich richtig setzen. Ich legte die Hände auf die Augen und nahm mir fünf Minuten Urlaub.

Ich will nicht sagen, ich hätte mir nie einen Stammhalter gewünscht. Aber schon mit Minči, die ich aus Liebe ehelichte, reizte mich das Kinderhaben nicht. Naja, am Anfang, als wir uns noch liebten, war auch der Wunsch nach Kindern noch halbwegs groß. Mit der Abkühlung der Beziehung verging beiden, normal, das Bedürfnis, die Ehe auf diese Art zu festigen. Zwar sagte keiner von uns etwas, aber wir vermieden kurzerhand, daß etwas hängenblieb. Minči wünschte sich ein Auto mehr als ein Kind, und überhaupt begannen ihr die Ambitionen zuzusetzen. Mich aber interessierte das Stammhalterproblem noch einigermaßen; nach unserer Trennung vielleicht noch mehr. Mit den Jahren wurde die Frage, wer nach mir die Wahrung des guten Geistes dieser Wohnung übernehmen wird, immer ernster. Wahrhaftig, es ist nicht unwichtig, wer dann, wenn ich tot bin, in diese Wohnung einzieht. Mein eigener Nachfolger würde ganz sicher so was wie Achtung vor der Vergangenheit, den Dingen, die von mir blieben, verspüren. Dinge, wenn auch ohne realen Wert, brauchbar oder nicht, sind ein verbindendes Element! Irgendein XY hätte sicher die Zigarettendose meines Vaters weggeworfen, ich aber hob sie auf, und mit ihr auch die Erinnerung an die Sava-Zigaretten, die er rauchte. Bei der Erinnerung an die Zigaretten erinnere ich mich auch, wie er sie rauszog, wie er ein Ende klopfte, wie er sie anzündete, womit er es tat und wie er bei all dem war, im Grunde nicht darauf achtend, normalerweise eigentlich ganz woanders, meist bei einem seiner Gedanken, über den er sauer lächelte und den er paffend verqualmte. Stimmt, wenn ich allein bleibe und allein sterbe, wird der, der nach mir kommt, mit allem aufräumen, was keinen faktischen Wert hat, also praktisch wirklich mit allem!

Nach dem Fiasko mit Vlasta hatten sich die Möglichkeiten, daß mir jemand wirklich Adäquater nachfolgen würde, drastisch verringert, denn ich wurde noch wählerischer, was Frauen betrifft. Zwei oder drei Versuche, meine Ambitionen im Sinn einer Ehegemeinschaft zu verwirklichen, scheiterten allein wegen meiner Kriterien, die absolut zu hoch für diese Umgebung waren. Nein, nur um eines Kindes willen war ich sicher nicht bereit, eine x-beliebige Frauensperson neben mir zu ertragen. Mit der Landung bei etwas Tieferem als Vlasta hätte ich ernsthaft meine persönliche Integrität gefährdet.

Darum ist es nicht zu fassen, daß ich mich jetzt, obschon fast sechzig, mit der schlimmsten

Variante, Malčika Purg, erdolchen sollte. Ein Kind mit ihr käme mich teuer zu stehen! Mit ihm würde ich mir für die restlichen zwanzig oder mehr Jahre nicht nur Malčika, sondern alle diese unappetitlichen Purgs aufhalsen, die mit meiner alten Verwandtschaft absolut nichts gemein haben! Und wem gehörte dann faktisch dieses Kind? Ihnen! Und die Wohnung auch! Und sie wäre auf die (für sie) billigste Weise erworben! Und dann würden sie sie – dem Spruch gemäß, daß das billig Erworbene auch nichts wert ist – im Schnellverfahren vernichten.

Und außerdem ... ist es nicht möglich, daß noch irgendeine Zusatzschweinerei im Spiel ist? Kann mir jemand garantieren, daß Malčika nicht schon schwanger ist? Um nicht zu sagen, von wem ... Und das ist noch ein Grund mehr, mich mit der Antwort nicht zu beeilen. Im Gegenteil. Je mehr es ihr eilt, umso weniger mir. Soll sie ruhig einen Monat oder zwei warten!

Doch in jedem Fall ist schon höchste Zeit, den auf die öffentlichen Uhren aufmerksam machenden Artikel zu schreiben und abzuschicken!

Nach dem Essen nahm ich trotz des erwähnten Alters mit ungewöhnlicher Leichtigkeit die schwere Olivetti-Schreibmaschine von der Kommode und trug sie auf den Tisch. Ich kochte mir einen Kaffee, zündete mir eine von Malčikas Zigaretten an – und bis zum Abend gelang es mir, den Artikel zu Papier zu bringen.

11. Kapitel

Delo brachte meinen Artikel am 7. März in der Rubrik Leserbriefe. Er lautet folgendermaßen:

DIE ÖFFENTLICHEN UHREN
Ich gehe davon aus, daß die öffentlichen Uhren nicht nur mich, den Unterzeichneten, irritieren und ermüden, sondern noch manch anderen in Ljubljana. Die meisten stehen entweder oder sie gehen falsch. Die Uhr am Burgturm steht (und das finde ich am schlechtesten), ebenso zeigt die Uhr von St. Jakob keine Zeit an, ausgefallen ist auch die an der Hauptpost, und sie steht schon eine ganze Weile. Auch die Uhr über dem Kaufhaus Biserka in der Nazorjeva ulica bewegt sich nicht.

Von der Uhr an der Franziskanerkirche weiß man nicht einmal, ob sie vor- oder nachgeht. Es ist genaugenommen so: sie geht fünfeinhalb Stunden vor und sechseinhalb Stunden nach. Eine Minute auf oder ab. Das ist jetzt nicht einmal von Bedeutung. Tatsache ist, daß im Gegensatz zu den Eigentümern, deren Uhren stehen, die Franziskaner zumindest noch Regungen zeigen, daß ihr Uhrmacher aber nicht halb so gut ist wie der am Dom oder am Magistrat, wo die Uhren ziemlich genau gehen.

Vielleicht handeln die Uhren und die, die sie warten sollten, wirklich im Einklang mit der Zeit in unserem Land, die irgendwie steht und nicht und nicht in die lichte post-rote Zukunft brausen will, doch uns gewöhnliche Staatsbürger, und überhaupt uns Pensionisten, erinnern an diese stehende Zeit außer den Uhren auch noch andere, schmerzhaftere Dinge und Plagen. Darum wünschen wir uns wirklich, daß wenigstens die öffentlichen Uhren gehen. Und wenn es möglich sein sollte, genau, damit sie uns nicht die sibirische Zeit und dergleichen anzeigen.
      JANEZ KOLENC, Breg 16, Ljubljana

Kämpferbund Nova Gorica vor, er sei nicht in der Lage oder imstande, Argumente gegen den Andersdenkenden aufzubieten. Doch als Jurist weiß er wahrscheinlich, daß Grobler, wenn er schon die Vorkriegsrevolutionäre mit Räubern in einen Topf wirft, für seine Behauptung zuerst Argumente bzw. Beweise vorbringen müßte. Somit war Grobler der erste, der sich der nicht argumentierten Diskreditierung bediente. Erst auf Beweise kann man mit Gegenbeweisen antworten.

Vuk aber führt an, daß Pahors Artikel ein »Angriff auf die Freiheit des Denkens« sei. Daraus könnte man schließen: jeder Angriff auf die Abgeordneten des slowenischen demokratischen Bündnisses ist ein Angriff auf die Freiheit des Denkens und »im Gegensatz zu den Standards demokratischer Ordnung« sowie eine »Belebung der obskurantistischen politischen Praxis«. Wenn aber sie die Vorkriegsrevolutionäre – die Widerstandskämpfer attackieren, ist alles schön und gut. Eine schöne Demokratie!
JOŽKO HUMAR,
Gregorčičeva 31,
Nova Gorica

Die öffentlichen Uhren
Ich gehe davon aus, daß die öffentlichen Uhren nicht nur mich, den Unterzeichneten, irritieren und ermüden, sondern noch manch anderen in Ljubljana. Die meisten stehen entweder oder sie gehen falsch. Die Uhr am Burgturm steht (und das finde ich am schlechtesten), ebenso zeigt die Uhr von St. Jakob keine Zeit an, ausgefallen ist auch die an der Hauptpost, und sie steht schon eine ganze Weile. Auch die Uhr über dem Kaufhaus Biserka in der Nazorjeva ulica bewegt sich nicht.

Von der Uhr an der Franziskanerkirche weiß man nicht einmal, ob sie vor- oder nachgeht. Es ist genaugenommen so: sie geht fünfeinhalb Stunden vor und sechseinhalb Stunden nach. Eine Minute auf oder ab. Das ist jetzt nicht einmal von Bedeutung. Tatsache ist, daß im Gegensatz zu den Eigentümern, deren Uhren stehen, die Franziskaner zumindest noch Regungen zeigen, daß ihr Uhrmacher aber nicht halb so gut ist wie der am Dom oder am Magistrat, wo die Uhren ziemlich genau gehen.

Vielleicht handeln die Uhren und die, die sie warten sollten, wirklich im Einklang mit der Zeit in unserem Land, die irgendwie steht und nicht und nicht in die lichte post-rote Zukunft brausen will, doch uns gewöhnliche Staatsbürger, und überhaupt uns Pensionisten, erinnern an diese stehende Zeit außer den Uhren auch noch andere, schmerzhaftere Dinge und Plagen. Darum wünschen wir uns wirklich, daß wenigstens die öffentlichen Uhren gehen. Und wenn es möglich sein sollte, genau, damit sie uns nicht die sibirische Zeit und dergleichen anzeigen.
JANEZ KOLENC,
Breg 16,
Ljubljana

**Papierkrieg
– ein erheblicher Kostenpunkt**
Bei wachsender Arbeitslosigkeit und immer weniger freien Arbeitsplätzen, sagen die zuständigen und nicht zuständigen Organe und Politiker aller Richtungen und Parteien (obwohl sie Wohlstand versprechen), die arbeitslose Person müsse eigeninitiativ, engagiert, unternehmend und selbständig bei der Suche nach einer Anstellung sein.

Delo, 7. März 1991

Mehrzahl der Uhren Ljubljanas wirklich mehr zur Verzierung als zur Orientierung

Mehrzahl der öffentlichen Uhren steht, weil keine Ersatzteile aufzutreiben sind – Teure Reparaturen – Auch die Burguhr steht

LJUBLJANA, 11. März – Heute haben wir uns überzeugt, daß einer unserer Leser recht hatte, als er sagte, die meisten öffentlichen Uhren in der Stadt gingen nicht genau oder seien außer Betrieb. Wir haben uns an einige Eigentümer, die sie ihren Kräften entsprechend warten, gewandt und erfahren, daß viele Uhren schon sehr alt sind; ihre Mechanismen halten der Zeit nicht mehr stand, Reserveteile gibt es nicht, Reparaturen sind extrem teuer.

Der Spruch »Für die Bettler ist die Uhr am Turm« gilt nicht mehr, denn gleich zwei Drittel der Uhren im Stadtzentrum funktionieren nicht. So wird schon in Kürze die Uhr am Eck des Geschäfts Karat in der Tavčarjeva ulica entfernt, weil sie nicht repariert werden kann. Noch lange wird vermutlich die Uhr vor dem Landesgericht, die schon seit fast 20 Jahren steht und deren Mechanismus vermutlich so alt ist wie das Gebäude selbst, unrepariert bleiben. Auch die Uhr über dem Kaufhaus Biserka in der Nazorjeva ulica geht schon lange nicht mehr. Wenn eine Reparatur nicht möglich ist, wird sie entfernt.

Bessere Zeiten sind der Uhr an der Burg verheißen, die spätestens bis Ende April repariert sein wird. Man wird einen Austausch des Uhrenmechanismus vornehmen, der nun ein und derselbe für die äußere Uhr und für die Glocke in der Burgkapelle sein wird.

Ein neuer Mechanismus wird auch in die Uhr an der Hauptpost eingesetzt. Wann diese Uhr parat sein wird, ist aber noch nicht bekannt. Daß die Uhr bei den Franziskanern nicht funktioniert, liegt an den alten Leitungen, die zur Zeit aber erneuert werden. Uns wurde gesagt, sie würde bis Ostern bereits repariert sein. Die Uhren beim Slovenijašport und an der Metalka funktionieren zwar, doch gehen sie fünf Minuten nach. Uns wurde versprochen, daß sie in Kürze nachgestellt werden.

Die genaueste Zeit in der Stadt aber zeigen die Konim-Uhr am Bayrischen Hof, die Ura-Uhr am Prešeren-Platz und die Uhren an den Iskra-Türmen, am Dom, an der Anzeigetafel an der GZS-Front in Ajdovščina und am Hauptbahnhof.

MIHA ERLICH

Delo, 12. März 1991

Im Grunde gefiel mir der Brief gut. Wenn ich ihn aber heute schriebe, ließe ich manche Spitzfindigkeit bleiben. Am meisten stört mich etwas am Anfang des vorletzten Satzes. Eigentlich stimmt mit der Logik schon etwas ab der Mitte des Satzes davor nicht, von *doch uns gewöhnliche* ... an. Ich weiß nicht, wie ich sagen soll. Etwas fehlt. Es ist nicht sauber. Man versteht zwar, was ich sagen wollte, aber ich hätte mir mehr Mühe geben können – wenn schon nicht gerade um der oberflächlichen Zeitgenossen, so doch wenigstens um der Nachfahren willen. Die Zeitungen wandern nämlich in die Archive, und dort stehen sie dann noch Jahrhunderte wirklich aufmerksamen Lesern, die alles der Reihe nach durchgehen, zur Verfügung. Wie wir heute Vodnik beziehungsweise seine Schilderung einer Ballonfahrt verhöhnen, so wird einst auch der dumme Kolenc unter die Scherzchronisten gereiht, die ihre Gedanken zu den heutigen Erscheinungen, Ereignissen und Menschen nicht formulieren konnten. Naja, geirrt haben sich auch die Setzer. Die Hausnummer ist falsch.

Aber in Ordnung. Die richtige Frage lautet: Hat mein Artikel etwas erreicht?

Zu meiner großen Freude wurden einige Uhren tatsächlich repariert, und zwar zuerst die an der Hauptpost! Die ging schon am nächsten Tag wieder! Bevor ich aber fortfahre, muß ich erzählen, daß am 12. März im Delo ein Artikel mit dem Titel MEHRZAHL DER UHREN LJUBLJANAS WIRKLICH MEHR ZUR VERZIERUNG ALS ZUR ORIENTIERUNG erschien. Der Artikel fängt, vom Untertitel abgesehen, so an:

Heute haben wir uns überzeugt, daß einer unserer Leser recht hatte, als er sagte, die meisten öf-

fentlichen Uhren in der Stadt gingen nicht genau oder seien außer Betrieb. Wir haben uns an einige Eigentümer, die sie ihren Kräften entsprechend warten, gewandt und erfahren, daß viele Uhren schon sehr alt sind [...]

Aus dem Artikel war nicht zu spüren, daß der Journalist, der ihn geschrieben hatte, sich des tieferen und breiteren Hintergrundes beziehungsweise der Zeit, in welcher die Uhren standen, bewußt war. Und auch sonst keinem fiel es ein, daß die Uhren, wenn sie wieder im Bewußtsein ihrer Bedeutung gingen, die große Zeit selbst, den mächtigen Chronos, hinter sich herziehen könnten. Die Franziskaner, wie der Journalist schrieb, jammerten, daß ihnen die Elektrik Streiche spiele, wieder andere sagten, die Ersatzteile für alte Uhren seien sehr teuer, die dritten redeten sich so und anders heraus. Naja, alles in allem, wie ich schon sagte, die Uhr an der Hauptpost ging als erste wieder, und das machte mich fast gerührt. Die Franziskaneruhr war binnen Wochenfrist repariert, für die Burguhr war von maßgeblicher Seite versprochen, sie würde im April repariert, die Uhr überm Biserka aber holten sie runter, und zwar, wie ich aus den abgerissenen Drähten an der Konsole schloß, mit Vehemenz.

Was aber war mit meiner Uhr, der Turmuhr von St. Jakob? Nichts. Keine Reaktion. Die Uhr zeigte weiterhin genau sechs.

Und die Zeit? Kam die tatsächliche Zeit in Bewegung?

In Belgrad waren am 9. März diese Massendemonstrationen, die wir alle mit angehaltenem Atem verfolgten. Vom Zusammenprall einer empörten Masse meist junger Leute mit der Polizei erwarteten wir uns viel. In Belgrad ist das Zentrum und der Generator der Krise. Dort schmieden diverse Schlawiner ihre finsteren Pläne und halten die Zeit am Fuß. Die Belgrader Politik ist der defekte Lastwagen an der Spitze einer hupenden Kolonne.

Die Demonstrationen scheiterten, wie bekannt. Es war mitreißend, keine Frage, es war blutig, es gab auch epische Momente – am Ende aber versiegte alles irgendwo. Milošević, unterstützt vom Großteil der Einwohner Serbiens, vor allem aber von Militär und Polizei, blieb an der Macht und arbeitete zusammen mit den montenegrinischen Vasallen weiter gegen die Verfassung von 1974, die die Selbständigkeit der Republiken und Provinzen unterstützte, und für die Erhaltung des sozialistischen Jugoslawien. Der Anführer aller Serben, die unter Jugoslawien ein erweitertes Serbien verstanden, blieb fest im Sattel. Bei uns, in Slowenien, hatte er einige seiner Exponenten. Neben einem Unruhestifter namens Marojević arbeiteten im Parlament auch Offiziere als Vertreter der Armee, und in den Grenzgebieten ermunterten Sonderemissäre die nichtslowenische Bevölkerung zum Aufstand gegen die slowenische Obrigkeit. In diesem Sinne kam die Zeit also nicht in Bewegung. Sie brachte nichts Ermutigendes. Nichts Neues. Nichts geschah, weswegen die Bevölkerung Sloweniens hätte sagen können: na, jetzt können wir unsere Politik ganz nach unserem Zuschnitt machen!

Und auch der Winter dauerte noch. Dieser Winter war, nebst seiner endlosen Länge und Kälte, in der Hauptsache trocken. Der Schnee während meiner Krankheit war eigentlich eine Ausnahme und Abwechslung inmitten der Langeweile. Von diesem Schnee blieben später nur gefrorene und schmutzige, betonähnliche Haufen. Die Sonne schien zeitweilig zwar, doch sie hatte in sich keine richtige Kraft. Darum waren unter den Slowenen wahrscheinlich etliche, die wie ich auf das Datum bauten. Mit dem 21. März, dem amtlichen Winterende und Frühlingsantritt muß sich doch was ändern! Es wäre ja wohl zu dumm, wenn sich der Winter auch in den Frühling zöge!

Aber auch diese Erwartung erwies sich als illusorisch. Es wollte nicht richtig Frühling werden. Mehr noch. Wer die Verhältnisse damals verfolgte, wird sich erinnern. Nach dem Äquinoktium schneite es!

12. Kapitel

Den Schnee hielt ich für den Gipfel der Arroganz. Er begrub all meine Hoffnungen unter sich. Ich hätte mich am liebsten in die Wohnung gesperrt und geflennt. Doch ich redete mir zu: Mensch, du darfst nicht gleich in die Defensive. Gerade dann, wenn du glaubst, daß alles, gar alles ein zertretener Tschick ist, darfst du nicht daheim bleiben. Daheim erlebst du im besten Fall nur Malčika mit neuen Zigaretten und absurden Angeboten.

Ich möchte wirklich nicht, daß sich jemand wundert, warum ich wieder Ančka Kujk besuchte. Ich konnte sonst einfach nirgends hin. Und übrigens, wenn einer meint, er sei ohne Sünde, werfe er einen Stein! Ich kam vom Markt zu ihr, mit zwei Kilo Äpfeln in einem schwarzen Plastikmüllsack. Ich war mir bewußt, daß ich bei ihr auf den altgläubigen Onkel treffen konnte, der sie in diesem vorigen Schnee zur Andacht begleitet hatte, doch es war mir ganz gleich. Mir war auch im Hinblick auf eine etwaige Anwesenheit Frau Zlatkas alles egal. Beziehungsweise, es war mir nicht egal. Ich war verzweifelt.

Doch Ančka war allein zu Hause.

»Kannst du mir einen Kaffee kochen?« sagte ich und setzte mich wieder auf die verfluchte Bank unterm Fenster.

Ančka aber umfaßte bestürzt ihre Wangen.

»Ojeh, ich hab keinen! Nicht eine Bohne!«

Na, dachte ich mir, das auch noch!

Aber dann sagte sie:

»Ich hoffe, er ist bald da. Trinkst du inzwischen einen Schluck Schnaps?«

Was? Bald da? Das heißt, jemand bringt den Kaffee! ... Ich nahm sie kritisch ins Auge, die Ančka. Sie sah besser aus und trug auch schönere Sachen. Als ginge sie gleich zum Zug. Einen Schnaps kredenzte sie nur mir. Trinkt er nicht? Es nervt mich, wenn die Leute sich zu sehr ändern.

»Zum Wohl«, sagte ich und kippte ihn.

Sie war irgendwie guter Laune. Erst sagte sie nichts, richtete nur mit der Hand das Deckchen und die übrigen Elemente des Tischarrangements. Je länger sie schwieg, umso mehr glänzten ihre Augen. Grauenhaft, ein altes Weib, und hat glänzende Augen! Dann hielt sie es aber nicht mehr aus.

»Žani, weißt du, daß ich geheiratet hab!«

»Geh, hör auf!« rief ich und war künstlich erstaunt. »Einfach so, aus heiterem Himmel?!« Im Grunde aber traf es mich. Es drückte mich ganz ordentlich.

Ančka blühte. Was ist heute für ein Tag? Freitag. Aha. Verständlich. Der Tag, an dem alles schiefläuft.

»Ja, vor vierzehn Tagen! Ich bin so glücklich, daß ich es dir nicht sagen kann! Weißt du, wie er heißt? Matija!«

Matija also. Aha. Ančka sprudelte über. Je schlechter es dem einen geht, umso mehr blüht der andere. Logisch. Ančka neigte sich vertraulich vor:

»Aber etwas muß ich dir sagen, Žani, solang er nicht da ist. Erst jetzt, weißt du, kann ich's dir sagen. Davor hab ich nicht gekonnt. Ich weiß es aber schon lange. Pepčeks Schwester hat es mir erzählt ...«

Sie musterte mich eifrig durch diese massiv vergrößernden Augengläser. Was würde ich wieder hören?

»Außer, Pepček hat es dir selbst schon erzählt. Hat er? Nämlich, warum er so jung in die Pension hat müssen ...«

Ich wußte nichts anderes, als daß er zur falschen Zeit den Mund aufgemacht hatte. Der Vorfall war allen bekannt. Details aber erfuhren wir nicht, weil Pepček überhaupt wenig redete. Jedem war bekannt, was es heißt, wenn du den Mund aufmachst, das heißt, wenn du sagst, was du denkst.

Ančka winkte ab.

»Erinnerst du dich, Žani, daß er nie mehr ans Meer hat wollen?«

»Natürlich.«

»Du weißt aber nicht, warum.«

»Nein.«

»Darum, weil er in Split eine Liebe gehabt hat!«

Ich hatte mir gerade eine Zigarette angezündet, und der Rauch biß mir so in die Augen, daß ich sie mit den Fingern drücken mußte. Ich ächzte:
»Aja?!«
Verflixt und zugenäht! Liebe! Ich wußte ja, da kommt wieder irgendein Schock! Heute hätte ich wirklich nicht raus dürfen. Alle verlieben sich. Auch die Verstorbenen. Nur bei mir ist immer alles gleich. Ančka fuhr eifrig fort:
»Ja, Žani, Liebe! Eine so starke und verheerende, daß sie ihn für immer gezeichnet hat. Jetzt sag ich dir das nicht, weil mir Pepček leid tut ... Naja, tut er mir ja, ich bedaure ihn ja, aber mit ihm hab auch ich gelitten! Wenn du wüßtest, wieviele Stunden ich nur geweint hab! Ich hab Augen gehabt, daß ich mich nicht hab raustrauen können! Man hätte gemeint, ich sei geschlagen worden! In Wahrheit aber hat er mich kein einziges Mal geschlagen! Ich sag dir, Žani, ich hab mir richtig gewünscht, er tut es einmal, er knallt mir eine im Zorn, zeigt wenigstens einmal, wenn auch auf so eine Art, daß ihm an mir was liegt, daß es ihm nicht egal ist und so weiter. Jesus, Žani, aber weißt du, was war? Dieser Mensch hatte im Grunde den Lebenswillen verloren!«

Ihre Augen begannen zu schwimmen. Ich griff in die Handlung ein:
»Wart mal, was ist mit dieser Liebe in Split?!«
Sie sah mich beleidigt an.
»Ach *das* interessiert dich!«
Ich wäre fast aufgebraust, à la na klar, was denn sonst! Doch ich beherrschte mich. Pepček hatte ihr wahrscheinlich wirklich das Leben vergällt. Er hatte sie nicht geliebt. In Wahrheit reizte es mich nicht einmal, die Geschichte von sei-

ner Liebe zu hören, doch ... was ist heute noch mal für ein Tag? Möge er möglichst bald enden!

»Nun«, begann Ančka, »du weißt ja, daß Pepček Offizier im Kommandostab war. Na, und was war. Er verknallt sich in die Tochter seines Kommandeurs, dieses höchsten, wie sagt man, des Admirals. Das Mädchen war eine Schönheit. Schwarz. Groß. Eine richtige Dalmatinerin. Sie war einundzwanzig, und Pepček fünfunddreißig. Na, und dann tritt er eines Tages vor den Kommandanten hin und sagt ihm, daß er halt ... so und so ... daß er und seine Tochter heiraten wollen ... Worauf der andere, was ist er noch mal, der Admiral, ganz wahnsinnig wird. Er fängt zu brüllen an. Was?! Du?! Wie kannst du es wagen, verflucht noch mal und so weiter. Ich bring dich auf der Stelle um! Schlag sie dir aus dem Kopf! Ich erlaub es nicht! ... Pepček aber steht habtacht und sagt, daß er nicht verpflichtet ist, diese Befehle zu befolgen und daß er, was das angeht, kein Kommando anerkennt, und auch, sagt er ihm, dem Admiral, daß er, der Admiral, ihn nicht anzuschreien hat. Was!!! brüllt der Kommandant, du wirst mir Lehren geben! ... Und nimmt die Pistole aus der Lade und schießt BUMMS! knapp an Pepčeks Kopf vorbei in die Wand. Pepček rührt sich nicht einmal, der Kommandant aber sagt: ‚Marsch, heim!' Pepček salutiert und geht, und nach einer Stunde bringen sie ihm schon den Bescheid, daß er nach Zadar als Kapitän auf ein Schiff muß, und sie fahren ihn sofort da hin. Auf diese Weise sind sie ihn los geworden. Aber, kommt ihm nicht schon eine Woche später dieses Mädchen nach?! Sie kommt, um ihn zu sehen! Ist daheim ausgerissen, und nur Gott weiß, wie sie ihn gefunden hat! Und das auf der Insel Ugljan, wo Kriegsschiffe gelegen sind! 1954 nach Ugljan zu kommen, war alles andere als leicht! Na, das kriegt sie hin, aber sie sind keine halbe Stunde zusammen, als sie sie schon wegbringen. Militärpolizei. Und sie bringen sie direkt nach Split, wieder heim. Und am nächsten Tag verheiraten sie sie mit einem, der genauso Offizier ist, sogar noch tiefer als Pepček, ich meine dem Rang nach. Sie war ihm schon vorher versprochen gewesen. So, žani. Und Pepček haben sie einfach in Pension geschickt. So. Er hätte in Split bleiben können, aber er hat nicht gewollt. Er hat die Koffer gepackt und ist weg. Und von da an – nie mehr ans Meer!«

Ančka sah auf die Uhr und ging ins Schlafzimmer, gar nicht traurig, mit einer gewissen Leichtigkeit. Mich aber deprimierte die Sache und ich blieb sitzen.

Gut, ich wußte ja, daß Pepček an etwas litt, ich wußte, daß sein Zustand nicht normal war. Ich hatte ihn nämlich schon von früher gekannt, von der Zeit, als er noch als Jüngling mit meinem Vater zusammen für die Volksbefreiungsfront aktiv war. Nach dem Krieg besuchte er öfter Mama und mich, immer in Uniform, ein fröhlicher, lachlustiger, lebhafter Mensch. Näher kamen wir uns dann aber erst nach seiner Rückkehr, als er schon nicht mehr der Alte war. Er war ungewöhnlich still und zurückgezogen. So, wie er jetzt war, besonnen, ruhig, gefiel er mir besser als früher. Irgendwie erinnerte er mich an meinen schwermütigen Vater, der sich nur zweimal, dreimal im Jahr einen Witz erlaubte. Außerdem war Pepček im Gegensatz zu den meisten jung pensionierten Offizieren enorm aktiv. Und er betrank sich nie.

So schätzte ich ihn. Erst jetzt, nach Ančkas Erzählung, wurde mir klar, daß dieser Pepček nicht der echte war. Der echte Pepček hätte sich für dieses unser Krainer Alltagsleben geschämt. Im Grunde tat er das wahrscheinlich auch. Die Geschichte von der feurigen, doch unerfüllten Liebe aber ging mir unter die Haut. Nein, im Grunde war ich richtig erschüttert. Vielleicht umso mehr, als sich zwischen mir und Pepček gewisse Parallelen zeigten ...

Ančka kam mit etwas wieder, das in einem braunen Plastiksack steckte und straff mit Paketband umwickelt war.

»Da«, sagte sie. »Ich mag das nicht im Haus haben!«

Ich erriet sofort, was es war.

Ich nahm das Päckchen aus Ančkas Händen entgegen und schätzte andächtig sein Gewicht. Pepčeks Luger! Pepčeks Trophäenpistole!

»Steck sie gleich ein«, kommandierte Ančka.

Leicht beunruhigt (klar, im stillen lieben wir Männer alle Waffen) trug ich das Päckchen ins Vorzimmer und gab es in den Sack mit den Äpfeln. Als ich zum Tisch zurückkam, wußte ich auf einmal nicht mehr, was ich hier sollte. Ich kriegte das starke Gefühl, daß jetzt die Sache ganz zu Ende sei. Pepček lebte das falsche Leben, ich lebe das falsche Leben ... Ich zündete mir eine Zigarette an, zog einmal, zweimal, dann hätte ich sie am liebsten schon ausgedrückt ... Auch Ančka sah irgendwie ins Blaue, unterm Tisch unten aber hörte ich ihren Pantoffel tappen, tapp-tapp-tapp ...

Ich stach die Zigarette in den Aschenbecher und stand auf.

»Gehst du schon?«

Ančka sah mich so verwundert an, daß ich fast einknickte.

»Wartest du nicht auf den Kaffee? Matija kommt doch jeden Augenblick heim!«

Verdammt, auf Ančkas neuen Mann hatte ich völlig vergessen. So ist's, wenn man nur an bestimmte Dinge denkt. Ich setzte mich hin wie abgesägt. Dann fiel mir ein:

»Stimmt ja, wie schreibst du dich denn jetzt, nach dem Neuen?«

Ančka streckte richtig die Brust raus.

»Rolih!«

Rolih? Und ich habe ihr nicht einmal gratuliert! Soll ich jetzt?

»Er kommt aus Argentinien, weißt du?«

»Aus Argentinien?!«

Schock um Schock! Natürlich, die Emigranten kommen zurück! Normal, ein Argentinier! Darum hatte ich ihn damals nicht als Hiesigen erkannt! Darum der Eindruck, als käme der Typ aus irgendeinem Vorkriegswinter! Wahrscheinlich sah er Schnee zum ersten Mal seit wer weiß wie vielen Jahren! Ančka nickte und sagte:

»Žani, du weißt nicht, wie glücklich ich bin! Du wirst es nicht glauben, aber Matija ist meine Jugendliebe!«

»Jugendliebe?!«

Kein Zweifel, daß sie die Wahrheit sprach. Man sah sie an, wie sie war, ganz euphorisch, und es war einem gleich klar. Wir verstehen uns eben auf gewisse Dinge.

Dann begann sie zu erzählen.

Sie sagte, Matija sei nicht bei den Weißen gewesen, habe nach dem Krieg aber trotzdem nicht hierbleiben wollen. Sie flehte ihn inbrünstig an, zu bleiben, und er sie, mit ihm zu gehen. Ja, aber sie konnte nicht in die Emigration. Aus ganz moralischen Gründen. Ihr Bruder war nämlich als Partisan gefallen, und außerdem wäre die Mama allein geblieben. Dann ging Matija ... Hier war natürlich beiderseits riesiges Herzeleid vorhanden ...

»Na, dann haben wir halt jeder sein Leben gelebt. Ich hab Pepček geheiratet, und er hat sich dort seine Familie geschaffen. Mit seiner Frau, einer dortigen, hat er drei Söhne und zwei Töchter großgezogen, heute sind alle schon erwachsen und haben schon eigene Kinder ...«

Und wenn ich gleich selbst zum Ende komme, Rolih kam mit einer Dollarpension zurück (denn er hatte für eine nordamerikanische Firma gearbeitet). Er beabsichtigte, die noch verbleibenden Jahre mit Ančka, seiner nie vergessenen Liebe, zu verbringen. Die Frau war ihm schon vor zehn Jahren gestorben, mit der Einparteientyrannei hatten wir selbst aufgeräumt, und jetzt gab es für Rolihs gewaltige Liebesbrunst praktisch kein Hindernis mehr.

Ich warf einen Blick auf das gerahmte Bildchen, das aus dem Kalender, das das Mädchen in Tracht auf dem rustikalen Balkon und jemanden darunter zeigt, der mit dem Hut winkt. Ich versuchte mich zu erinnern, wie lange es schon an der Wand hing. Hatte es Pepček noch gesehen? Natürlich, diese Rähmchen sind doch Pepčeks Handarbeit! Ančka hatte ihn wahrscheinlich selbst gebeten, die Reproduktion unter Glas zu geben!

»Ich bin so glücklich, Žani, daß ich es dir nicht sagen kann!«

Na, das ist der richtige Augenblick, dachte ich mir. Ich erhob mich ein wenig und gab ihr die Hand. Ernst und bedächtig, wobei ich vermied, übertriebene Gefühle zu zeigen, denn ich fürchtete, sie würde aufschluchzen oder so.

»Ich wünsche dir, Ančka, alles Glück in der neuen Ehe! Wirklich, alles alles Gute!«

Aber sie überstand es korrekt. Und auch ich, scheint mir, erfüllte korrekt meine Pflicht, und jetzt, dachte ich, werde ich mich nicht wieder setzen. Jetzt ist es Zeit, zu gehen. Es wurde auch schon bald zwölf.

»Ich gehe«, sagte ich und stand auf, »ich muß heim.«

Diesmal hatte sie nichts dagegen. Doch geschah, was gern geschieht. Ich stand schon an der Wohnungstür, angezogen und mit diesem Sack in der Hand, und ich hielt schon die Türklinke, tja, da war unter der Treppe draußen ein Stampfen zu hören. Jemand schlug sich den Schnee von den Sohlen.

Matija Rolih und ich begegneten uns auf dem oberen Treppenabsatz. Er war ein starker Kerl um die siebzig, mit gegerbtem Gesicht, weißen Haaren und schwarzen Augen. Er wirkte entschlossen und erfahren, keinesfalls wie einer, der in Kirchen herumflitzt. Ich bemerkte, daß er im Grunde hochwertige Sachen trug. Derb, doch erste Ware. Schuhe hatte er besonders gute, aus ungefärbtem Rindsleder, vielleicht argentinische. Solche Schuhe cremt man nicht ein, sondern man besprüht sie mit diesem Imprägniermittel. Ančka stellte uns vor, dann aber stand sie im Stil Bauch rein Brust raus, voller Zufriedenheit, ganz anders, neben ihm. Evo, dachte ich, die zwei sind das richtige Paar! Ich weiß zwar nicht, wie es Rolih ergangen war, doch Ančka hatte sicher falsch gelebt. Noch gut, daß sie ihren wahren Erwählten bei solcher Gesundheit antraf!

»Aha«, sagte Rolih, ohne etwas mit mir anfangen zu können, »Sie waren Pepčeks Freund, aha.«

Nicht daß er das mit Betonung aussprach, aber stimmt, auf einmal kam es mir vor, als wäre der erwähnte Pepček überhaupt kein Mensch gewesen, sondern so ein trauriger Hund, der früher mal, lange her, durchs Haus geschlichen war. Von Rolihs starker Hand hing ein großer Metzgerszöger. Darin erblickte ich ein paar Bouteillen Wein, Gemüse – und einen Schinken. Welcher Tag ist heute nochmal? Freitag! Wenn nicht gar Karfreitag! Mir wurde heiß um die Ohren. Ich bin wohl nicht so ein Kretin, am Karfreitag Besuche zu machen!

»Ančka und ich haben ein wenig geplaudert«, sagte ich und fragte mich, was tun, Glück wünschen oder nicht.

»Aha, aha«, sagte Rolih und sah ihr direkt in die Augen, und sie ihm.

Sie standen schön zusammen vor mir, beide gleich groß und gleich breit. Rolih kam mit dem Arm von hinten und nahm Ančka um die Taille. Ich wette alle meine D-Mark-Ersparnisse, daß er sie im Vorbeigehen zwickte. Ančka platzte fast vor Zufriedenheit! Dieser ihr Kater, im Grunde nun beider Kater, aber scharwenzelte, eigennützig wie sein ganzer Schlag, mit aufrechtem und zitterndem Schwanz liebevoll um den Zöger.

»Auf Wiedersehen!« sagte ich.

Sie antworteten im Duett:

»Behüt dich Gott!«

Ich mußte mich schon fest am Geländer halten, als ich die Treppe hinunterging. Alles kam mir so unstabil vor! Unten rettete ich mich rasch hinters Eck, und schon war ich nicht mehr da.

13. Kapitel

Ich verschwand aber auch vollkommen in mir selbst. Ich kam nicht nur Ančka und Rolih abhanden, als ich mich hinter die Ecke verdrückte, sondern auch vor mir selbst blieb von mir nichts übrig. Oder fast nichts, denn jemand trug immerhin diesen Sack nach Hause. Und jemand nahm jenes Päckchen heraus.

Wo sind die Zeiten schon, wo ich mit einer Pistole, die mir in die Hände fiel, zu Zdenko, Marjan und Žare gelaufen wäre! Dann wären wir zusammen ins Moor gerast oder dort hinter Rakovnik rein und hätten auf einen Kanister geschossen!

Jetzt, praktisch schon alt, dabei aber noch ganz unter dem Einfluß widerlicher Erkenntnisse, wickelte ich die Pistole zwar vorsichtig aus dem Polyvinyl und dann noch aus dem öligen Lappen, in den sie eingeschlagen war, doch ich ließ sie dann ohne die rechte Leidenschaft im Herzen auf dem Tisch liegen. Es handelte sich um ein dunkelbraunes Objekt aus Eisen mit Bakelitplättchen am Griff. Zwischen diesen ehrwürdigen Mauern, zwischen all diesen zivilen Objekten, zwischen Möbeln und Büchern ... wirkte die Waffe wie etwas äußerst Fremdes.

Aber weil Pepček einst mein Freund war, war nun auch seine Luger nichts, was ich gleich irgendwo im Schuppen hätte verstecken müssen. Und so beschloß ich sie mir anzusehen.

Im gegebenen Moment wäre es viel klüger gewesen, mit dem Kochen anzufangen. Doch es zog mir den Magen genauso, wenn nicht stärker zusammen als nach dem letzten Besuch bei Ančka. Und wieder hatte ich keinen Appetit. Die Bedingung dafür, daß es schmeckt, ist der Wille zu leben, diese optimistische Seelengesundheit, ich aber überlegte schon auf dem Heimweg, ob mir vielleicht Ančka mit der Pistole nicht eigentlich zu verstehen gab, *ich* solle tun, was Pepček nicht getan hatte. Mir nämlich schön in den Kopf zielen und abdrücken. So. Und das nutzlose Vegetieren wäre vorbei.

Ich nahm die Luger in die Hand und wischte sie mit dem Küchentuch ab. Im Militär war ich nicht gewesen, und zwar, weil das Gesetz es mir erlaubte und weil sich Onkel Samo, meines Vaters Bruder, hoher UDBA-Offizier in Belgrad, für mich eingesetzt hatte. Doch wenigstens die Waffe hier kannte ich, denn Pepček hatte sie mir einmal gezeigt. Es handelt sich um eine Kampfpistole Kaliber 9 mm, Baujahr 1941, ein präzises deutsches Gerät, wenig gebraucht, in astreinem Zustand. Zuerst überprüfte ich, ob der Hebel hinterm Verschluß das Wort *gesichert* freiließ, dann drückte ich auf den Knopf hinterm Abzug, und das Magazin glitt mir in die Hand. Darin waren acht Patronen, acht Rundkopfhülsen in Standardausführung. Solche werden noch immer hergestellt. Dann zog ich den Verschluß und überprüfte, ob vielleicht eine Patrone im Lauf sei. War nicht. Dann schob ich das Magazin wieder in den Griff, den Verschluß aber zog ich noch einmal zurück und ließ ihn los. Klick.

Jetzt war eine Patrone im Lauf. Ich legte den Schalter um, sodaß er die Aufschrift *gesichert* verdeckte, und die Luger war schußbereit.

Wohin zielen?

In den Kopf? In die Schläfe, den Bereich zwischen rechtem Ohr und Auge, ins Hirn, das all dies denkt?

Und tatsächlich, ich setzte an der rechten Schläfe an. Und ich hielt auch den Finger am Abzug. Man mußte nur wenig ziehen.

Da aber formte sich vielleicht gerade in jenem Teil meines Gehirns, auf den die Pistole mittelbar zielte, ein Bild von dem alten Deppen Kolenc. Es war eine erschreckend realistische Demonstration. Ich lag neben dem Tisch auf dem Boden, in unmöglicher Pose, der zerfetzte Kopf aber badete in einer schwärzlichen Suppe aus Blut und Gehirn.

Pfui! Daß so ein Mensch enden soll, der sein ganzes Leben einen einigermaßen soliden Eindruck gemacht hat?

Wenn wir annehmen, daß ich seit meinem Entschluß, etwas zu tun, nichts als Fehler mache, würde ich nach dieser Logik, wenn ich mich erschieße, nur einen Fehler mehr begehen. Wenn dem so ist, wäre es nicht besser, sich auf die Couch zu legen, alle viere von sich zu werfen und in Stille ruhig zu werden?

Es gibt wahrscheinlich nicht viele, die diesen Gedanken für genial hielten, aber ich persönlich bin überzeugt, daß er ziemlich vernünftig war. Zuerst nahm ich die Patrone aus dem Lauf und legte sie wieder ins Magazin, drückte leer ab, und dann wickelte ich die Luger wieder ein und räumte sie in den Schrank, in den, der im Vorraum als

Stauraum für jede Art Krempel fungiert. Dann aber legte ich mich tatsächlich hin, lag alles in allem bis Sonntag, war ruhig und dachte über meine Handlungen nach.

Der Entschluß, zu dem ich nach zwei Tagen intensiven Grübelns gelangte, war folgender: ich muß wirklich etwas Mutiges tun, oder aber aufhören mit jeglicher Aktivität, die mich kleiner macht, als ich in Wahrheit bin. Ist es etwas Besonderes, wenn ich Ančka besuche, trotz Angst, daß bei ihr irgendein Betbruder ist?! Das ist Selbstquälerei! Mut ist, wenn du die Angst vor dem, was du dir wünschst, überwindest! Und ich wünsche mir doch, mich als Herr mit Kultur, Herzens- und wahrer Kultur zu erweisen. Wenn ich mir schon leicht aristokratische Neigungen eingestehe, dann müßte ich sie irgendwie auch in der Praxis zeigen! Und wenn ich mir wirklich wünsche, den Rest meines Lebens mit einer echten Dame an meiner Seite, mit einer wirklich aufregenden Frau größeren Formats zu verbringen, dann wird in diesem Sinne effektiv etwas zu tun sein, nicht nur zu warten. Malčika ist bald wieder mit ihren Angeboten hier. Und wie sie mir irgendein Kind anbietet, müßte auch ich zu ihrer Abwehr etwas Konkretes haben!

Wahrhaftig, der alte Schühlein müßte auf gewisse Art trotzdem getötet werden. Aber nicht, indem ich den Abzug drücke. Für mich werde ich ja wohl was Eleganteres finden!

14. Kapitel

Sonntag früh, am ersten April, zu Ostern, griffen die Kniner Rebellen bei Plitvice einen Fahrzeugkonvoi der kroatischen Polizei an. Am Morgen wußte ich das noch nicht. Die Nachricht überraschte mich etwa um zehn, als ich den Fernseher aufdrehte. Zuerst dachte ich an einen Aprilscherz. Die Kroaten auf heimischem Terrain angegriffen! Aber nein, es ging um einen echten Konflikt. Ich sah es auf dem Zagreber Kanal. Eine Übertragung direkt aus dem Nationalpark. Eine verschneite und neblige Landschaft, und auf einer Waldstraße die stehende Polizeikolonne. Aus dem Wald waren Schüsse zu hören, am Straßengraben aber verweilten verhaftete serbische Aufständische, so viele es waren – vier oder fünf, und einem floß Blut aus der Nase. Wahrscheinlich hatte ihm einer eine geknallt. Das war das erste echte Gefecht in Kroatien und das erste Blut, das wir in Verbindung damit auf den kleinen Bildschirmen sahen.

Obwohl ich schon fast davon los war, mich mit dem niemandem nützlichen Politisieren abzugeben, denn mich okkupierten persönliche Sorgen, vermißte ich an diesem Tag trotz allem schrecklich einen Menschen zum Reden. Doch an Sonntagen, wie gesagt, geh ich nicht raus, und der Student war nicht da. Er war daheim, in Mozirje. Übrigens hätte ich ihn sowieso nicht zu mir gerufen. Ich war noch immer der Meinung, die Kontaktnahme mit gleichsam Unterstellten wäre nicht klug. So verfolgte ich dann den ganzen Tag allein und kraftlos die Ereignisse und hoffte, daß jemand sich von sich aus melden würde.

Nach fünf begannen sie im TV einen amerikanischen Film zu zeigen, die Komödie *Is' was, Doc?* Endlich ein wenig Spaß und Entspannung! – sagte ich und stellte mich auf den Genuß ein. Der Film war mir nämlich bekannt.
Und gerade jetzt klingelte es.
Ich machte auf. Es waren Jožef, Ljubica und Bojan. Entsetzlich! Sollte ich sie zum Teufel jagen? Ihnen die Tür vor der Nase zuschlagen?
»Ooooh!« rief ich. »Nur herein!«
Bojan war schlecht gelaunt. Nicht einmal den Anorak wollte er ausziehen. Ljubica war außer mit greller Schminke auch mit einem stummen rätselhaften Lächeln bewaffnet, das von einer unausgetobten inneren Spannung zeugte. Jožef aber war – freundlich ...
»Wissen Sie, Onkel Žani«, sagte er, »wir waren im Tiergarten. Und da haben wir gesagt, gehen wir Sie auch noch besuchen.«
Er wälzte sich in den Lehnstuhl bei der Couch und fuhr sich mit dem Nagel zwischen die Zähne. Ljubica kreiste im Raum und sah sich um. Sie war zum ersten Mal bei mir.
»Schau es dir nur an!« sagte Jožef. »Onkel Žani zeigt dir alles!«
Jožef, der nicht einmal in der Sonderschule glänzte, hielt mich für blöd! Er dachte, ich sitze seiner Freundlichkeit auf und merke die tückische Brutalität hinter all dem nicht. Aufrichtig war er wenigstens darin, daß er mit seinen Augen den meinen die ganze Zeit auswich. Ich aber, bitte sehr, statt schön den Film zu sehen, stand mit Ljubica am Fenster und gaffte hinaus. Klar, auch der Kleine mußte gehoben werden. Dann gingen wir in die Küche. Ljubica zeigte sich stark interessiert, ja,

und höflich, ja, und alles war super. Im Bad wurde ich nervös. Nicht gleich, aber als wir Bojanček zusahen, der auf dem WC saß, standen mir rund um die Glatze die Haare auf. Meine Mark!? Jožef weiß wahrscheinlich, daß ich Devisen nicht auf die Bank trage! Wir gacken hier, und er visitiert das Zimmer!

Als wir zurückkamen, saß er so wie vorher im Fauteuil. Auch sonst war keine Veränderung zu sehen. Er glotzte vor sich hin und sagte:

»Ist dieser Student da, Onkel Žani?«

Ich hätte lügen und ja sagen können, doch hätte sich dann vielleicht rausgestellt, daß dem nicht so war ... Ich wollte keine Angst zeigen, darum sagte ich nein, er komme aber wahrscheinlich bald. Da machte Jožef Ljubica aufmerksam:

»Das Zimmer da drüben ist auch zum Anschauen.«

Ljubica nahm mich freundlich unterm Arm.

»Joj, Onkel Žani, zeigen Sie es mir?«

Ich nahm den Schlüssel vom Türstock, und wir gingen rüber. Auch Bojan lief uns nach, Jožef aber blieb. Ideal wäre, wenn sich Ljubica das Zimmer nur von der Tür aus ansehen wollte, dachte ich. Ich machte auf und sagte:

»Siehst du, es ist so eins. Klein. Nichts Besonderes.«

Aber sie ging einfach weiter, der Kleine ihr natürlich nach. Worauf auch ich gezwungen war, ihnen nachzugehen. Ljubica fing gleich und so eifrig durchs Fenster zu gaffen an, als hätte inzwischen die äußere Welt eine epochale Verwandlung erlebt. Sie rief:

»Diese Aussicht, aber echt ...!«

Ich mußte mich zu ihr stellen. Nun, und während Ljubica und ich aus dem Fenster gafften, packte Bojanček der Drang, auf Šoncens Couch herumzuhüpfen. Jetzt aber griff ich ein. Ich hob ihn und wollte ihn raustragen, na, und genau da kam auch noch Jožef ins Zimmer. Ljubica drehte sich um und betrachtete liebevoll die Szene, Jožef aber, während er breit hin und her ging, besichtigte irgendwie verächtlich den Raum und die Gegenstände darin. Hier hob er irgendein Buch, dort schlug er gegen die Wand, und es war, als prüfe er die Festigkeit der vorliegenden Realität. Das gespannte Schweigen verdarb nur Bojanček, der, an meine Brust geklemmt, trat und schrie. Aber Jožef hatte es nicht eilig. So besitzermäßig wie er habe ich mich in meiner Wohnung noch nie aufgeführt. Bevor er hinausging, schlug er mit dieser massiven Hand noch gegen den Türrahmen, BUMM!

»Sie haben eine wunderbare Wohnung, Onkel Žani«, hauchte Ljubica. »Ganz wunderbar!«

Stimmt, dachte ich mir, das ist sie wirklich. Und es begann mich richtig zu reuen, daß ich mich so bescheiden darin benahm. Auch ich müßte mal gegen die Mauern schlagen und den Tisch zertrümmern. Auf dieselbe Weise, wie bestimmte Tiere es tun, müßte auch ich vielsagendere Signale aussenden, daß es hier um mein Territorium geht, in dem ich tun kann, was ich will. Damit entstünde zwar ein gewisser Schaden, doch würden die Besucher sich dafür weniger selbstsicher fühlen.

Nach der Rückkehr ins große Zimmer bot ich ihnen Fruchtsaft an. Jožef und Ljubica ließen sich einen bringen, Bojan aber nicht.

»Ich will einen Tee!«

»Was für einen Tee magst du denn?«

»Nicht wichtig«, sagte Jožef. »Geht nur ums Kriegen.«

Ich stellte Wasser zu und stöberte zwischen den Tees. Inzwischen rannte fröhlich der Film, und Ljubica war ein dankbares Publikum. Sie schnappte förmlich vor Lachen. Ich guckte. Dieses schielende Mädel, das diesen jungen Mann jagte, packte den Betreffenden am Rockschoß, und die Naht riß auf bis zum Kragen. Einiges war vielleicht wirklich lustig, so sehr aber auch wieder nicht. Jožef, den der Film nicht interessierte, schubste Ljubica mit dem Fuß und sagte:

»Eine schöne Wohnung, aber hoch oben.«

Ljubica rührte sich:

»Ja, das stimmt, Onkel Žani. Sie wohnen ein bißchen hoch. Der dritte Stock muß für Sie direkt ... Glauben Sie nicht?«

»Och«, sagte ich, »gerade das sagt mir zu!«

»Ich meine«, sagte Ljubica besorgt, »ich meine, wegen Ihrem Alter. Sie wissen ja.«

Da sprach Jožef. Er sprach in Ljubicas Richtung und zwinkerte.

»In diesem Alter würde einem so ein niedriges Haus mit Garten passen. Das wär was für unseren Onkel Žani, das, und nicht sich die Stiegen raufrackern. Und dann würde Žani, kannst dir das vorstellen, Ljubi, schön beim Radiator sitzen, keine Scheißerei mit dem Holz, keine Anstrengung, du drehst nur am Thermostat, zzzk! Ha? Was sagst du, Ljubi?«

Ljubica sah mich besorgt an und nickte ernst. Jožef stickte weiter:

»Und dann würde unser Onkel Žani nur mehr irgendeine Katze auf den Schoß nehmen ... Nicht?

... Und sie streicheln ... Nicht? ... Und die Katze würde schön schnurren und schn...«

Peng! – knallte es im Vorraum. Ich wußte, es würde kommen. Ich beobachtete nämlich Bojan, der sich am Deckel der Holzkiste zu schaffen machte, und ich erwartete, daß er ihn sausen läßt, aber ich sagte absichtlich nichts. Soll es krachen! Und als es krachte, sprangen die andern zwei nachsehen. Ich wich in die Küche zurück und machte in Ruhe den Tee für Bojan, obwohl mir das nur als eine Dummheit mehr erschien: er würde ihn ja nicht mögen. Man verliert im Grunde nur Zeit. Ich überlegte, ob die Mark noch immer an ihrem Platz seien. Ich hätte nachsehen können, auf jeden Fall. Aber, wenn sie nicht da wären? ... Was würde ich tun? Na, was?

Aus dem Vorzimmer war inzwischen stilles Reden zwischen Jožef und Ljubica zu hören. Eigentlich war es eine Art Knurren und Zischen. Von dort kam dann als erste Ljubica, ein wenig rot im Gesicht. Sie setzte sich wieder auf den Stuhl vor dem Fernseher. Sie mühte sich mit einem Lächeln, obwohl im Film momentan nichts Lustiges war. Ich stellte den Tee auf den Tisch und versuchte mich unbetroffen zu geben, obwohl meine Nerven ganz schön werkten. Dann kam Jožef mit dem Kleinen, und zwar so, daß er Bojan an den Füßen trug. Er ging wie das Monster des Dr. Frankenstein, und zwar einfach neben dem Teppich – und in Schuhen! Ja, sie hatten überhaupt noch die Schuhe an! ... Damit nicht wieder jemand anfinge, mir etwas von Umzügen und Katzen, der mir verhaßtesten Tierart, einzureden, beeilte ich mich mit dem, was mich schon den ganzen Tag plagte:

»Habt ihr es heute im Fernsehen gesehen? Das in Plitvice, meine ich. Hast du gesehen Jožef, wie sie ...«

»Eins ... zwei ... eins ... zwei«, zählte Jožef laut und trug den Kleinen auf Schuhen übers Parkett. Ljubica aber sagte:

»Haben Sie daran gedacht, Onkel Žani, umzuziehen, ich meine, die Wohnung mit einer besser geeigneten zu tauschen? Zum Beispiel, Sie könnten den Tausch mit uns machen. Wir drei würden herziehen, und sie würden nach Krakovo gehen. Das wär ein schöner Zug. Einmalig! Sie würden sich dort großartig fühlen, davon bin ich überzeugt. Und was noch das Schönste ist, am Lebensabend würde Mama Malči für Sie sorgen. Das wär, meine ich, i-de-al!«

Sie brachte es gut über die Bühne. Wahrscheinlich kostete es sie einige Anstrengung. Auch Jožef horchte gespannt. Er blieb direkt stehen. Auf diesen Vorschlag fiel mir die Antwort nicht schwer.

»Liebe Ljubica«, sagte ich, »wirklich, schönsten Dank für die Sorge. Ich denke an deine Worte, wenn ich alt und schwach bin. Wirklich. Was soll ich vorerst noch sagen?«

Jožef ließ den Kleinen herunter und setzte sich auf die Armlehne des Fauteuils. Er knallte sich aufs Knie und sagte:

»Gehen wir, Ljubi?«

Ljubica nickte und fixierte den Fernseher. Sie wurde irgendwie traurig. Der Kleine hatte inzwischen den Tee auf dem Tisch gewittert. Damit es nicht qualvoll wurde, stellte ich wieder die Frage:

»Hast du gesehen, Jožef, wie diese Räuber auf die Kroaten los sind? Hast du geschaut?«

»Ich will keinen Tee!« rief nun der Kleine unwirsch. Klar.

»Was heißt das?!« sprang Jožef auf. »Willst du einen Saft?«

Der Kleine war sofort einverstanden.

»Ja, einen Saft!«

Ich schenkte ihm diesen österreichischen, hundertprozentigen ein. Er trank ihn so gierig, daß ihm die Hälfte in den Kragen rann. Außerdem hob ihm Jožef selbst das Glas, damit es schneller ging.

»Gehen wir, Ljubi! Hast du Onkel Žani diese Eier gegeben?«

»Ah ja!« sagte sie und ging sie suchen, diese Eier. Aber es waren nicht nur Eier beziehungsweise Ostereier. Es war auch ein Stück Schinken. Nicht Schinken. Pršut! Wahrscheinlich wieder ein Geschenk aus der Selbstbedienung ...

»Besten Dank«, sagte ich. Worauf Ljubica wieder in Aktion trat:

»Mama Malči läßt fragen, wo Sie immer sind, daß Sie nicht vorbeikommen.«

Ich wußte nicht, was ich sagen sollte. Und überhaupt, sind diese zwei Frauen nicht verfeindet?

»Sie hat gesagt, ich soll Ihnen sagen, Sie sollen mal vorbeischauen!« sagte Ljubica lauter. Wahrscheinlich dachte sie, ich sei taub.

»Ljubi!« rief Jožef aus dem Vorzimmer, wohin er mit dem Kleinen gegangen war. Ljubica und ich gesellten uns zu, und dann wohnte ich dem Anziehen bei. Sie arbeiteten schweigend, packten sich in die dicken Anoraks und schnauften. Ich versuchte es noch einmal, diesmal schon zufleiß:

»Aber das in Plitvice ist wohl eine Schweinerei. Wenn man bedenkt, daß es sich noch dazu um ein Naturschutzgebiet handelt – Und jetzt geht wahrscheinlich wieder die Armee dazwischen! Damit die Kroaten nicht zufällig ...«

Jožef öffnete einfach die Tür und zog Bojan hinter sich raus. Dafür war Ljubica umso freundlicher. Sie schenkte mir ein Lächeln, das sie vermutlich für ein herzliches hielt.

»Auf Wiedersehen, Onkel Žani! Nein, wirklich, melden Sie sich mal! Und bald!«

Ich ging hinter ihr in den Flur. Jožef und Bojan standen schon an der Stiege. Ich machte Licht.

»Wie sagst du zu Onkel Žani, Bojanček?« sagte Ljubica.

Ich bemerkte, daß Jožef mich anstierte. Das, wie er mich im Auto angesehen hatte, war nichts dagegen. Dieser Blick war tot, mörderisch, der Blick von einem, der dich in kleinen Portionen sehen will. Bojanček blickte zu ihm auf. Er bemerkte dasselbe wie ich – und zeigte mir die Zunge. Der Kleine ist, wie gesagt, intelligent.

Nach ihrem Abgang sah ich gleich nach, ob die Devisen noch an ihrem Ort waren. Ich bewahrte sie in der Messingzigarettendose meines Vaters auf. Ja, sie waren da. Doch schon die Tatsache, daß ich überhaupt meine Finanzen überprüfte, war beredt genug. Beim Gedanken an die alten Purgs, eine noch ganz angenehme alte Verwandtschaft, traten mir richtiggehend die Tränen in die Augen.

Ich überprüfte auch, ob Pepčeks Luger noch immer am Boden des Vorzimmerschranks lag. Als ich das Paket in der Hand wog, kam mir die Erkenntnis, daß es im Grunde gar nicht so dumm ist, so etwas im Haus zu haben. Eine Waffe gibt dem Besitzer nicht nur das Gefühl, sondern tatsächlich mehr Macht!

Wenn ein Gewalttäter an deine Tür klopft, was ist besser: ein Trupp gut bewaffneter Polizisten einen Kilometer weit weg oder ein geladenes Lugerchen in der Hand?

Ich glaube, hier gibt es kein Dilemma.

15. Kapitel

Mitte April, genau an dem Tag, als das Parlament das Gesetz über die Unabhängigkeit der slowenischen Streitkräfte von der jugoslawischen Armee verabschiedete, trafen wir uns dann. Malčika und ich. Trotz des nationalen Frühlings, trotzdem wir als Nation unaufhaltsam unsere Rechte auf heimischem Terrain durchsetzten – mit der Folge, daß unsere Rekruten ihren Präsenzdienst nicht mehr woanders ableisteten, was klarerweise in Belgrad heftige Revolten auslöste – wollte der Winter, der am Kalender schon längst vorbei war, nicht und nicht gehen. Schnee gab es nicht viel, doch der Frost hielt an, und wir wickelten uns noch immer in unsere Mäntel. Und auch die Uhr an der Jakobskirche stand wie einbetoniert. Auf sechs.

Unsere Straße erlebte zwar die Neuerung, daß eine der wundervollen Kastanien, gerade die, die mir, wenn ich aus meiner Wohnung sah, die Brücke und den Žabjak verdeckte, zur Ljubljanica runterstürzte, doch im Grunde geschah damit nichts Neues. Der Žabjak blieb der gleiche wie sonst, meine liebe Straße Breg aber wurde trotz des jungen Baums, den sie bald darauf an derselben Stelle pflanzten, häßlicher. Sie verlor an Charme. Wenn ich es recht bedenke, wäre es besser, jetzt, wo schon der eine Prozeß im Gang ist, überhaupt alle Bäume auszutauschen. Wegen der Übereinstimmung halt. Nur auf diese Weise würde tatsächlich der erneute Wuchs eines Ganzen angelegt, des Ganzen einer Allee, die ich von klein auf gewohnt war, als auch die Kastanien alle noch jung waren.

Und wenn wir jetzt noch Malčika dazunehmen, der ich, wie schon gesagt, gerade an diesem Tag Mitte April begegnete, und zwar ausgerechnet am Breg, wird das Bild noch unstimmiger. Malči und ich - ein absolut unmöglicher Frühlingsstrauß! Doch trotzdem gingen wir aufeinander zu. Ich von der Brücke her, sie vom Novi trg. Und schon sah ich: genau vor meinem Haus würden wir zusammentreffen!

Ein Fatalist würde sagen, es sei ihm eben bestimmt. Was so zusammenkommt, muß schon irgendwo oben geplant worden sein!

Malči trug einen leicht über kniehohen Rock und einen gefütterten Regenmantel. Der Mantel war nicht zu, darum konnte ich schon von weitem prüfen, ob da ein Bauch war. Nein, und auch dann aus der Nähe war nicht zu sehen, daß sie einen hätte, wenigstens nicht in diesem Sinn. Und sie schüttelte auch von sich aus den Kopf, schon von weitem, irgendwie unzufrieden. Unzufrieden mit mir? Wütend, weil ich sie nicht selbst besuchte? Offenbar. Und wirklich. Sie lächelte nicht einmal, als wir uns, evo, genau vor der Haustür trafen. Ja, sie war überzeugt, ein Recht zu erzieherischer Strenge zu haben.

»Du«, sagte sie, »wo bist du denn immer?«

Ja, aber, man glaub's oder nicht, ich ließ mich nicht durcheinanderbringen. Und ich beeilte mich auch nicht.

»Was ist denn?« sagte ich mit einem Lächeln. »Was regst du dich auf, Malči?«

»Schau, Žani«, sagte sie. »Wahrscheinlich weißt du noch gut, was ich dir gesagt hab. Du aber warst nicht bei uns, weder am Achten März noch zu Ostern! Zu Ostern haben dir unsere überall nachrennen müssen, so daß ...«

»Niemand ist mir nachgerannt!« unterbrach ich sie. »Ich war daheim. An Feiertagen bin ich nie draußen. Das weißt du wohl. Warum sollte ich, verflucht nochmal, so plötzlich anders sein? Und überhaupt, wen hab ich nötig?!«

Was ich sagte, war ziemlich unüblich von meiner Seite. Aber bitte. Was wird sie mir ständig auf den Kopf scheißen! ... Ich entschuldige mich, doch das ist die Purgsche Ausdrucksweise, und wenn ich einen Teil davon verwende, dann weil ich weiß, daß die Menschen in der großen Mehrzahl mehr den Purgschen Typen geneigt sind, diesen sogenannten praktischen, die mit beiden Beinen auf der Erde stehen und sich direkt ausdrücken. Wenn ich eines dieser Wörter gebrauche, dann nur, um darauf hinzuweisen, daß auch ich als anderer Mensch mich darauf verstehe, daß aber umgekehrt manches, womit ich mich wirklich auskenne, Malčika nicht einmal wittert. Denn sie hat keine Nase dafür. Und noch was: wenn ich etwas Kräftiges sage, dann weise ich nur darauf hin, in was diese Welt sich verwandeln könnte, wenn die Purgs in ihr überhand nähmen. Ja, in diesem Fall würden ziemlich viele Unterschiede zwischen den Leuten verschwinden. Und auch Leute, scheint mir, würden ziemlich viele verschwinden.

Und das Resultat meines Auftritts?

Malči war vollkommen baff.

Malči war tatsächlich baff und stieß einen Laut aus. Damit wir uns verstehen, Malčika macht das oft einmal, und es ist etwas ganz Normales. Aber diesmal ... Weil ich weiß, was sich Malči von mir denkt (sie sagte es dem Friseur, zu dem ich gehe, und zwar: »Den Žani mußt du nur schief anschauen, und er scheißt sich an!«), kann ich sagen, daß sie es diesmal aus Schockiertheit tat. Ja, das war's, es gab ihr einen richtigen Schlag. Ich hatte ihre Erwartungen betrogen. Darum griff sie sich, als sie zu gaffen aufhörte, fast direkt ans Herz, in das ich die Lanze so unmenschlich stieß, und jaulte:

»Aj-jaaa? Ah, so einer bist du auf einmal? Oooh, das ist aber was Neues! Ja meeeiiine Scheiße!«

Obwohl dieser pathetische Singsang nicht nur lächerlich war, sondern mich auch ärgerte, nahm ich sie versöhnlich unterm Arm und sagte:

»Na, na. Ich lad dich auf einen Kaffee in die Zlata ladjica ein. Einen Kaffee oder was immer dir paßt.«

Sie ging mit. Weil aber nicht alles nach ihren Plänen und Erwartungen ging, rammte sie die Hände tief in die Taschen des offenen Mantels und schlenkerte während des Gehens mit den Schößen. Sie schwieg stur.

»Es ist noch immer kalt, oder?« sagte ich. »Es will nicht werden und will nicht. Schon fast einen Monat ist Frühling, und die Kastanien sind noch nicht grün. Praktisch ist noch immer Winter. Noch immer heiz ich ein. Ich weiß wirklich nicht, wann damit Schluß ist. Ich hab's schon satt.«

Ich trug dick auf. Mit Absicht. Überhaupt aber, warum sollten Malčika und ich am Ende nicht auch ein paar normale Worte wechseln? ... Aber sie sah mich höhnisch an und sagte, indem sie die Lippen, die sie sich unmöglich angemalt hatte, verzog, etwas so Giftiges, so Bösartiges, daß es mir den Atem verschlug:

»Ho, ho, du wirst noch eine Weile heizen! Nächste Woche gibt's Schnee!«

Es stank richtig nach Schwefel. Hol mich der Teufel, wenn nicht. Ich bekam das Gefühl, sie persönlich sei an diesem Wetter beteiligt. Jedenfalls aber war dieser Zug von ihr nicht klug. Einer, der einen gewinnen will, müßte mehr seine Zunge hüten. Einen Wetterpropheten, der Schlechtwetter ansagt, haßt jeder schon a priori; er muß dazu nicht noch schadenfroh sein!

Ich blieb stehen und sagte:

»Das kannst du aber nicht sagen. Glaubst du, ich schaue nicht auf die synoptische Karte? Im Mittelmeerraum bildet sich ein kleiner Antizyklon ...«

»Hör doch auf, Žani!« unterbrach sie mich grob. »Wenn ich sage, es gibt Schnee, gibt es Schnee!«

Sie war teuflisch schlechter Laune. Vielleicht wäre ich es an ihrer Stelle auch gewesen. Seit ihrem Angebot waren schon eineinhalb Monate vergangen!

In der Zlata ladjica war es laut. Man hätte denken können, wir wären in einer zweiten Mittelschulklasse in die Pause geraten. Wir setzten uns auf eine der halbrunden gepolsterten Bänke am Fenster. Im Grunde gefiel mir die Atmosphäre. Hier würden wir laut sprechen können, und niemand würde uns hören. Doch zwischen uns herrschte Stille, bis die Kellnerin einen Kaffee mit Schlag, einen Kognak und ein Mineral für Malči und für mich einen Fruchtsaft brachte. Malčika gefiel es in diesem Lokal nicht. Sie preßte den Mund zu und blitzte unter der Dauerwelle mit den Augen. Sie schüttelte den Zucker in den Kaffee und sagte:

»Na, Žani, wie hast du dich entschieden?«

Uns gegenüber saßen zwei Schülerinnen mit langen Haaren. Nein, sie spitzten die Ohren nicht. Sie hatten sich zu viel Interessantes zu erzählen Ich sagte:

»Tja ...«

Ich legte die Ellbögen auf den Tisch und hing mit der Nase einen Zentimeter überm Glas. Ich wünschte, sie würde explodieren. Als sie wieder sprach, war zu spüren, daß sie ganz knapp davor war.

»Na, was ist? Hast du über das Angebot überhaupt nachgedacht? Ich hoffe, du bist dir bewußt, was für große Hoffnungen ich in deine Hände gelegt hab!«

Ein wenig hing ich noch, dann sagte ich:

»Weißt du, Malči, ich *hab* mich entschieden. Wir gehen nicht zusammen. Es wird nichts.«

Sie lehnte sich vor. Sie lechzte nach Blut.

»Was hast du gesagt?«

Sie hörte gut, keine Sorge. Sie wollte nur, daß ich es wiederhole. Nach Möglichkeit lauter. Ich richtete mich auf und sah sie diesmal schön geradeaus an. Ihre Wangen sahen aus wie eine pralle, mit Adern durchzogene Schweinsblase.

»Ich liebe dich nicht, Malči, das ist es.«

Sie bohrte ihre Augen wie eine Eule in mich. Sie fixierte mich ganz schön lange. Dann sagte sie, aber ziemlich nüchtern, direkt mit Bedacht:

»Ja denkst du, ich bin verrückt nach dir? Wer steht denn auf Romantik in unserem Alter! Mehr Hirn, Žani. Das sag ich dir. Es geht um den gegenseitigen Nutzen. Und wenn beim Gedanken an den Nutzen ich mit dir zufrieden bin, könntest du's auch mit mir sein. Und nicht auf den Wolken dahingondeln und Blödsinn in den Zeitungen schreiben! ... Schau bloß nicht so! Du denkst, du bist klug, bist du aber nicht! Ich bin klug, ich hab den Überblick übers Purg-Vermögen, ich sorge für das gemeinsame Interesse! So!«

»Ich heiße nicht Purg.«

»Ja und. Nur zusammen mit uns bist du was, allein bist du nichts. Wenn du uns verstößt, wird's dich noch furchtbar erwischen!«

»Malči, mit Drohungen kannst du keine Verwandtschaft zusammenhalten.«

»Drohungen? Phi! Wozu hab ich denn Jožef!«

Nicht zu glauben. Ja, ich sah sie eine Weile einfach an und studierte sie. Ich mußte aber auch fragen:

»Was? Das soll keine Drohung sein?!«

Nun quollen diese sowieso schon runden Augen heraus und sie blickte um sich, als suchte sie einen Schutz vor Vandalismus.

»Ich dir drohen, Žani? Aber wirklich nicht! Nur sag ich dir was: betrüg Jožef nicht! Denn Jožef hat dich gern! Außerdem weißt du ja, wie er ist – stark wie hundert Teufel!«

»Du meinst ... er würde mich gleich umlegen?«

Malči hob die Tasse Kaffee und schwemmte sie mit einem Schluck runter. Ex. Madonna, ich wußte nicht, ist das ganze zum Lachen oder ein Horror! Worauf sie sich ableckte und sagte:

»Was denkst denn du.«

Wenn mir ein anderer erzählte, daß sie so etwas sagte, ich glaubte es ihm nicht. Nein, absolut. Jetzt, wo sie mich selbst informierte, beobachtete ich sie mit Interesse, denn der Teufel soll mich holen, wenn es nicht wirklich interessant war.

»Mit Gewalt erreichst du nichts«, sagte ich.
Wieder sah sie um sich und ließ diese zwei Dinger quellen.
»Mit was für Gewalt? Wo siehst du Gewalt? Ich erzähl dir nur, was klug ist. Und klug ist, zusammenzuhalten.«
»Unter deinem Kommando!«
Sie sah mich gnädig und selbstgefällig an. Ja, sie ist es, die das Regiment führt.
»Na, vielleicht siehst du wenigstens ein, wer für dich wirklich das Beste will. Außerdem gilt mein Vorschlag von neulich noch immer. Ich hoffe, du weißt ihn noch.«
Sie zog eine Zigarette heraus, und ich gab ihr kavaliersmäßig Feuer. Ich zündete aber auch meine an. Sie gab mir Zeit, mich zu sammeln, gründlich die Dimensionen ihrer Opferbereitschaft zu begreifen, etwas Zeit aber nahm ich mir selbst. Sie irrte mit den Augen herum, und dabei ließ sie hie und da auch auf mich einen Blick fallen, ganz wie eine Köchin, die in den Braten sticht, um zu sehen, ob er schon durch ist. Dann drehte sie sich und sah mit einer so arroganten Miene durchs Fenster in die Außenwelt, daß jedem Laien klar sein müßte, daß sie von der Innenwelt alles schon weiß. Gerade da ging die Schauspielerin Majolka Šuklje in einer ihrer extravaganten Gewänder und Posen vorbei. Ich fing Malčikas Reaktion auf. Sie kräuselte die Oberlippe, zeigte ein wenig die Zähne, ja, wie Jožef, und hob die Brauen. Ein Ausdruck der Ächtung und des Ekels. Ja, Malči kennt diese Welt auch!
»Ich mag dich nicht«, sagte ich. »Ich will nicht mit dir leben. Du bist nicht mein Typ. Ohne Liebe geht's nicht.«

Sie aber antwortete sofort und vollkommen kühl, als hätte sie es schon erwartet.

»Hör mir mit dieser Liebe auf. Ich biete dir ein Business an, verfluchte Scheiße! Zuerst müssen wir es kommod haben, dann kommt erst das, was du jetzt schon möchtest: Eintracht und Liebe. Aber zuerst muß der Besitz erweitert werden.«

Ich sagte das erste, was mir einfiel:

»Aber nicht auf meine Kosten.«

Was ich sagte, wohlgemerkt, sagte ich ruhig.

Erst mal versteinerte sie. Dann knallte sie die flache Hand auf den Tisch.

»Verfluchte Scheiße, Žani! Und mein Kind!«

Es war echt wild. Die zwei Schülerinnen sahen uns neugierig an. Ich ließ mich nicht beirren. Ich sagte:

»Warum sollst du es nicht mit einem andern haben?«

Sie sah mich aufmerksam an. Sie bemerkte, daß es mir vor den Gästen peinlich war. Darum sprach sie, und zwar langsam:

»Was hast du gesagt?«

Es war, als hätte ich weiß ich was Entsetzliches von mir gegeben. Ich nahm meine Kräfte zusammen und wiederholte:

»Warum sollst du es nicht mit einem andern haben? Ich hätte nichts dagegen.«

Ihr Gesicht verdüsterte sich total. Sie wirkte getroffen bis auf den Grund ihrer Seele. Sie fegte ihre Sachen in die Tasche und stupste mich wie einen Hund, aus dem Weg! Als ich aufstand und sie an mir vorbei rausging, sagte sie mit toter Stimme:

»Wir zwei sind quitt.«

Was wahrscheinlich bedeuten sollte, daß sie mich Jožef und seinen auf jeden Fall weniger verfeinerten Methoden überließ. Sie verließ das Lokal mit all ihrem Stolz. Er wog an die drei bis vier Tonnen. Und ich sollte drinnen bleiben wie Katzendreck. Tat ich aber nicht. Es war schon bezahlt, darum ging auch ich. Ein wenig wütend, ein wenig verwirrt, ein wenig aber fand ich es auch zum Lachen. Ich holte sie bei der Fontäne ein und schob ihr sogar die Hand unter den Arm. Sie nahm sie nicht, drückte sie nicht. Doch gingen wir auf mein Haus zu. Ich fragte mich nicht, warum, denn ihr Krakovo liegt in derselben Richtung.

»Naja, Malči«, sagte ich, »Feinde werden wir aber wohl nicht, was meinst du?«

Sie sagte nichts. Sie ging nur. Und ich wie ihr Anhängsel mit. Wir kamen am Möbelsalon vorbei, dann beim Uhrmacher, und der Schuster kam gerade aus seiner Werkstatt und grüßte:

»Guten Tag!«

Malči preschte ohne Rücksicht auf die Störung voran, ich aber grüßte zurück:

»Guten Tag!«

Was die Situation noch hübscher machte, im Grunde schon zur Posse. Einen Moment lang sah ich in Malčis Profil, in der Hoffnung, sie würde mich anlächeln, sie würde durch die Nase prusten, sie fände wenigstens diese Szene komisch ... aber nichts! Ein normaler Mensch hätte jetzt lauthals gelacht, hätte zugegeben, daß er es auf alle Arten versucht hat, weil es aber nicht ging, ist es jetzt recht, wenn wir noch zum Vitez was trinken gehen und uns als Freunde trennen. Aber Malči? Nein!

»Das ist kindisch«, sagte ich. »Wir lieben uns nicht, da gibt es keine Debatte, hassen müssen wir uns aber auch nicht. Malči, am besten ist so eine mittlere Linie. Von der Mitte aus sind die meisten Möglichkeiten ...«

Sie schüttelte mich roh ab und ging zu einem roten Yugo, der am Gehsteig parkte. Sie stieß den Schlüssel ins Schloß und öffnete die Tür.

»Du hast ein Auto?« rief ich, naiv überrascht. Im Grunde wünsche ich allen Leuten Standard und Kommodität.

Malčika aber pfefferte die Tasche rein, stellte ihr Bein in die Tür begann den Mantel auszuziehen. Noch immer im Glauben, daß dieses ganze Stirnrunzeln nur die Kulisse war, hinter der sich ein wenn auch teuflisches Lachen verbarg, ging ich hin und hielt ihr die Tür. Dann kroch sie hinters Lenkrad. Sie rückte sich sitzend zurecht, ich aber bückte mich, Verwandtschaft halt, zwängte den Kopf ins Innere und sah mir ein wenig die Hebel und Instrumente an. Technik fesselt mich immer. Und überhaupt neue, noch duftende.

»Schön«, sagte ich, »schön!«

Da entwich mein Blick abwärts auf die Beine, die Malči – darüber war ich mir gleich im klaren – extra für mich spreizte, ihr Rock aber glitt noch höher, und ich hatte etwas zu sehen! ... Ich werde es nicht benennen, sondern sage nur, daß ich förmlich zurückprallte, dabei aber mit dem Kopf in den Rahmen schlug.

»Scher dich zum Teufel!« fluchte ich und knallte die Tür zu.

Sie aber ... ja, sie kreischte direkt vor Lachen. Jetzt! Die Vettel. Und sie zwinkerte noch. Unglaublich. Dann, während ich äußerst betroffen und im Nu traurig dastand, startete sie ihren roten Kübel und schaltete sich wild in den Verkehr ein, ohne jeden Pardon und Blinker, ohne jede

Gnade den anderen Autos und ihren Fahrern gegenüber, von denen drei fast der Schlag traf.

Ich sah ein, daß die Purgs nicht so leicht nachgeben würden. Sie blufften nicht. Sie nahmen die Sache ernst.

Die Woche darauf, einen Monat nach Frühlingsbeginn, fiel tatsächlich, wie sie gesagt hatte, wieder Schnee.

Wettervorhersage des Hydrometeorologischen Instituts Slowenien
Prognose für den 18. April 1991

☼ sonnig · ⛅ bewölkt · ◀ Regen · ☰ Nebel · ▬ Kaltfront · ▬ Okklusion · C C Tiefdruckzentrum
◐ bedeckt · ⛈ Gewitter · ✳ Schnee · ▬ Warmfront · A Ahochdruckzentrum

VORHERSAGE FÜR SLOWENIEN:
Heute nacht und morgen bewölkt. Die Niederschläge nehmen ab und hören bis morgen auf. Im Küstenland heftige Bora, auch im Landesinneren starker Nordostwind. Tiefsttemperaturen am Morgen –3 bis 2, am Meer um 4, Tageshöchstwerte 2 bis 7 Grad.

VORHERSAGE FÜR JUGOSLAWIEN:
Bewölkt, die Niederschläge breiten sich über ganz Jugoslawien aus. Im Westen schwächer werdend. Schneefall bis in die Niederungen, vor allem im Westen des Landes. Im südlichen Adriaraum Stürme. Entlang der Adria Bora.

WETTERBILD:
Über dem zentralen Mittelmeerraum liegt ein Tiefdruckgebiet. Die Wetterfront hat den zentralen und östlichen Balkan erreicht. Über unserem Landesteil mit der Nordostwinden Zustrom von Kaltluft.

AUSSICHTEN:
Am Freitag wechselnd bewölkt und kalt. Tagsüber Regenschauer und Gewitter, eventuell auch mit Schnee. Am Morgen Glatteisgefahr. Die Bora im Küstenland nimmt ab. Am Samstag bewölkt mit zeitweiligen Niederschlägen, zum Teil Regenschauer und Gewitter. Auch hie und da Schneefall in den Niederungen.

WETTER UND TEMPERATUREN AM 17. APRIL 1991 UM 13 UHR

Ort	Wetter	°C
LJUBLJANA	Schnee	1
BRNIK	Schnee	0
PLANICA	Schnee	–7
KREDARICA	Schnee	–11
CELJE	leichter Schneefall	1
SL. GRADEC	Schnee	0
MARIBOR	verenz. Schneefl.	2
M. SOBOTA	bewölkt	5
N. MESTO	Schneeregen	1
LISCA	Schnee	–4
NOVA GORICA	Regen	3
PORTOROŽ	leichter Regen	4
RIJEKA	bewölkt	4
PULA	leichter Regen	8
SPLIT	bewölkt	15
DUBROVNIK	Regen	12
ZAGREB	leichter Schneefall	2
NOVI SAD	überw. bewölkt	11
BEOGRAD	überw. sonnig	14
SARAJEVO	bewölkt	15
TITOGRAD	bewölkt	15
PRISTINA	überw. bewölkt	15
SKOPJE	durchgeh. bewölkt	20
KLAGENFURT	leichter Schneefall	1
GRAZ	bewölkt	3
WIEN	leichter Regen	5
BUDAPEST	bewölkt	8
VENEDIG	leichter Regen	9
MAILAND	Regen	6
ROM	leichter Regen	13
MÜNCHEN	überw. bewölkt	2
ZÜRICH	bewölkt	5
BERLIN	Regenschauer	5
PARIS	überw. bewölkt	9
LONDON	bewölkt	8
ATHEN	teilw. bewölkt	19
MADRID	teilw. bewölkt	16
STOCKHOLM	leichter Schneefall	0
MOSKAU	bewölkt	9

16. Kapitel

Obwohl ich Malčika mit aller Entschlossenheit abwies, war der Mai um nichts wärmer als der April. Und auch ich traf nirgends eine, die in meinem Herzen die Liebe aufgeweckt hätte. Wahrhaftig, nichts Neues unter den Damen der Stadt, keine darunter, die einem die Temperatur hätte steigen lassen. Im Haus am Breg blieb alles beim alten, und, wahrhaftig, ich spürte direkt, wie ich verknöcherte und in der Einförmigkeit verging.

Da plötzlich ...

Es war mitten in einer Nacht schon ganz gegen Ende Mai, als mich Stöhnen weckte.

Das Stöhnen kam aus dem Studentenzimmer. Man hörte es nicht wer weiß wie laut, weil die Mauer dazwischen ist, trotzdem erkannte ich gleich, daß nicht Tone Šonc, mein Untermieter, stöhnte. Die Laute waren weiblichen Geschlechts.

Jeder, der fähig ist, sich in meine Lage zu versetzen und der zugleich auch ein Zimmer vermietet, kann sich denken, wie mir war. Praktisch nur einen Meter von den beiden entfernt liegend, schwor ich mir, in äußerstem Aufruhr, Šonc am Morgen richtig einzuheizen und ihm zu kündigen. Dann aber, als sich die Dinge auf der anderen Seite beruhigt hatten, packte mich die Traurigkeit – ganz im Einklang, würde ich sagen, mit dem lateinischen Spruch *Post coitum omne animal triste est*. Es machte mich krank, daß schließlich die wilde und wunderbare Pflanze – Liebe – wieder in mein Haus geraten war, sogar ins selbe Zimmer, in dem einst Vlasta und ich uns liebten, doch diesmal hatte sie nichts mit mir zu tun. Ich war an den Rand des Geschehens gedrängt, degradiert zu einer drohenden Störung und Plage. Šonc flüsterte bestimmt nicht nur einmal:

»Pssst! Der Alte wird dich hören!«

Sowieso schon ergrimmt über alle möglichen Streiche und Bürgerkriegsdrohungen, die ich als Slowene von Seiten der Schurken in Staatspräsidium und Armee zu erdulden hatte, sowieso schon deprimiert durch den ewigen Winter, die stehende Zeit und die Einsamkeit, fehlte mir nur noch, daß mir Tone Šonc, mein Untermieter, eine überzog! Nein, sagte ich, wenn das nicht der Tiefpunkt der Krise ist, dann weiß ich wirklich nicht, was es sein könnte! Das aber, sagte ich, das werd ich absolut nicht schlucken! Wir rechnen ab!

Aber wie? Wo und wie sollte ich ihn mir greifen?

Gleich am Morgen wollte ich in dem Problem nicht wühlen. Weil ich ihn ungern vor der Seinen zur Sau gemacht hätte, ließ ich sie gehen, dann aber wartete ich den ganzen Vormittag daheim auf Šoncens Rückkehr. Aber er kam nicht. Er tauchte bis elf nicht auf. Da ging ich raus, um Essen und die Zeitung zu kaufen. Ich beeilte mich. Alles zusammen dauerte nicht mehr als eine Viertelstunde. Und als ich wieder die Stiege hinaufging, wer lief mir entgegen? Tone Šonc! Und wie hatte er nur dieses Loch in der Zeit gefunden?! Ist das ein Trieb oder was?! Er war inzwischen schon oben gewesen und hatte erledigt, was er wollte, und war schon wieder am Gehen! ... Aber ich hakte mich bei ihm ein.

»Stop!« sagte ich. »Haben Sie es sehr eilig?«

Er wurde blaß. Mein Gesicht war wahrscheinlich für sich schon beredt genug. Schweigend gingen wir wieder hinauf und zu mir. Ich hatte noch nicht entschieden, was ich mit ihm tue, doch so etwas kann nicht ohne Folgen vorübergehen.

»Es geht um folgendes«, sagte ich. »Ich weiß nämlich, daß Sie heute nacht einen weiblichen Gast bei sich hatten.«

In diesem Moment saß Šonc am Tisch, und ich war im Küchenteil und machte mir an den eben gebrachten Artikeln zu schaffen. Ich mochte nicht so vis-à-vis mit ihm sitzen, weil es sowieso schon qualvoll genug war. Handelte es sich in meinem Fall um das Herummachen eines Schwächlings oder um die Geste eines rücksichtsvollen Menschen?

»Was das Delikt betrifft, könnte ich Ihnen kündigen. Ich hoffe, Sie sind sich dessen bewußt. Wenn ich nicht irre, war abgemacht, daß Sie keine Damenbesuche haben. Es war doch so abgemacht, oder?«

Erst jetzt sah ich ihn an. Er war ganz scheckig. Er schluckte den Speichel hinunter.

»Stimmt. Ich habe mich nicht an die Vereinbarung gehalten.«

Ich dachte, er würde noch etwas sagen, um sich zu entschuldigen. Was mir im Grunde zuwider gewesen wäre. Ich mag es nicht, wenn die Leute im großen Stil sündigen, und dann sofort auf die Knie fallen und um Gnade betteln. Außerdem sagte er das, was er sagte, mit so leiser Stimme, daß ich ihn kaum hörte. Er muß sich grauenhaft vor mir gefürchtet haben! Er war sich seines traurigen Endes sicher! Sehe ich wirklich wie eine Bestie aus?

Jetzt setzte ich mich an den Tisch.

»Gut, was treibt Sie dazu, die Vereinbarung zu brechen?«

Blödsinnig! Was ihn treibt! Er sah mich an und senkte wieder die Augen. Was sollte er sagen? Ich war doch wohl nicht dermaßen naiv!

»Ja, nichts«, sagte er, weil ich ihn nun mal gnadenlos anstarrte. »Mir blieb nichts anderes übrig. Meine Freundin ist gestern aus Paris gekommen ... und hat nichts zum Schlafen gehabt ...«

Ich erinnerte mich an den Brief, den ich damals, im Jänner, aus dem Kästchen genommen und ins Studentenzimmer getragen hatte. Also hatte ihm seine Freundin geschrieben. Und wenn sie und Šonc ein Paar sind, ist zwischen ihnen Liebe. Wenn es aber wirklich um Liebe geht, wäre eine drastische Maßnahme gegen sie, die Liebe – und ausgerechnet von meiner Seite! – ein sehr roher Zug, der auch mir schaden könnte!

»Naja«, sagte ich mit einem Lächeln, »wenn sie Ihre Freundin ist, haben Sie sie wohl nicht nur zu sich genommen, weil sie nichts zum Schlafen gehabt hat.«

Er sah mich verwundert an. Wahrscheinlich hatte er nichts Witziges von meiner Seite erwartet. Was mich ein klein wenig traf. Ich halte mich persönlich für keinen Kretin.

»In Ordnung«, sagte ich. »Sagen wir, einmal ist keinmal ... Beziehungsweise nein, Herr Šonc, so wird dann künftig gelten, was wir jetzt miteinander abmachen werden. Ich gebe Ihnen zwei Möglichkeiten. Die eine ist, Sie halten sich an unsere ursprüngliche Abmachung. Aber bitte, halten Sie sich wirklich dran. Die zweite ist folgende: sagen wir, es interessiert mich überhaupt nicht, ob Ihre Freundin bei Ihnen schläft oder nicht. Ich möchte mich aber nie mehr fragen, ob ich jemandem im Weg bin. Verstehen Sie? Das will ich nicht mehr erleben. Also, ad eins: alles bleibt so wie vorher, ad zwei aber: ich erlaube, daß Ihre Freundin hier schläft, so oft sie will, aber bitte, als wäre sie nicht da! Was wählen Sie?«

Ich hatte ihn gut in der Zwinge. Es interessierte mich, wie er als Jusstudent das gegebene Problem lösen würde. Er als Jurist wird wohl wissen, was es heißt, eine Bestimmung zu verletzen, deren Begründetheit man bisher nicht in Frage gestellt hat. Ist es im Fall der sich bietenden Gelegenheit und mit ihr der begangenen süßen Verletzung einer Bestimmung gerechtfertigt, die Annullierung der Bestimmung zu fordern? Unsinn! Wozu braucht man dann überhaupt Bestimmungen?! ... Ich sah ihn an, den armen Studenten, wie er sich innerlich wand und rätselte, welche Fallen ich ihm mit der zweiten Möglichkeit stellte. Er wäre ein Esel gewesen, wäre ihm diese nicht als die interessantere erschienen – doch war mir Šonc auf gewisse Art gleich. Er hatte Angst vor einer Annäherung an gewisse Leute. Gerade von mir wünschte er keine Konzessionen. Nicht vielleicht, weil zum Beispiel ich in seinen Augen ein Extrascheusal gewesen wäre, sondern weil sich auf diese Art der Intimitätsgrad zwischen uns steigerte. Hier denke ich nicht an Intimität in irgendeinem perversen Sinn: der Bursche fürchtete einfach, ich würde damit Macht über ihn gewinnen, ich würde auf gewisse Art die Kontrolle über einen bestimmten Teil seiner Privatsphäre haben! Und wie weiß ich, daß er so dachte? Ich weiß es! Mir war es ja auch nicht gleich! Mir war klar, daß sich im Fall, daß Šonc auf die zweite Möglichkeit einging, die im Grunde ein Bündnis-, wenn nicht Freundschaftsangebot war, der Grad der gegenseitigen Abhängigkeit steigern würde. Kurz, ich saß als Vermieter und als Mensch auf Nadeln. Jetzt gebe ich das zu und sage offen, ich war auf ein bestimmtes Risiko aus. Schau, am Ende, sagte ich mir, wär es nicht recht, wenn ich mit so einer gewissen Abschmelzung – gerade bei mir anfinge?! ...

Und mein Herz schlug, ich gestehe es, ziemlich. Dieses Angebot war ein ganz schönes Stück, das von meinem Eisberg abbrach, und schon mit diesem Vorschlag sah ich ein bißchen mehr aus dem Wasser. Und fürchtete, was noch käme. Sie wissen ja, so ein Berg kann auch kentern. Und wie soll er dann mit dem unteren Teil atmen, wenn er es schon fast sechzig Jahre so gewöhnt war?

Dann sprach Šonc. Leise. Dabei sah er zu Boden.

»Ich werde keine Besuche mehr haben, Herr Kolenc. Es soll so sein wie davor. Und für gestern bitte ich um Entschuldigung.«

So also! So also entscheidest du dich, verklemmter Hund! Ich maß ihn und sah ihn, wie er mir gegenüber saß, ähnlich wie ich in den Kreis seines Wahrnehmens, Kleidens, Benehmens und Fühlens gesperrt. Madonna, dachte ich mir, der Knabe ist ja direkt gegen sich aufgetreten! Und wirklich, er saß da in diesen grauen Klamotten, die wie aus meinem Schrank genommen aussahen, und war sauer. Ich spürte es richtig im Magen, wie er sich selbst leid tat.

»Gut«, sagte ich und reizte ihn: »Wie Sie wollen.«

Ich stand auf und stellte Fruchtsaft auf den Tisch. Als ich ihn fragte, ob er einen mag, schüttelte er nur den Kopf. Er war wirklich überfahren. Geschieht dir recht, dachte ich mir, warum bist du nicht wie alle andern? Warum trägst du nicht Jeans und Turnschuhe? Warum bist du immer so tadellos gescheitelt? Wirklich wahr, was für Unterschiede zwischen den Menschen! Wenn wir nur Šimec und Šonc vergleichen!

Er sah mich an und erhob sich leicht. Am liebsten wäre er schon gegangen beziehungsweise wußte er wahrscheinlich selbst nicht, was er wollte. Dann schaffte er es doch, aufzustehen.

»Warten Sie«, sagte ich, »bleiben Sie kurz noch da. Wie steht's denn mit dem römischen Recht?«

Ich wußte, daß er mit dem Fach Probleme hatte. Die Prüfung aus römischem Recht ist Bedingung für die Inskription des zweiten Jahrgangs, doch Šonc war in den Kolloquien glatt durchgefallen. Mit ihm stand es also nicht zum besten, ich wollte aber nicht erst im Herbst erfahren, daß er nicht weiterstudiert. Im Grunde machte ich mir Sorgen ums Brennholz. Der Schuppen war nämlich schon fast leer. Mit jedem Studenten beziehungsweise seinen Eltern vereinbare ich eine Monatsmiete von 100 Mark und eine jährliche Menge von 7 Metern Buchen- oder gleichwertigem Holz. Darum wohnen bei mir Studenten, deren Eltern einen Wald haben oder sonstwie an billiges Holz kommen. Wie auch immer, das Holz muß bis Ende des Sommers gebracht sein, und ich sehe es noch am liebsten, wenn es schon im Juni unter Dach ist.

»Ich weiß nicht«, sagte Šonc unentschlossen und setzte sich langsam. »Die Prüfung ist am sechzehnten September ...«

»Nun, genau das interessiert mich«, sagte ich geschäftsmäßig. »Und wenn Sie nicht durchkommen?«

Šonc zuckte die Achseln.

»Ich weiß nicht ... Ach, nein ... Ich komm schon durch.«

Er wirkte extrem wenig überzeugend.

»Warten Sie«, sagte ich, »es wird besser sein, wenn ich mit Ihren Eltern über all diese Dinge spreche.«

Er sah mich blitzschnell an. Seine Augen weiteten sich.

»Über welche Dinge?!«

Wie er aber hochfuhr, im Grunde lebendig wurde, so verhängten sich seine Augen gleich wieder, verschloß sich sein Gesicht. Er blieb sitzen, so ruhig es ging, doch ich wußte: der Bursche ist verängstigt. Und ich bekam das Gefühl, daß er es nicht nur in diesem Augenblick war, sondern ständig. Daß er unter Druck lebte, daß es daheim zuging und speziell die Mama die problematische Person war, die Böses tat, in der Meinung, Gutes zu tun. Als sie das Holz brachten, sah ich sie beide, Vater und Mutter. Der Vater schien mir in Ordnung, wenn auch irgendwie unselbständig, die Mama aber schätzte ich als eine arrogante Landintellektuelle ein, die nur deshalb so war, weil es dort herum keinen gab, der ihr souverän sagte, daß sie ein Trampel war. Im Gespräch, als wir über Ljubljana sprachen, hielt sie unter anderem auch die Friseure hier für unter jeder Kritik. Ich hätte sie souverän niedermachen, ihr sagen können, warum sie ihren Sohn dann nicht in dem ihr sichtlich teuren Maribor studieren lasse, aber ich war lieber still. Einmal wegen der Seichtheit des Themas, zum zweiten, weil sie mir Holz gebracht hatten, zum dritten deshalb, weil ich außer dem, daß ich bin, wie ich bin, auch schon alt bin, und zum vierten, weil ich noch aus dem Sozialismus gewöhnt bin, daß mir diverse Hornochsen für ein Taschengeld auf den Schädel gacken. Als ich mich jetzt einen Moment lang in Šoncens Haut dachte, begann er mir leid zu tun. Die Umstände machen den Menschen. Auf eine Art waren wird beide Gefangene.

»Gut«, sagte ich, »ich werde Sie nicht verpetzen, aber als Gegenleistung sagen Sie mir etwas. Vielleicht werden Sie sich denken, ich wühle in Ihren Privatangelegenheiten, trotzdem halte ich Ihre Angelegenheiten in Ihrem Alter nicht schon für so streng privat, daß ich nicht fragen dürfte, ob Ihnen das Jusstudium überhaupt konveniert. Ich habe das Gefühl, wissen Sie, daß es nicht so ist.«

»Ist es ja auch nicht!«

Er beeilte sich so, daß ich direkt überrascht war. Er erwartete es kaum. Ruhiger fügte er hinzu:

»Jus interessiert mich gar nicht.«

»Wie«; sagte ich, »warum studieren Sie es dann?«

O du Cowboy von einem Kolenc! Wer zog mich nur an der Zunge? Mein kleinlautes Seelchen? Ich bin immer so sauer, unzugänglich und streng. Aber ich tue nur so. Ich habe nämlich Angst, daß mich Gefühle verraten. Doch von Zeit zu Zeit lauert mir eine Situation auf, und mein Seelchen, nicht erfahren, springt auf und denunziert mich glatt als Person mit Gefühlen. Mit Schrecken sah ich Šonc in die Augen, wie sah ich wohl in seinen aus, doch auch er war mit sich beschäftigt. Wie er vorher lebendig war, so war er jetzt, nach kurzer Überlegung, wieder verschlossen.

»Für etwas mußt du dich entscheiden«, sagte er und sah auf den Tisch.

»In Ordnung«, sagte ich, »du entscheidest dich aber, wenn ich nicht irre, aufgrund eines Interesses!«

Šonc schüttelte den Kopf. Er hatte recht. Habe ich mich aufgrund eines Interesses entschieden? Habe ich mich überhaupt entschieden?

»Die Sache ist nicht so einfach«, sagte er und grübelte. Vielleicht fragte er sich, wie groß meine Auffassungsgabe war.

»Hat man sie gezwungen?« sagte ich ungeduldig.

Er sah mich ganz kurz an.

»Nicht einmal.«

Du Teufel, dachte ich. Nicht einmal! Was ist das jetzt? Ich stand auf und ging ein Glas für ihn holen.

»Ich frage Sie nochmal, möchten Sie einen Saft!«

Er lächelte ein wenig, weil ich ihn so energisch angriff. Es gefiel ihm. Ich schenkte ihm ein, er aber sagte:

»Unsere Familie ist so, wissen Sie, wenn wir uns für etwas entscheiden, ziehen wir das auch durch.«

»Aber, wenn Ihnen Jus nicht liegt beziehungsweise Sie nicht interessiert! ...«

Er sah mich an wie jemand, dessen Arm du gepackt und zweimal umgedreht hast.

»Damit Sie nicht etwa denken«, sagte er betroffen, »in der Grund- und Mittelschule hatte ich immer überall Einser. Eigentlich bin ich von klein auf in allem der Beste. So bin ich's gewöhnt ... Damit Sie nicht denken ...«

»Nein«, sagte ich, »ich denke nicht ...«

»Jetzt aber ist es anders«, fuhr er fort und starrte auf den Tisch. »Die Fakultät ist etwas anderes. Früher hab ich die schwierigsten Aufgaben mit größtem Genuß gemeistert. Darum bin ich dann auch auf Jus gekommen. Ich hab gesagt, Jus wird gerade schwer genug für mich sein. Jus ist so ein Studium, das den ganzen Menschen erfordert!«

»Aha«; sagte ich, »aha!«

Im Grunde aber war das, was ich eben gehört hatte, eine mir völlig fremde Philosophie, für mich etwas absolut Unmögliches. Šonc fuhr fort:

»Na, ich hab Jus inskribiert und alles war nach meinen Erwartungen. Ich hab gearbeitet, studiert und so weiter, dann aber hab ich mich plötzlich gefragt, warum das alles!«

»O Madonna!«

Šonc kam in Fahrt. Vor meinen Augen begann er sich am Fuß zu kratzen.

»Denn was ist denn der Witz? Du studierst auf der Faks für einen Beruf. Und wenn du für einen Beruf studierst, muß dich der Beruf interessieren. Mich aber interessiert kein Beruf von denen, die mir Jus bietet.«

»Teufel auch!« sagte ich. »Warten Sie, es gibt ja auch lichte Vorbilder unter den Juristen! Nehmen Sie Bavcon und Demšar und Krivic! Diese Leute sind gleichsam in die Geschichte eingegangen! Denken Sie nicht ...«

»Nein, nein«, sagte er. »Wissen Sie, es geht um folgendes: warum soll mich ich mit etwas quälen, was ein anderer, der dafür geboren ist, mit der linken Hand schafft?«

Ich lehnte mich zurück. Aha. Scharfsinnig!

»Und was jetzt?«

»Jetzt weiß ich nicht«, sagte Šonc. »Jetzt bin ich im Dilemma. Soll ich durchhalten und fertigstudieren und mich für mein ganzes Leben verstricken, oder soll ich ernsthaft etwas anderes studieren?«

»Ich verstehe«, sagte ich. »Im Grunde wissen Sie nicht, was sonst studieren.«

Šonc sah mich schon ziemlich resolut an. Ich war ihm dankbar, daß er nicht mehr auf den Tisch starrte.

»Darum geht es nicht. Ich wüßte schon was zu studieren. Das Problem ist daheim. Daheim wird der Teufel los sein.«

»Madonna«, sagte ich und hätte fast auf den Tisch geschlagen, »es geht doch um Ihr Schicksal, um Sie geht es, praktisch! Wohin würden Sie denn wechseln?«

Šonc begann das Glas zwischen den Fingern zu drehen.

»Zur Filmregie.«

Es fehlte wenig, und einer wäre von der Bank gefallen. Ich nämlich. Film interessiert ihn! Noch einen Giganten des Films werden wir kriegen! Ich versuchte zu lächeln.

»Fürs erste denk ich darüber noch nach«, sagte Šonc. »Aber eins ist sicher. Film interessiert mich wirklich.«

»Denken Sie, das genügt?« fragte ich. »Film ist Kunst!«

Er neigte sich zu mir vor.

»Ja, oder auch nein. Nicht jedes Bild ist auch Kunst. Und übrigens interessieren mich die Kunstfilme, wie unsere Cineasten sie machen, nicht einmal. Mich interessiert eigentlich das Leben. Ich würde gern Ausschnitte machen, wissen sie, die aussähen wie aus dem realen Leben, die gar nichts Lyrisches, nichts Bedeutendes an sich hätten, die jeder für sich ein reines Dokument ohne Inhalt wären, aber die Gesamtheit all dieser Teile, die hätte einen Inhalt! Verstehen Sie?«

»Ich bin nicht ganz sicher ...«

»Haben Sie den Schwarzen Peter gesehen?«

»Warten Sie«, sagte ich, »Der Schwarze Peter ... Ist das nicht ein tschechoslowakischer Film? Ist das nicht über diesen vertrottelten Burschen ...? Ja, ein feiner Film!«

Šonc konnte es nicht glauben. Wir starrten uns an. Ich fragte mich, ob ich nicht schon ins Familiäre geschlittert war. Šonc war völlig verändert. Er sah mich vertrauensvoll an und ohne Angst. Vielleicht hatte er schon vergessen, daß ich ihm mit den Eltern gedroht hatte. Aus ihm sprühten förmlich die Funken des Lebens, wenn ich mich so ausdrücke, ein wenig poetisch. Aber so war es, tatsächlich! Und vor einem solchen sollte ich noch das Holz und die Eltern erwähnen? Probleme hatte er auch ohne das mehr als genug!

»Gut«, sagte ich, »von allem abgesehen, Herr Šonc, ich vertraue Ihnen voll und ganz.«

»Danke«, sagte er und stand auf.

Auch ich stand auf und gab ihm die Hand.

»Ich wünsche Ihnen alles Gute!«

Wir gingen in Richtung Vorraum.

»Und was ist mit Ihrer Freundin?« sagte ich. »Was macht sie in Paris? Studiert sie?«

»Ja, Geschichte. Aber sie wird nicht mehr in Paris sein. Sie wird hier weitermachen, in Ljubljana.«

Šonc blieb stehen. Wir waren im Vorraum.

»Ich möchte Sie um etwas bitten, Herr Kolenc.«

»Sag's nur!« sagte ich. Es kam mir raus, ich duzte ihn nicht mit Absicht. Aber er bemerkte es nicht einmal. Und auch ich pfiff drauf.

»Vorher haben Sie mir angeboten, ich soll mich für eine von zwei Möglichkeiten entscheiden ... Ich hab die gewählt, von der ich gedacht hab, daß sie Ihnen gefällt. Wahrscheinlich tut sie das auch. Aber, wenn ich Sie jetzt bitte ... Meine Freundin wird ja ihre Wohnung haben ... Wenn es sich aber einmal ergäbe ... Können wir noch immer diese andere Möglichkeit vereinbaren? Ich verspreche, Sie werden deshalb keine Probleme haben ... Geht das?«

»Es geht!« sagte ich und fast hätte ich geweint.

3. Teil
Frühling

17. Kapitel

Und am nächsten Tag – Sonne!

Ja, ein warmer und sonniger Tag, von dem ich schon den ganzen Winter und diesen ganzen verlogenen Frühling, und vielleicht auch länger träumte, denn auf einmal wurde nicht nur das Wetter besser, sondern die Atmosphäre als Ganzes!

Manchmal, wenn man einen sogenannten unüberlegten Schritt unternimmt, sehen Sie, hat so ein Schritt vielleicht positivere Folgen als ein sogenannter überlegter Schritt. Wenn ich klüger wäre, als ich bin, hätte ich in meinem Leben mehr unüberlegte Schritte gemacht. Daß ich mit einem Untermieter ein freundschaftliches Verhältnis einging, war unüberlegt, doch es getan zu haben beglückte mich.

Ja, erst mit dem ersten Juni 1991, dem Tag, an dem unter den Karawanken feierlich der Tunnel zwischen Slowenien und Österreich, noch eine Verbindung mit Madame Europa, eröffnet wurde, gab es prachtvolles Wetter! Von überall wehten warme Brisen und streichelten die Menschen und Tiere Ljubljanas. Und weil ein so schöner Tag war, optimistisch und überhaupt, trug es mich förmlich aus der Wohnung. Doch war mir an diesem Tag zum ersten Mal – nach ich weiß nicht wie vielen Jahren – nicht danach, Kilometer zu machen. Ich beschloß, mich auf einen gemütlichen Platz zu setzen und lieber Ljubljana an *mir* vorbeigehen zu lassen!

Aber nicht nur das! Ich trug auch andere Sachen als üblich! Müde meines Standardaussehens, satt der ewigen grauen oder braunen Garnitur mit den obligaten braunen Halbschuhen, setzte ich eine Revolution. Ich zog eine Hose aus feinem khakifarbenen Wollstoff an, ein kompaktes weißes, blau liniertes Hemd, ein leger geschnittenes Jackett, eher grün als braun, auf jeden Fall aber hell, eine breite ziegelrote Krawatte mit dickem Knoten und leichte Schuhe aus drappem Sämisch mit Sohlen aus Rohgummi – lauter Sachen, die ich in Momenten der Schwäche gekauft, aber nie zu tragen gewagt hatte. Ja, an diesem Tag wollte ich schier zerpringen vor Schneid!

Weil ich daheim keinen Spiegel habe, in dem ich mich komplett sehen könnte, zog es mich erst mal auf den Prešerenplatz, wo sie im Schaufenster des Kaufhauses Ura an den Seiten hohe Spiegel haben. Sie stehen in einem Winkel von 45 Grad. Man muß nicht stehenbleiben, um sich zu betrachten. Man geht nur am Schaufenster vorbei und kriegt ein Bild von sich und seinem Aussehen auf der Straße. Im Gegensatz zu dem Grauen, das ich bei meinem Anblick immer empfand, erblickte ich diesmal eine direkt gefällige Erscheinung. Madonna, sagte ich, hier sehen wir ja einen richtigen Herrn!

Und es tat mir richtig leid, daß der Herr sich so schnell aus dem schmalen Rahmen verlor. Er ging zu rasch vorbei.

Wahr aber ist, daß er nicht weit ging. So um elf konnte mich jeder bewundern, wie ich an einem Tischchen vor der Mestna galerija saß und mich von der Sonne, die hier erst über die Dächer stieg, bescheinen ließ. Ich lag in einem dieser Stühle, vor mir stand ein Glas Schweppes, ich hatte es schön, ich genoß. In diesem Augenblick waren mir die Purgs, die jugoslawische Armee und, ich will ehrlich sein, auch die bevorstehende Unabhängigkeit reichlich egal!

Ich saß, hing da und überlegte folgendes: in früheren Epochen war Nichtstun die Lebensart der Adeligen und Reichen. Wer so dasitzen konnte, hatte es sich mit nichts verdient. Diese Bankangestellte aber, die gleich nebenan in Gesellschaft zweier Kavaliere sitzt und schön geschminkt in den Tag hinein lacht, mußte für diesen Augenblick noch vor fünf Minuten im Schweiße ihres Angesichts Kunden bedienen. Was im Grunde gut ist. Die heutige Zeit ist trotz aller Umstürze ganz in Ordnung. Wozu eilen und unentwegt Sorgen haben? Lassen wir doch mal ein bißchen los und gönnen uns endlich als altes Völkchen, das wir tatsächlich auch sind, ein wenig Erholung und müde Eleganz! Hören wir auf, nervös, gereizt und ellbogig zu sein. Das ist überhaupt nicht schön! Legen wir uns zurück, blasen Rauchwölkchen und schlürfen ein Schweppes mit einer Zitronenscheibe!

So saß ich, verschnaufte und überließ mich, wie es auch die anderen Gäste taten, der Wärme des ersten richtigen Frühlingstages. Fast gerührt sagte ich mir: wenn ich mir das nicht verdient habe, dann weiß ich wirklich nicht!

Da aber schmetterten mir folgende Worte, gesprochen mit geborstener, kreischender Stimme, ins Ohr:

»Himmelarsch! Jetzt hör auf! Mach mit mir keine Witze!«

Gesprochen wurden sie von Frau Zlatka, diesem grauenhaften Weib mit den großen Füßen, der besten Freundin Ančka Kujks. Ihre Stimme war hinter meinem Rücken, ungefähr in drei Metern Entfernung.

Die ganze freundliche Welt brach mir augenblicklich zusammen. Sie hatte keinen Zauber mehr. Ich saß wie paralysiert und lauschte. Es war nicht festzustellen, wer mit ihr war. Eine Frau jedenfalls. Eine Frau mit einer ungewöhnlich angenehmen Stimme. Mich interessierte, wie sie aussah, aber ich wagte nicht, mich umzudrehen. An einem solchen Tag war ich wirklich nicht scharf drauf, Frau Zlatka in die Arme zu fallen, ungeachtet dessen, mit wem sie saß. Etwa fünfzehn Minuten lang kamen mir ziemlich undeutliche Laute ans Ohr, aus denen sich nichts herauslesen ließ. Nicht, daß gerade die zwei Weiber so ein Kauderwelsch redeten, daß sich alles vermischte, sondern fürwahr unerträglich schwatzhaft waren im Grunde die übrigen Gäste!

Na, dann aber nahm ich wahr, daß unter den Stimmen die Stimme Zlatkas fehlte. Und auch die andere war nicht zu hören. In der Angst, ihren Abgang zu verpassen, tatsächlich in der Hoffnung, noch mitzukriegen, wie diese andere war, blickte ich mich rasch um ...

... und mein Blick fiel direkt in den Hinterhalt der lauernden Augen Frau Zlatkas! Sie und diese andere saßen noch immer hinter mir!

Zlatka zog gerade an einer Zigarette. Sie starrte mich mit offenem Mund voller Rauch und schütterer gelber Zähne an. Dann, ohne Rücksicht auf alle, die rundherum saßen, krächzte sie laut:

»Meiner Seel, schau an! Schühlein, das sind ja Sie!«

Und dabei wälzte sich dieser Rauch in verschiedenen Kurven, Kräuseln und Kringeln aus ihr.

In dem Wunsch, noch schlimmere Erklärungen zu unterbinden, stand ich rasch auf, raffte meinen Plunder zusammen, das heißt Jackett, Zigaretten und Getränk, und taumelte zu ihrem Tisch. Sie verfolgte mich mit großem Appetit, indem sie die Zigarette in der Hand, die betrunken zitterte, weit von sich hielt.

»Ohohoh«, sagte sie, als ich vor ihr stand, »Sie haben sich ja heute wahnsinnig aufgedonnert, Schühlein! Extra elegant, alle Achtung!«

Ich hoffe, jetzt ist jedem klar, warum ich mich vor ihr, Frau Zlatka, fürchtete. Ich stellte das Glas auf den Tisch und sah erst dann richtig nach, mit wem sie saß. Zu meiner großen Überraschung war die betreffende Person noch schöner, als ich für möglich gehalten hätte. Mit Zlatka saß eine schöne schmale schwarzhaarige Dame an die fünfzig. Augenblicklich verspürte ich Sympathie, obwohl sie leicht nervös war. Aber bitte, damit das klar ist, nervös wegen Zlatka: das war gleich evident. Wahrscheinlich hatte sie die Nase voll. Und schon mein bloßes Auftauchen brachte sie zu sich. Wahrscheinlich hielt sie mich für den heiligen Georg, der aus heiterem Himmel erschien, und sie schaute schon sehr, ob ich fähig sein würde, den teuflischen Drachen zu töten. Während Frau Zlatka und ich uns die Hand gaben, beobachtete sie mich heimlich. Hinter ihren klaren Augen und der Stirn spürte ich verschiedene Beobachter, Spezialisten für verschiedene Gebiete, wie sie sich drängten und die Positiva und Negativa in ihre Notizbücher schrieben.

»Das ist meine Schwägerin Kika«, sagte Frau Zlata, »und das ist ... na ...«

Sie konnte sich nicht an meinen Namen erinnern, das Miststück. Für Ančkas Kreis hieß ich wahrscheinlich nur Schühlein. Noch ein Grund für mich, diesen Kreis definitiv abzuschreiben.

»Janez Kolenc«, sagte ich und reichte der Unbekannten die Hand, die Handfläche nach oben. So mache ich es immer bei einer Frau, die mir sympathisch ist. Und damit signalisiere ich, daß ich sie vielleicht auch auf den Handrücken küssen könnte. Doch tat ich es nicht im gegebenen Fall. Wie ich es überhaupt nie tue. Weil die Sitte passé ist. Ich verbeugte mich nur ganz leicht. Was aber, glaube ich, auch recht ist, weil wirklich erzogene Leute sich tatsächlich nie mit Schmatzereien verausgabt haben.

»Kika Perova«, sagte sie warm und versiert, und ihre Stimme war angenehm.

Ich setzte mich zwischen sie und noch ein bißchen, und ich hätte gesagt, sie sei wahrscheinlich nicht aus Ljubljana, weil ich ihr noch nicht begegnet sei und so weiter, da belferte bereits Frau Zlatka:

»Wie, Perova? Hast du den Namen meines Herrn Bruders Hubert Žlampe auch schon amtlich abgelegt?«

Worauf Kika noch halbwegs geduldig erwiderte, daß sie dies zwar noch nicht getan, daß sie in letzter Zeit aber generell keine Lust habe, noch weiter Zlatkas Familiennamen zu verwenden.

Kurz, ich saß noch nicht gut, schon war ich mitten im Gemetzel. Mein Herz war natürlich absolut auf Kikas Seite. Sie kämpfte mit einem Lächeln, ruhte auf ihrem Sitz und ließ sich von mir bewundern. Sie war in einem einteiligen Kleid aus leichtem weißen Leinen, bedruckt mit schwarzen Punkten. Sie sah wie eine Ausländerin aus, hübsch und spitzbübisch, wohl auch ziemlich durchtrieben. Als sie mir, während ich sie bewunderte, einen Blick zurückgab, ganz sachlich, so, normal, platzte ich fast vor Stolz. Sie sagte:

»Seien wir nicht lächerlich, Zlata. Herr Kolenc ist unser Gast, und wir führen uns auf.«

»So ist es«, schloß ich mich an. »Werdet ihr wohl Ruhe geben!«

Ich sah nach, was sie tranken. Frau Zlatka Whisky (vielleicht schon den dritten), Kika hingegen einen Cappuccino und einen naturtrüben Saft. Zum Scherz dachte ich, wir würden wahrscheinlich schon sehen, wer wessen Gast ist, wenn die Rechnung kommt!

Frau Zlatka schlug mir mutwillig auf die Hand.

»Ach gehen Sie, Schühlein, wir zwei streiten ja gar nicht. Nicht wahr, Marička, oder?«

Und streckte die Hand auch in Kikas Richtung. Um sie zu erreichen, hätte sie die Taille beugen müssen, was aber ihres Bauches wegen faktisch unmöglich war. Darum mußte sie vorher die Beine spreizen, damit die Wampe durchfallen konnte. Da aber hatte Kika schon das Glas ergriffen und führte es zum Mund. Ihre Hand war also nicht mehr am vorigen Ort, sodaß Zlatkas ins Leere griff. Ich fragte mich, ob Frau Zlatka nicht vielleicht schon den fünften Whisky trank. Ich sah Kika in die Augen, und Kika gab mir übers Glas einen Blick zurück. Dieser Blick, am Anfang total fuchtig, wahrscheinlich wegen der »Marička«, beruhigte sich dann unter dem Einfluß von meinem. Kika stellte das Glas ab und sagte:

»Zlata, es ist Zeit. Ich muß zum Bahnhof.«

»Ach hör doch auf!« belferte Frau Zlatka. Sie fixierte sie boshaft und wickelte sich eine Strähne ihres abgeschundenen Haars um den Finger.

Diesmal intervenierte ich nicht. Sollen sie es unter sich klären.

»Ich hab es dir schon in der Früh gesagt«, sagte Kika. »Ich hab um eins einen Zug. Janez, ich bitte Sie schön, können Sie den Kellner rufen?«

Ich tat es. Als aber der Kellner kam, sagte sie, jeder zahle für sich. Ganz direkt. Ich sah Frau Zlatka an. Sie wurde noch gelber. Ja, Galle. Sie kramte wütend in ihrem Zöger, dann aber fluchte sie wie im Büro:

»Himmelarsch, ich hab ja mein Börsel nicht mit!«

Kika bezahlte währenddessen natürlich stoisch auch Zlatkas Zeche (ja, dreimal Whisky) und bat den Kellner, ihr ein Taxi zum Robba-Brunnen zu rufen.

Frau Zlatka verdrehte dabei die Augen, wagte aber nichts mehr zu sagen. Auch stand sie ohne Diskussion, nur etwas unsicher, auf. Sie hielt sich an mir und zog an meinem Jackett wie ein Bullterrier. Sie hielt mich auch, als wir zum Brunnen gingen. Sie war zu meiner Linken, Kika zu meiner Rechten. Sie hatten die Beziehungen abgebrochen. Frau Zlatka erinnerte sich an Ančka Kujk und begann giftig nach ihr zu schlagen. Vor ihrem Gesicht wippte diese Haarsträhne. Weil beide Hände besetzt waren, konnte sie sie nicht in Ordnung bringen, darum blies sie. Das ging so:

»Weißt du was, Ančka, hab ich gesagt, pfff, du kannst nicht einfach so von einem Kommunisten auf einen Weißgardisten umsatteln, pfff! Dir ist es vielleicht egal, mir aber nicht, daß du's weißt! Pfff! Ich sag es dir ganz direkt, hab ich gesagt, pfff, ich weiß schon, was es geschlagen hat! Und sie hat gesagt, daß es ihr vollkommen wurscht ist, was sich einer denkt. Matija ist, pfff, ihre erste Liebe, hat sie gesagt. Ich hab aber gesagt, pfff, weißt du was,Ančka, komm mir nicht mit Liebe, hab ich gesagt. Ich weiß, wonach dich auf die alten Jahre hungert, schäm dich, hab ich gesagt, pfff! Aber sollst's haben, hab ich gesagt, es ist schließlich keine Sünd! Wein dich aber nicht bei mir aus, hab ich gesagt, wenn dich dieses klerikale Subjekt zur kirchlichen Hochzeit zwingt! Och, hat sie gesagt, pfff, was werd ich weinen! Ich wünsch sie mir ja von jeher, die kirchliche Hochzeit! ... Da hab ich aber gesagt, weißt du was,Ančka, fick dich in den Arsch, pfff, und bin gegangen! Und bin direkt runter ins Stara pravda zur Rozika und hab ihr alles erzählt. Pfff! ...«

Inzwischen waren wir schon am Dreiflüssebrunnen und warteten auf das Taxi. Dann kam das Taxi, Frau Zlatka aber hörte noch nicht mit dem Schwafeln auf. Kika reichte ihr einfach die Hand:

»Na, Zlata, živjo!«

Zu mir aber sagte sie:

»Kann ich Sie um Hilfe bitten, Janez? In der Gepäckaufbewahrung habe ich eine Tasche, die ziemlich schwer ist.«

In einer Sekunde war ich auf der anderen Seite des Mercedes. Gleichzeitig setzten wir beide uns rein und schlugen die Tür zu. Das Taxi rollte an, und wir fuhren los, Frau Zlatka aber gaffte uns mit derart gespreizten Kiefern nach, daß man sie ihr wahrscheinlich bis heute noch nicht wieder zugeklappt hat. Zumindest ich habe noch nichts in dieser Richtung gehört.

18. Kapitel

Kika Perova! Vor einer halben Stunde hatte ich noch nicht gewußt, daß sie existiert, und jetzt trug es mich mit ihr in ein halsbrecherisches Abenteuer! Ich sag ja, wenn man etwas anfängt, geben sich die Ereignisse förmlich die Klinke! Mein Herz begann zu schlagen, wie schon lange nicht. Es spürte, ich fuhr mit der Frau meiner Zukunft. Doch fuhren wir durch ihr Verdienst. Jetzt war ich an der Reihe. Ich sagte:

»Kika, haben Sie es wirklich eilig zum Bahnhof?«

Sie musterte mich ernst. Vielleicht erlaubte ich mir wirklich etwas zu viel. Es war richtig spannend. Dann aber sagte sie:

»Nicht allzu sehr.«

Und prustete lachend los. Sie hielt es nicht mehr durch. Und auch ich, normal, brach in Lachen aus. Tatsächlich, wir lachten wie bescheuert und schlugen uns auf die Knie. Bitte, zwei Menschen, sozusagen in einem Alter, wo etliche schon den Saldo ermitteln ... Der Chauffeur sah dauernd in das Spiegelchen vor sich oben. Kika und ich aber wischten uns die Tränen ab und gaben uns die Hand. Diesmal ohne Finten. Ich sagte:

»Also können wir irgendwo essen gehen?«

Es war ihr recht. Doch stellte sich das Problem des Gasthauses. Ich schlug das Gasthaus Vitez am Breg vor. Größtenteils deshalb, weil ich nicht überzeugt war, genug Geld dabeizuhaben. Doch Frau Kika war nicht für den Vitez.

»Wissen Sie was«, sagte sie zum Fahrer, »bringen Sie uns zum Kirn nach Podpeč!«

Der Chauffeur nickte fachmännisch und sah sie direkt, nicht über den Spiegel, an. Er war einer dieser arroganten Typen, die wir kennen. Darum beschloß ich, Kontra zu geben. Aber nicht nur deshalb. Für mich ist ein Taxifahrer kein Rivale. Ich werde widersprechen, weil ich nicht irgendwo zu den Fröschen ins neunte Dorf abtransportiert werden will. Das ist nicht mein Milieu.

»Ich habe einen besseren Vorschlag«, sagte ich mit einem gerüttelten Maß Ironie. »Warum fahren wir nicht lieber nach Bled?«

Wir standen gerade an einer Kreuzung. Kika sagte nichts, weil sie sich eben nachschminkte, darum trat der Chauffeur sofort, als grün wurde, aufs Gas und juchhe nach Oberkrain! Jesusmaria! Natürlich! Je weiter Orte entfernt sind, umso lieber sind sie ihnen, den Taxifahrern! Ich schluckte, wagte aber nichts zu sagen. Schließlich mischte sich Kika doch ein. Aber ganz Phlegma, sie hatte es überhaupt nicht eilig.

»Mir scheint, Bled ist doch ein wenig zu weit. Ich hab Hunger.«

Nun widersetzte sich der Fahrer:

»Es ist nicht so weit, Gospa! Wir sind im Handumdrehen da!«

Und trat, freilich, mit solcher Gewalt aufs Gas, daß ihm die Ader am Hals heraustrat.

Wir waren schon fast auf der Umfahrung, als es mir einfiel.

»Und wie wär's mit dem Rotovž?«

Kika hoppste.

»Ja, stimmt!«

Der Taxifahrer aber trat auf sein liebes Gaspedal und murmelte:

»Rotovž ... Rotovž ... Wo ist das gleich?«

Ich triumphierte.

»Wo? Da hinten!«

Und zeigte mit dem Daumen. Wenn es jemand noch nicht weiß: das Restaurant Rotovž ist nicht mehr als zwanzig Meter von der Mestna galerija, wo mein Abenteuer begann, entfernt. Für den Fahrer hieß das, daß er wieder zum Robba-Brunnen mußte, wo wir gestartet waren. Er drehte so wütend um, daß Frau Kika und ich fast rausfielen – und juchhe zurück in die Stadt! Er versteinerte. Er sah uns nicht mal mehr an. Weder direkt noch indirekt. Wir hinten aber, klar, amüsierten uns. Als er uns beim Brunnen absetzte, verlangte er zweihundert Dinar. Ich griff kavaliersmäßig in die Tasche, Kika aber nahm mich an der Hand. Sie gab dem Fahrer aus ihrer nur einen Hunderter und sagte:

»Das wird genug sein.«

»Ah ja?« sagte er und kroch raus, drohend scheckig.

Jetzt ist gleich der Teufel los, sagte ich mir. Ich wurde wütend auf Kika. Jetzt würde ich mich ihretwegen noch schlagen müssen! Der Taxifahrer trat roh vor uns hin.

»Noch hundert!«

Doch Kika ließ sich nicht beirren. Sie sah in Richtung des Polizisten, der nicht weit von uns stand, und sagte:

»Seit wann ist denn Heizöl so teuer?«

Der arrogante Taxifahrer sah sie respektvoll an, wie er es bei mir nie getan hätte, und hätte ich ihm auch fünfhundert Dinar gegeben, er packte sich wieder ins Auto und fuhr los.

Frau Perova aber nahm mich unterm Arm, und schon begaben wir uns dem neuen Abenteuer entgegen.

19. Kapitel

Sie bestellte sich nicht einen Teller, sondern eine Schüssel Salat und verlangte ungeniert, wie er gemacht werden müsse, damit er paßt. Viel innere Blätter Eissalat sollten drin sein, etwas Jungzwiebel, die aber feingehackt sein mußte, ein geschälter und geschnittener Paradeiser und eine Handvoll Petersilie. Das alles, sagte sie, müsse mit einer Marinade aus Joghurt, Zitronensaft und etwas Salz übergossen werden. Okay? – sagte sie. Und sie mußten sich alles notieren und sie nickten zu allem. In der Luft lag Respekt.

Ich aber bestellte mir ein kurz gebratenes Rindsfilet mit gedämpftem Reis und einem Bund Radieschen. Daß ich mir Radieschen erlaubte, erschien mir besonders bedeutend. Wir tranken: sie einen Fruchtsaft, ich ein Bier vom Faß.

»Ich bin hungrig wie ein Wolf«, sagte sie. »Na, erzählen Sie mir etwas von sich, damit ich weiß, mit wem ich mich einlasse.«

Das war ihr Ton, ja, europäisch, ein wenig von oben. Ich machte ein paar Angaben, nämlich, was ich als Angestellter trieb, wo überall ich arbeitete, ich erzählte, daß ich einmal verheiratet war, jetzt aber sei ich schon zwei Jahre in Pension und so weiter. Nichts wesentlich Persönliches.

Auch sie ging nicht in die Tiefe. Es zeigte sich aber, daß sie tatsächlich Ausländerin war, geboren zwar in Mozirje, heute aber lebt sie in München und zum Teil auch in Wien. In der einen Stadt hat sie eine kommerzielle Kunstgalerie, und in der anderen zusammen mit einer Französin eine Boutique mit Hutmoden für Damen und überhaupt Kopfbedeckungen.

»Man weiß eigentlich nie«, sagte sie, »ob es wirklich Generalien sind, die einen vorstellen sollen. Vielleicht wäre es besser, mit ganz persönlichen Dingen anzufangen.«

Ich hatte einen erstklassigen Ausgangspunkt.

»So ist es«, sagte ich. »Was Ihnen Ihre liebe Schwägerin zum Vorwurf gemacht hat und wie Sie reagiert haben, das sagt viel mehr über Sie.«

Kika sah mich lausbübisch an.

»Meinen Sie die Information über meine Witwenschaft beziehungsweise meinen ledigen Stand?«

Ich breitete die Hände aus.

»Der Mensch ist ein verdorbenes Wesen, Frau Kika. Nicht, daß ich meine Nase hineinstecke, aber ... Wissen Sie, wenn man eine interessante Person trifft, paßt man auf jede Kleinigkeit auf. Eigentlich, so werd ich's sagen: wenn zwei Personen sich treffen, die sich gefallen, teilen sie sich unwillkürlich Daten mit, von denen sie meinen, die andere Seite sei interessiert.«

»Wir verbergen aber auch gern gewisse Dinge. Gewöhnlich solche, die uns keine Ehre machen.«

»Kommt Ihnen vor, daß ich etwas verberge?«

»Überhaupt nicht«, sagte sie. »Es ist aber fast normal, daß sich jeder lieber in einem schöneren Licht zeigt.«

»Vielleicht ist es wirklich normal, aber das garantiert nur momentanen Erfolg. Wenn überhaupt!«

Kika sah mich neugierig an. Schwarze Augen, durchdringende, aha! Ihr Blick war, ja, doch, neugierig, aber nicht übertrieben. Eher oberflächlich, etwa so, als hätte sie nicht gut verstanden, ob ich Birnen oder Äpfel verkaufe.

»Und Sie? Sie rechnen mit einem Erfolg?«

Ich hatte mir selbst die Grube gegraben. Jetzt aber, Schühlein, Vorsicht! Ich setzte ein Geschau wie sie zuvor auf, ein kleinhandelsmäßiges.

»Ja, ich rechne damit.«

Und lächelte. Im Grunde rechnete ich wirklich, und jetzt würde sie wohl nicht so ein Schwein sein, mich zu fragen, auf was für einen Erfolg ich rechne und so weiter, denn das wäre wirklich schon ... Doch sie sah mich genau wie vorher an und sagte:

»Auf was für einen Erfolg denn?«

Verdammt, dachte ich mir, diese Frau kennt keinen Spaß! Die geht wirklich aufs Ganze! Sie brachte mich teuflisch in die Bredouille. Nun, aber, sagte ich mir, die Hauptsache ist, daß sie möglichst bald eine Antwort kriegt, denn diese Fragen sind trotz allem kein Spaß. Und gerade, weil sie kein Spaß sind, zumindest für mich nicht, darf ich mich nicht in eine fallsüchtige Wahrheitsliebe verstricken. Denn sie würde fliehen!

»Erfolg, Erfolg ... Gut, erklären Sie es sich, wie Sie wollen, Gospa. Ich erlaube Ihnen, sich darunter von mir aus vorzustellen, was Sie selbst gedacht haben. Aber aufgepaßt, das ist nur ein Teil des Gewinns.«

»Ojoj«, sagte sie, »ojoj! Wohin so hurtig, Janez?«

»Nicht hurtig«, sagte ich, »es pressiert ja nicht. Ein Wort gibt das andere. Sie sagen etwas, ich antworte, Sie replizieren, ich appliziere, Sie geben Kontra ...«

»Ach kommen Sie!«, sagte sie. »Die Sache ist so unschuldig nicht. Seit wir uns getroffen haben, und zwar so getroffen, ganz und gar zufällig, bitte, ist kaum eine Stunde vergangen, und ich hab schon von Ihnen erfahren, daß sie auf mich aspirieren.«

Es war, als legte sie mir nahe, ein wenig auf die Bremse zu steigen, aber ich ging schon durch.

»Wissen sie«, sagte ich, »was das betrifft, sag ich Ihnen gleich, daß die Begegnung nicht so zufällig ist, wie sie Ihnen erscheint.«

Wieder hob sie vergnügt die Brauen. Die versteht es wirklich, sich zu wundern, dachte ich. Nicht wie ich, der mit aller Gewalt den Mund aufreißt! Na, wie es ihr jetzt erklären? Ich möchte tatsächlich nicht tiefer in meine Geschichte greifen, und schon gar keine schweren Momente berühren, irgendwas Trauriges. Jeder trägt seine traurigen Geschichten mit, auch sie, Kika Perova. Vielleicht hat sie noch mehr davon hinter sich als ich. Warum sollte gerade ich damit hausieren gehen?

»Na«, sagte Kika mit Interesse, »sind Sie uns gefolgt?«

Am besten wäre gewesen, es zu bejahen. Diese Möglichkeit gefiel ihr offenbar ... doch, wenn ich nur daran denke, Frau Zlatka nachgeschlichen zu sein ...!

»Nein, nein«, sagte ich, »die Sache ist die, daß Sie, was mich angeht, zu einer bestimmten Zeit aufgetaucht sind, als Folge ... Ich weiß ja, Sie sind die ganze Zeit auf der Welt – jetzt weiß ich es, vorher nicht! Aber hier an diesem Ort haben Sie sich genau zu der Zeit eingefunden ... Beziehungsweise nein, ich habe mich eingefunden ...«

Ich hatte einen Verreiber, wie die Motorexperten sagen. Aber ich stand ja wirklich unter großem Druck, doch mehr unter meinem eigenen als unter ihrem, obwohl sie mich mit unerträglichen Fragezeichen in den Augen ansah. Ja, sie stützte das Kinn in die Hand und beobachtete mich mit diesem vergnügten Interesse.

Nein, es gefiel mir nicht, daß sie mich so leicht nahm wie einen dummen August, der mit dem Fuß im Eimer herumgeht, daß sie mich außerdem auch mit einem Sentiment ansah, à la, oh ...

»Oh, die Slowenen!« sagte sie. »Manchmal ist es wirklich nett, einen Tag daheim zu verbringen. Man kriegt diese ordentliche deutsche Welt richtig satt! ...«

Ich wußte nicht, ob ich beleidigt sein sollte oder nicht.

»Wollen Sie sagen, daß ich ein Durcheinander im Dachgeschoß habe? Daß es schön ist, einen zu treffen, der so ein wenig bescheuert ist?«

Weil sie nicht gleich und entschieden meine Mutmaßungen verneinte, beurteilte ich sie zwar als Schönheit, doch nicht von dieser malerischen und üppigen Sorte, die zum Alter hin unbedingt dick werden muß, wenn sie nicht häßlich sein will, sondern von jener nordländischen, etwas knochigen, schön gebauten, doch mit etwas zu klugem Kopf – mit dem Unterschied, daß Kika immerhin keine Blondine ist, vielen Dank, was letztlich doch nach meinem Geschmack ist! Und wieder gefiel sie mir ...

Sie wurde ernst und sagte:

»Wo waren wir gleich? Was wollten Sie sagen?«

»Wissen Sie«, sagte ich, »wir zwei hätten uns absolut nicht begegnen dürfen. Unsere Begegnung ist außerhalb jeder Logik. Sehen Sie. Ich hab es nie gemocht, vor den Buffets am Platz zu sitzen, ich war noch nie so gekleidet wie heute, und Frau Zlatka bin ich immer hundert Kilometer weit ausgewichen ... Kurz, heut hab ich gleich einige Regeln gebrochen, die mich in gewisser Weise als solchen definierten. Oder besser gesagt, irgendwie definierten. Scheinbar ganz äußerliche Regeln und scheinbar banale Dinge ...«

»Und trotzdem sagen Sie, Janez, es war kein Zufall, daß wir uns begegnet sind, nämlich!«

Sie sah mich mit peniblem, methodologischem Ausdruck an. Na, ich sag ja, das ist es, was nicht stimmt, es ist diese teuflische Ausdauer! Ich werde es ihr sagen müssen.

»Ja«, sagte ich, »gerade, daß ich die Regeln, die mich einengten, gebrochen habe ...«

»Aha, jetzt verstehe ich. Aber wie war es vorher? Und überhaupt, wo ist der Grund?«

Jetzt zeig dich, Schühlein, täppisches, sagte ich mir. Ein solches Malheur! Erklär dein Elend so, daß es aussieht wie ein Triumph des Willens!

»Wissen Sie, ich führte ein ziemlich zurückgezogenes Leben ...«

So begann ich und, »khm«, räusperte mich. Noch immer hatte mich nicht das Gefühl verlassen, daß Kika sich insgeheim amüsierte.

»Das ist gar nicht zum Lachen, wissen Sie«, sagte ich mit einem Vorwurf und fuhr fort: »Bei mir ist da etwas ... Ich weiß noch immer im Grunde nicht, ob es etwas Gutes oder Schlechtes ist, jedenfalls ist für mich so eine angeborene Gründlichkeit im Erleben der Welt bezeichnend. Von jeher ist es so. Alles, was ich tue, tue ich erlebt, oder wie soll ich sagen ... Ich will, wissen Sie, jeder Sache auf den Grund kommen. Nicht in einem wissenschaftlichen Sinn, einem streng analytischen, wollen wir sagen, sondern im Sinn des Erlebens, der Sinneswahrnehmung. Jetzt, zum Beispiel, sitze ich hier und versuche, so gründlich es geht, diese Luft zu empfinden, die Sonne, die Leute, Sie, Kika, normal, unser Gespräch, was wir essen und trinken, die Töne, die uns umgeben, die Düfte, alles, was diese eine Stimmung ergibt, etwas, das wir den Inhalt dieses Platzes nennen könnten. Ich denke sogar, wenn ich resümiere, daß für *ein* gründliches Erlebnis im Grunde von allem sogar zu viel da ist, viel zu viel, absolut zu viel! Tatsächlich ist die Situation so angefüllt, daß man sie radikal beschränken müßte. Nur auf uns zwei, zum Beispiel. Und wenn wir schon hier sind: für mich weiß ich schon, daß es mit Ihnen schön ist, von Ihnen aber weiß ich noch immer nicht einmal, ob Sie mir geneigt sind oder ob Sie mich nur lächerlich finden!«

Sie sah mich vorwurfsvoll an und sagte:

»Och, wissen Sie was, Janez! Sie kriegen das schon selbst raus! Offenbar haben Sie alle Fähigkeiten dazu!«

»Jaaa«, sagte ich, »aber, Sie wissen ja, manchmal tut einem eine direkte Anerkennung so gut! ...«

»Schwamm drüber«, sagte sie. »Na, und wie hat Ihr Leben in der Praxis ausgesehen?«

Ich erzählte ihr etwas über die Freuden des kleinen Lebens, über die Kindheit, dann aber auch etwas vom bewußten Bleiben in der kleinen Umgebung, vom Einleben in diese Umgebung, vom Erleben des Vergehens, vom Akzeptieren des Gegebenen, von Liebe und Freunden, obligatorisch aber mußte ich etwas auch über meine philosophisch-beobachtende Distanz zu all dem sagen, dafür wächst mein Leben als private Kategorie, wenn ich es als Bewußtsein, als waches Auge und Herz dieser Umgebung ansehe, trotz allem über sich hinaus und geht über ... könnte man sagen ... in ...

»Aber etwas geht mir nicht auf die Reihe«, sagte Kika. »Verzeihen Sie ...«

»Natürlich geht's Ihnen nicht auf die Reihe«, sagte ich. »Hier hat kein Rechenstift was zu suchen. Das sind irrationale Dinge, um nicht zu sagen transzendentale.«

»Sie sind doch nicht religiös?« sagte sie in unzweifelhaft ablehnendem Ton.

»Nein, woher denn!« sagte ich.

Ich bin Agnostiker, ziehe tatsächlich Lust aus der Vorstellung, daß die Materie von allein lebt, daß sie das Leben aus sich heraus schuf, aus ihrer eigenen Verkomplizierung, in Abhängigkeit von der Energie, die in ihr selbst ist; hätte ich aber erahnt, daß die schöne Frau Perova von mir ein religiöses Verhältnis zur Natur erwartet, ich hätte mich umgehend als gläubig definiert! Ich hielt sie nämlich für die neue Vlasta, für die Überbringerin meiner Erlösung, für meine letzte Möglichkeit, für das Alpha und Omega meiner Existenz. Ich mußte bedingungslos ihre Zuneigung gewinnen. Hier durfte kein Patzer passieren. Ich hätte auch eingewilligt, wenn sie von mir verlangt hätte, auf Knien auf den Liebfrauenberg zu rutschen!

Aber sie sah mich wieder mit diesem methodologischen Ausdruck an.

»Es geht mir nicht auf die Reihe«, sagte sie, »wenn Sie nicht gläubig sind, aber schon gar nicht, wie ist es möglich, die Last der kleinen Umgebung zu ertragen und sich gleichzeitig ihrer

Kleinheit bewußt zu sein. Warum haben Sie sich denn von Ihrer Frau getrennt? Verzeihen Sie die direkte Frage.«

»Wissen Sie«, sagte ich, »sie war eine vollkommen uninteressante Person. Ambitioniert zwar, doch wohin reichten ihre Ambitionen: ein Auto, Karriere ...«

»Was war sie denn von Beruf?«

»Chemietechniker, Laborantin in einer Textilfabrik. Na, sie wünschte sich auch ein Haus irgendwo draußen, so, oder wenigstens eine Wohnung, irgendwas, nur daß meine Mama nicht drin war. Die Art Ambitionen also ...«

»Wie haben denn Sie sich mit Ihrer Mama verstanden?«

»Sehr schlecht. Sie war eine unglaublich kalte Person. Und gleichzeitig unintelligent. Eine widerliche Kombination.«

»Und dann, nach der Scheidung, haben Sie weiterhin mit Ihrer Mama gelebt?«

»Klar, die ließ mich wenigstens in Ruhe!«

»Womit haben Sie sich denn beschäftigt?«

»Außerhalb der Arbeit mit nichts Praktischem. Ich bin, wie gesagt, ein kontemplativer Mensch ...«

Sie unterbrach mich dreist.

»Ich bitte Sie, Janez. Ich will mich ja nicht in Ihre Privatangelegenheiten mischen ... Nein, nein, ich mische mich ein! Und zwar mit Genuß! Und wissen Sie, was ich Ihnen sage? Stubenhokkerei ist nichts Kontemplatives! Außer es steht vielleicht so in Ihrem Fremdwörterbuch.«

Ich war schockiert. Ich hatte gute Lust, das Besteck auf den Tisch zu knallen wie der verstorbene Milček und demonstrativ den Schauplatz zu verlassen. Doch nein, damit hätte ich kapituliert. Ich blieb sitzen und starrte.

»Wahrscheinlich trifft Sie das«, sagte sie, freilich ohne rechtes Mitgefühl, »aber Sie treffen auch mich! Denken Sie, ich bin blöd oder was? Ich bin ja vielleicht wirklich weniger klug als Sie, aber die Menschen kenne ich! Und Sie sind kein unentdeckter Käfer. Mit normalen Leuten zu leben und sie so zu verachten, das kann nur einer, der schizophren ist oder ein vernörgelter Stubenhokker oder ein Künstler!«

»Mit dieser Verachtung übertreiben Sie«, brauste ich auf. »Es geht darum, daß ich mich nie definieren wollte. Ich war lieber dem aristokratischen Müßiggang näher als irgendeinem Engagement, mit dem ich mich in Wirklichkeit nicht identifizierte, wenn Sie verstehen, was ich sagen will.«

»Überschätzen Sie nicht meine Fähigkeiten«, sagte sie mit einem Lächeln. »Meiner bescheidenen Einschätzung nach würde ich sagen, Sie sind ein unausgelebter Künstler. Haben Sie in Ihrem Leben etwas in diesem Sinn getan oder zu tun versucht? ... Auf Ihrer Nase lese ich ein Nein.«

»Nein.«

Eine peinliche Stille entstand. Wir lehnten uns beide zurück. Vor uns stand das halb verzehrte Essen. Wir starrten ein wenig einander an, ein wenig in die Gegend. Ich suchte den rettenden Strohhalm in mir, doch gab es ihn nicht. Da erblickte ich Malčika Purg. Sie stand vor der Auslage auf der anderen Seite des Platzes und gaffte hinein. Vielleicht verachte ich wirklich gewisse Leute, doch eine solche Verachtung, zu der die Purgs fähig sind, kenne ich nicht. Ich müßte Kika kurzerhand mit einigen Fakten vertraut machen ... Und ich erinnerte mich:

»Aber wir reden ja über die Vergangenheit! Habe ich Ihnen nicht schon erzählt, daß ich mich gewisse Sachen zu tun getraue, die ich früher für unmöglich gehalten habe! ... Ich sitze doch hier mit Ihnen! ...«

»Naja ...«, sagte Kika und begann sich wieder mit dem Salat zu befassen. »Das ist auch was.«

Ich wies zornig mit der Hand in Malčikas Richtung.

»Schauen Sie die Frau dort vor der Auslage. Das ist eine Verwandte von mir, eine gewisse Malči. Sie möchte mich aus der Wohnung drängen. Aus meiner Wohnung! Sie versucht es mit Heiratsanträgen und Drohungen. Sie droht mir mit dem Sohn, der ein debiler Kraftprotz ist, er wird's mir schon zeigen und so weiter. Und auch er hat mir schon gedroht. Nicht direkt, doch er war in diesem Sinn tätig. Und die Sache ist noch nicht gelöst. Ich bin noch immer unter Pression. Was denken Sie, was Malči da tut? Denken Sie, sie schaut sich die Teller in der Auslage an? Sie beobachtet uns im Glas! Ich bin unter Kontrolle! Früher hätte ich vielleicht nachgegeben, aber jetzt bin ich anders. Ich gebe nicht nach!«

»Natürlich nicht«, sagte Kika. Malčika sah sie kaum an. »Ihnen kann doch keiner etwas tun. Die Wohnung gehört Ihnen?«

»Mir, da ist gar kein Zweifel. Weil ich aber in einem Staat lebe, der keine geordnete Gesetzgebung und Justiz hat, ist meine Angst vor der Sippschaft äußerst berechtigt! Die Zurückweisung ihrer schamlosen Vorschläge war im Grunde eine mutige Tat!«

»Nicht unbedingt!« sagte Kika nach kurzer Überlegung und als sie während des Kauens ein wenig Zeit fand. Ich kriegte das Gefühl, sie würde sich gern aus dem Staub machen. »Sie haben auch Ihre Frau zurückgewiesen, und haben auch die Mama nicht gemocht. Wahrscheinlich gibt's da noch mehr. Janez, Sie weisen nur zurück.«

»Vielleicht haben Sie recht für die Vergangenheit. Aber in der letzten Zeit, wie schon erwähnt, reorganisiere ich mich im positiven Sinn.«

»Oh, stimmt ja«, sagte sie und aß weiter.

Ich beförderte durch die trockene und klamme Kehle etwas Bier, dann aber erzählte ich ihr, wie ich zu meinen Untermietstudenten war, wie mißtrauisch in den Beziehungen mit ihnen und wie sehr den Konventionen ergeben. Jetzt aber, sagte ich, sei es nicht mehr so. Ich erzählte ihr auch alles über meine Erkrankung Anfang Februar, darüber, wie ich meine Beziehungen zu den Menschen analysierte und zu welchen Schlüssen ich kam, und auch noch über meine ersten, wenn auch prinzipiellen, Schritte in die positive Richtung. Ich muß sagen, daß das Interesse von Frau Kika steil anwuchs und die ganze Zeit auf hohem Niveau blieb. Dann sagte ich:

»Und jetzt sind noch Sie hier.«

Sie war frappiert.

»Wie meinen Sie das?«

»Ich werde es Ihnen so sagen. Unsere Begegnung ist wirklich nicht zufällig und gewöhnlich. Ich fasse sie als Folge meiner vorher beschriebenen Handlungen auf. Jetzt werde ich Ihnen sagen, warum Sie für mich wichtig sind.«

»Ich höre.«

Und sie hörte tatsächlich zu. Je größer das Unglück, in das ich schlitterte, umso mehr amüsierte es sie. Ich erzählte ihr meine Geschichte von Vlasta. Wie wir uns trafen, was sie mir bedeutete, wie ich mich neben ihr aufrichtete, gleichsam lebendig wurde, und wie ich im entscheidenden Augenblick versagte. Kika hörte mir zu und sah mich mit außergewöhnlichem Interesse an. Langsam begann sie Lust zu empfinden. Wahrhaftig, sie genoß. Erst störte mich das, denn letzten Endes ging es um mein grundlegendes Trauma, dann aber fand ich in dem Stoff schrittweise auch selbst Splitter von Amüsantem. Die Geschichte erschien mir wirklich geglückt. Ich rief die Kellnerin, bestellte noch ein Bier, dann aber machte ich mich ans Ende, nämlich an meinen schändlichen Rückzug, während ich selbst schon nur mehr komische Akzente suchte. An der Stelle, als mir Vlasta über die Titova zuwinkte, hob ich die Hand und zeigte ihre Bewegung, und das war schon dieses »Ciao Süßer«, und Frau Kika unterhielt sich perfekt, was die Hauptsache war. Dann sagte ich:

»Als ich sie zum letzten Mal sah, trug Vlasta eine schwarzweiße Kombination.«

Kika sah an ihrem weißen Kleid mit den schwarzen Punkten hinunter und wurde ernst. Sie begann zu überlegen und überlegte beleidigend lange. Schließlich sagte sie:

»War es wirklich nötig, mir das zu sagen?«

Es warf mich um. Ich hatte mich so bemüht, und sie geht her und reagiert absolut kindisch! Nun, so sind die Frauen. Als ich die schwarzweiße Kombination erwähnte, verstand sie daraus, daß ich sie, Kika, zu Vlastas direkter Nachfolgerin erklärte. Jede, mag sie strohdumm oder klug, häßlich oder hübsch, jung oder alt sein, jede ist überzeugt, daß die Weltgeschichte mit ihr beginnen müßte!

»Ich bitte demütigst um Vergebung!« sagte ich. »Ich leugne nicht Vlastas Qualitäten, aber Sie sind ja wohl eine ganz andere Persönlichkeit! Sie sind doch ganz etwas anderes! Sie interessieren mich ja nicht, nur weil Sie Weiß mit schwarzen Punkten tragen. Und auch nicht, weil Sie ihr auf eine Art trotzdem gleichen. Hier, ich wälze mich vor Ihnen im Staub! In der Tat, ich beging eine diplomatische Taktlosigkeit! Fürwahr, es tut mir leid, Sie müssen aber etwas wissen: Vlasta werde ich nie vergessen, und wenn Sie sich in den Arsch beißen! ...«

Ich weiß nicht, ob ich alles sagte, wie ich mußte. Ich stand zu sehr unter Gefühlseinfluß. Im selben Sinn fuhr ich auch fort.

»Genauso werde ich auch Sie nie vergessen, und wenn wir jetzt gleich auseinandergingen!«

Dieser feurige Ausfall überraschte auch mich. Damit die Sache nicht pathetisch aussah, trank ich, obwohl es mich würgte, einen rüstigen Schluck Bier, stellte den Krug hart ab und blickte starr über den Platz. Malči gaffte noch immer in die Auslage, das heißt auf uns. Das nennt man Ausdauer! Was Kika angeht: ich war überzeugt, daß sie getroffen war, trotzdem amüsierte sie sich auch über mein Schmollen. Ich weiß es, obwohl ich sie nur aus dem Augenwinkel wahrnahm. Sie wurde ernst und klopfte mir auf die Hand. Wirklich wahr, das tat sie.

»Was haben Sie mir eigentlich sagen wollen?«

Es drückte mich ums Herz. Was wollte ich sagen? Ich bin verrückt nach dir! Ich liebe dich, göttliche Frau!

»Sie wissen es doch«, sagte ich und schaute über den Platz. Eine Zigarette zünde ich aber nicht an, beschloß ich. Wenn sich die Leute in bestimmten Momenten eine anzünden, sehen sie wie Würmer aus, die sich in Qualen winden. Sie sagte bittend:

»Ich hörte es trotzdem gern.«

Die Bitte aber hatte auch einen Schuß Vergnügtheit in der Intonation. So eine ist sie! – dachte ich, eine Teufelin von Kopf bis Fuß! Ich drehte mich um, indem ich Kikas glühendem Blick auswich, und bat die Kellnerin, mein Essen wegzunehmen. Es war mir widerlich, irgend etwas über diese halbgegessene Mahlzeit hinweg zu erklären. Während die Kellnerin die Sachen auflud und wir etwas warten mußten, erkannte ich meinen Leichtsinn. Das Mädchen hätte kommod »sofort« sagen können und wäre dann eine halbe Stunde nicht gekommen!

Ich neigte mich ein klein wenig vor, damit mich nicht alle hörten.

»Ich werde es so sagen, Kika. Von dem Augenblick an, da ich Sie sah, sind Sie meine zentrale Präokkupation. Sie sind mein Mensch, Kika. Wir zwei sind einfach füreinander geschaffen. Ich bewundere Sie, ich finde Sie lustig, ich brauche Sie, Sie erscheinen mir wunderschön, mit Ihnen ist ... was soll ich sagen ... mit Ihnen ist jede Minute ein Genuß! Ich wäre über die Maßen geehrt, im Innersten glücklich, wenn sie mich als den Ihren gelten ließen.«

Ich bewunderte sie auch während ich sprach. Es behagte ihr und sie hörte mir mit Interesse zu, dennoch hatte sie die Brauen gehoben. Eine richtige Lady! Ich wartete ungeduldig, was kommen würde. Sie sagte:

»Och, Janez, es ist doch nicht so ernst. Oder doch?«

Ich streckte ihr die Hand entgegen.

»Žani«, stellte ich mich vor, »Žani!«

Und Kika, ohne mich zu lange auf die Folter zu spannen, legte tatsächlich ihre Hand in meine. Es war ein unbeschreibliches Gefühl. Sie sagte:

»Ich sag ja nichts, du gefällst mir, Žani, auch wenn du dich erst aus einem dicken Schlamassel wurstelst. Ich denke, du bist ein außerordentlich interessanter Mensch. Wir könnten ohne weiteres ein Paar sein, aber auf eins weise ich dich gleich mal hin: hab nie Angst vor mir. Es stimmt schon, daß ich einige Erfahrungen mit der Welt der Reichen und Kultivierten habe, doch es ist keine bessere Welt, sie hat nur andere moralische Normen. Wir alle sind trotz allem nur Menschen. Das sag ich dir, weil du dich stark um meine Zuneigung bemüht hast, ich muß dir aber sagen, du bist wirklich attraktiv, auch so, für dich genommen.«

Wie mir der Kamm schwoll! Die Sache zwischen uns war praktisch besiegelt! Alles war binnen – ich sah auf die Magistratsuhr – vier Stunden vollbracht! Ich sah auch nach Malčika Purg. Sie war am Gehen. Sie ging wie eine Furie. Natürlich, ich hatte noch einen Nagel in den Sarg ihrer Pläne geschlagen! Ja, ich bin vergeben, Purgschaft!

Mit Kika unterhielt ich mich nun völlig gelöst. Sie bestellte sich einen Fruchtbecher.

»So viel Zeit hab ich noch«, sagte sie, »um fünf aber muß ich zum Zug, im Ernst.«

Es schlug mich nieder.

»Wohin fährst du denn?« fragte ich, aber als wäre ich gelassen. »Nach Deutschland?«

»Nein, nein, nur nach Mozirje.«

Jetzt hörte ich sie erst richtig.

»Mozirje?«

»Aha, ich besuch meine Mama. Und meine Tochter.«

»Deine Tochter?«

»Aha, ich hab eine Tochter, schon erwachsen, was denkst du. Sie ist aus Paris gekommen, wo sie studiert hat.«

»Paris?«

»Aha, jetzt wird sie was anderes studieren. Hier, in Ljubljana.«

Ich war überrascht, fast schockiert. Wird doch wohl nicht ausgerechnet Kikas Tochter gewesen sein, die sozusagen bei mir geschlafen hat! Ich sagte aber nichts, und ich erwähnte auch Šonc nicht. Ich war nur erstaunt, wie entgeistert:

»Du hast ein Kind! Und das sagst du mir erst jetzt!«

Wir standen in bester Laune vom Tisch auf und gingen gemächlich und auf Umwegen zu Fuß in Richtung Bahnhof. Wir gingen eingehakt und sprachen über gewöhnliche Dinge. Dann fragte ich sie, wann wir uns wieder sehen. Sie schaute mich irgendwie spitzbübisch an.

»Wahrscheinlich noch diesen Monat. Ich werd wegen meiner Tochter kommen. Wir müssen eine Wohnung für sie finden.«

Wenig fehlte und mir wäre entschlüpft, sie könne bei mir wohnen. Es würde besser sein, vorher Šonc ein wenig abzutasten, wie es überhaupt damit ist. Wie die Beziehungen zwischen Tochter und Mutter sind und ob Kika überhaupt von der Liebe zwischen ihnen weiß. Und wenn ja, was sie sich denkt.

»Komm«, sagte ich wie im Scherz, aber ich meinte es natürlich ernst, »komm am sechsundzwanzigsten, damit wir zusammen die Unabhängigkeit feiern!«

»Ich weiß nicht«, sagte sie und zuckte die Achseln. »Ich nehm grundsätzlich an. Aber ich schreib dir noch. Gib mir die Adresse.«

Ich begleitete sie zum Zug. Sie hatte keine Reisetasche in der Gepäckaufbewahrung. Die Tasche war eine Erfindung gewesen. Arme Frau Zlatka!

Kika stieg in den Schnellzug nach Wien. Sie würde in Celje aussteigen, und nach Mozirje würde sie mit dem Bus oder mit dem Taxi kommen. Ich bedauerte sie. Es tat mir leid, daß ich kein Auto habe. Ich hätte sie gefahren, wohin sie wollte. Noch lieber aber nirgendwohin.

20. Kapitel

Trotz des abwechslungsreichen Geschehens auf der politischen Szene möchte ich mich jetzt doch auf meine persönlichen Probleme beschränken. Ich bilde mir ein, daß die Beschreibung der Zwischenfälle, die mir in der Zeit zwischen Kikas Abreise und ihrem erneuten Besuch in Ljubljana widerfuhren, farbig genug das Geschehen in Slowenien und unsere Notsituation überhaupt veranschaulichen wird. Es geht um die Zeit zwischen den Ereignissen in Pekre (und Maribor) und dem

Tag der Selbständigwerdung, der irgendwann für den 25. oder 26. Juni geplant war.

In jenen Tagen voller Spannung aber auch voller Erwartungen, so hell wie zutiefst schwarz, gewann der Sommer schon kräftig die Oberhand über den Winter, die Wärme aber taute trotz allem die gefrorene Zeit nicht auf. In jenen Tagen, als ich Kikas Nachricht erwartete, mit der sie ihre Ankunft präzisieren oder absagen würde, war ich hauptsächlich wieder allein. Auch Šonc ließ sich nicht blicken, um mir etwas über die Dinge zu sagen, die mich interessierten. Er war einfach nicht in Ljubljana. Er war daheim. In Mozirje.

Ich werde die Ereignisse schildern, wie sie folgten. Zuerst ist die Sache Ambrož Bucik dran.

*

Ich saß auf der Bank vor der Buchhandlung am Mestni trg und blätterte in dem Buch *Die Zeitmaschine* von H. G. Wells, das ich im Antiquariat erstöbert hatte. Früher mal hatte ich schon ein Exemplar, doch in dem Wunsch, daß die Leute sich etwas kultivieren, leihe ich Bücher viel zu leicht her, und – adieu, mein Büchel, wir sehen uns nicht mehr! ... Nun, als ich so blätterte, hatte ich plötzlich den Eindruck, daß mir jemand über die Schulter sah. Im Grunde schnaufte der Betreffende ziemlich nahe an meinem Ohr. Ich drehte mich um.

Es war Ambrož Bucik. Er richtete sich so rasch auf, daß ihm der Luftwiderstand den Hut vom Kopf nahm, und mit Ach und Krach fing er ihn irgendwo unterhalb des Gürtels. Bucik setzte ihn zwar gleich und schleunigst auf, doch was ich gesehen hatte, hatte ich gesehen. Er hatte einen vollkommen weißen Schädel, kahl wie ein umgedrehter Nachttopf, und darauf flatterten fünf oder sechs krause Haare!

Bucik hat nämlich winters wie sommers einen Hut auf, den er bis in die Augen zieht. Im Winter trägt er einen aus Filz, im Sommer einen Strohhut. Weil der Kerl die ganze Zeit draußen ist, war der untere Teil des Gesichts mit dem markanten Kiefer im Vordergrund jetzt im Juni schon ziemlich braun, der Schädel aber, wie gesagt ...

Es beutelte mich. Also mit solchen Leuten hatte ich verkehrt! Diese Tatsache brachte mich dermaßen auf, daß ich ihm aufs Gesicht zu sagte:

»Sie spionieren mir doch wohl nicht nach?!«

Erst einen Moment danach fiel mir ein, daß er früher tatsächlich ein Spitzel war. Hätte ich einen Moment früher daran gedacht, ich wäre nicht so direkt gewesen. Es kam mir ganz von allein aus, wirklich.

»Ich spioniere nicht«, sagte er schroff und wich zwei Meter zur Seite. »Ich habe nachgesehen, ob es wirklich Sie sind, Kolenc. Und ich sehe, Sie sind es. Aber wie sehen Sie aus!«

Ich sah mich flüchtig an, doch an mir war nichts Wunderliches. Ich war schön gekleidet, einzig das. Seit damals (!) zog ich mich jeden Tag so schön an, wie es ging, und ich ergänzte die Garderobe auch mit einigen neuen Stücken. Ich meine, soweit es eben mein Standard zuließ.

Bucik hielt die Hände am Rücken und starrte mich an wie ein Wunder. Über die Hose (!) trug er ein kariertes Hemd mit kurzen Ärmeln, und er hatte neben dem erwähnten Strohhut noch andere Sachen an sich, die erwähnt werden müßten, doch ich persönlich würde nur die Kombination aus Sandalen und Socken an den riesigen Füßen erwähnen. Mehr nicht. Kurz, er in diesem Aufzug fragte *mich*, wie ich aussehe!

»Alle jammern, und Ihnen geht's gut«, sagte er und kniff die Augen zusammen. »Sie heiraten angeblich sogar!«

Von mir, wie gesagt, ein paar Meter entfernt, stand er auf dem Rand des an dieser Stelle 6 cm hohen Gehsteigs, und er neigte sich über, um mehr von meinem Gesicht zu sehen. Er hätte aufs Pflaster steigen können, aber nein, er neigte sich. Evo, sagte ich, noch so ein Kandidat.

»Wo haben Sie diese Information her?« sagte ich, leicht beunruhigt.

Er aber: »Ich sage Ihnen nur, Kolenc, tun Sie das nicht. Das gibt ein Unglück. Nur so viel. Nichts sonst. Und auf Wiedersehen!«

Er drehte sich um und ging. Kurz bevor er hinter der Ecke des Staatsverlages verschwand, drehte er den Kopf um 90 Grad und sah mich noch einmal scharf an. Es war zum Lachen und schaurig zugleich.

Jetzt war ich aber schon mehr aus der Ruhe. Hat er mich mit Kika gesehen? Hat jemand ihm angeschafft, mich zu ermahnen? Ist Bucik das Werkzeug finsterer Mächte? Ist er mit den Purgs verbandelt? Hat ihn Malči vollgequatscht? Sie kennen sich ja nicht! Oder doch?

*

Fragen, die ohne Antwort blieben. Bucik weiche ich seitdem aus.

Und Ereignisse, recht unselige, folgten tatsächlich. Das nächste gab mir zu verstehen, daß die Zahl der mental verkrüppelten Menschen zunahm. Mehr noch, unter meinen Verwandten, die so schon nicht viele sind, fand sich ein neues Gespenst!

Mein einst sehr lieber Onkel, Bruder meines Vaters, Partisan, OZNA-, später UDBA-Mann,* die ganze Zeit nach dem Krieg immer höher steigender Funktionär im jugoslawischen Innenministerium, meldete sich mit einem Brief. Aber seltsam! Der Brief war an meine Mama adressiert, obwohl er selbst, Onkel Samo, auf ihrem Begräbnis gewesen war! ... Er schrieb folgendes:

Liebe Justi!
Ich bringe dir zur Kenntnis, daß ich nach deinem Tod Reflektant auf deine Wohnung bin, auf welche ich mir als Bruder deines wunderbaren Gatten Anspruch zu erheben erlaube. In der Überzeugung, daß du nichts dagegen hast, komme ich bald oder schicke meinen Vertreter zum Zwecke der Regelung dieses Problems und grüße dich kameradschaftlich!
Samo Kolenc
Beograd, 15. 6. 1991

Was für ein Kerl war früher mein Onkel Samo gewesen! Wenn ich die Fotos ansehe, auf denen er mit Vater zusammen ist, sieht man wie in einer Kristallkugel gleich, wer den Krieg überleben und Karriere machen würde. Der Optimist! Der Unbändige! Der, der den Hut schief trägt und auf alles pfeift, und nicht der Skeptiker daneben, mein Vater. Onkel Samo war mein und Mamas Stolz. Er kam immer mit einem prächtigen Auto, das ein Chauffeur lenkte. Ich hatte ihn irgendwie für einen älteren Bruder, einen entfernten Beschützer gehalten. Jetzt aber teilt er mir hier mit, daß ich für ihn sozusagen Luft bin.

---

* OZNA, die im Krieg gegründete jugoslawische Spionageabwehr, aus welcher 1946 der jugoslawische Geheimdienst UDBA hervorging. (Anm. d. Ü.)

Wird doch wohl nicht sogar Onkel Samo um den Verstand gekommen sein!

Traurig und aufgewühlt suchte ich aus den Papieren den Spruch der Verlassenschaftsverhandlung heraus und ging ihn kopieren. Am Grundbuchamt machten sie mir noch einen amtlichen Auszug, und dann schickte ich beide Dokumente expreß und eingeschrieben nach Belgrad meinem Onkel Samo zur verbindlichen Kenntnisnahme. Ohne Begleittext, ohne Grüße und Küsse, denn, wie sagte Martin Krpan, soll ich ihn mit Nußpotitzen füttern (beziehungsweise mit etwas dergleichen), wenn er mich ... und so weiter.

*

Nichts als Kosten, nichts als unnötige Wege und Konflikte, die einem den sowieso schon genügend pessimistischen Blick auf die Welt verhäßlichen!

Ein paar Tage später war ich auf der Post. Wie schon ein paarmal in diesen Tagen rief ich in München, das heißt bei Kika, an. Aber nichts. Ich rief auch in Wien an, nichts. Die Nummern hatte sie mir auf ein Stück Papier geschrieben. Sie sind doch nicht falsch! - zitterte ich. Doch wenn sie stimmen, warum meldet sich niemand?!

Direkt etwas verbittert trat ich aus der Post - und siehe da, Malčika Purg! In all dieser Masse auf der Čopova war auch sie! Sie rannte auf mich los, mit rotem Gesicht, als wäre sie einer Trokkenhaube entkommen. Und tatsächlich, die Lokken auf ihrem runden Kopf sahen frisch aus.

»Schau an, Žani! Wie geht's dir denn so?«

Eine scheinbar freundliche Begrüßung, doch ich sah schon, wieviel es geschlagen hatte. Ich blieb nicht einmal stehen. Grob von meiner Seite?

Überhaupt nicht. Sie ging neben mir her und sah mich an wie eine tollwütige Katze.

»Mmmm«, sagte sie, »wie geschniegelt du bist! Was ist denn das für eine, mit der du dich auf dem Platz wichtig gemacht hast? Ha? Und das noble Gasthaus ... und ein Häppchen essen ... und Händchenhalten ... Ohoho!«

Ich beschloß, nicht zu reagieren. Die Szene war ohnedies schon malerisch genug. Ich bemerkte einige hämische Blicke bei den Passanten. Ein paar von denen, die vor uns gingen, drehten sich auch um.

»Wie wär's, wenn du mit *mir* auf einen Kaffee gehst, Žani?«

Ich ging weiter.

»Ah so? Mit mir nicht einmal auf einen Kaffee? Nicht einmal so viel bin ich wert? Nicht einmal so viel, daß du mit mir auf einen Kaffee gehst? Aber mit dieser Švabica kannst du in den Gasthäusern rumlungern? Mit der kannst du schon? Mist, Žani, kannst du mir sagen, was sie dir Gutes getan hat? Kannst du mir das sagen? Hast du vergessen, was wir dir alles gebracht und uns abgespart haben? Ha? Hast du auf die ganzen Kartoffeln und Karotten und den Salat und alles vergessen? Ohoho! Vergessen, freilich! Das war alles nichts! Was, willst du nichts sagen?«

Ich ging weiter. Oh, und wie gern hätte ich ihr etwas gesagt, doch ich beherrschte mich.

»Willst du nichts sagen? Du tust, als wär ich Luft? Wir Purgs sind für dich Dreck, oder? Aber immer waren wir das nicht, oder? Erinnerst du dich, wie wir dich nach Tržič gebracht haben?«

Jetzt aber blieb ich stehen. Ich weiß, es war nicht richtig, aber da konnte ich nicht drüber.

»Wart, Malči. Warum hättet ihr mich nicht irgendwo hinfahren sollen? Ich hab fünftausend Mark für das Auto gegeben.«

Malči war freudig verblüfft. Endlich hatte sie an der richtigen Stelle reingestochen. Jetzt konnte sie zu kreischen beginnen. Und sie begann:

»A so! A so! Jetzt ist dir das eingefallen! Iiiijoj! A so bist du! Jetzt möchtest du noch schachern! Willst du schachern? Willst du, daß wir dir Rechenschaft geben? Wir Purgs sollen dir Rechenschaft geben? Hast du das gesagt? Hast du?«

»Nein.«

»Was nein! Leute, habt ihr gehört, was er gesagt hat? Was nein! Du hast gesagt, wir sind dir ich weiß nicht was schuldig! Du hast es gesagt!«

Die Leute begannen sich um uns zu sammeln. Verfluchte Arbeitslose! Ich sagte, scheinbar durchaus ruhig:

»Weißt du was, Malči. Dieses Auto und ihr alle seid mir völlig egal. Alles, was ich will, ist, daß ich euch nicht mehr sehe. Adijo.«

Ich schritt weiter. Die Leute wichen vor mir auseinander, aber ungern. Sie hätten gern mehr gehabt. Und sie kriegten. Malči schrie mir nach:

»Was hast du gesagt? Wo rennst du jetzt hin?! Du kommst nicht so billig davon, nein. Denk dran, was ich dir gesagt hab! Nimm dich vor Jožef in acht! Schühlein!«

Ich war schon ziemlich weit, als sie mir noch immer nachschrie:

Schüüühlein! Ho-ho-ho! Schüüühlein!«

Und die Leute? Ich fühlte richtig, daß sie mich am liebsten aufgehalten und mit mir abgerechnet hätten. Es lag in der Luft.

*

Wie hatte Malči nur herausgekriegt, daß Kika Ausländerin ist, konkret eine »Švabica«?

Wie hatte Bucik erfahren, daß ich »heirate«?

Und warum weiß ich andererseits von keinem etwas? Ich weiß nicht einmal, was in meiner Wohnung vor sich geht!

Am Zwanzigsten kam Tone Šonc vorbei. Ich freute mich über ihn. Endlich was Positives!

»Komm rein!« sagte ich. »Ich hab schon wochenlang keinen Menschen gesehen!«

Ja, aber ich brachte ihn kaum rein. Er war in diesem jugendlichen Notstand. Die jungen Leute kennen keinen Mittelweg. Entweder sie sind wegen ich weiß nicht was in Flammen, oder sie schrumpeln, auch wegen ich weiß nicht was, ein.

»Ich bin hier, um auf Wiedersehen zu sagen«, sagte er und setzte sich.

Es war, als hätte er Jahre und Jahre hier gewohnt und mir bis zu diesem Moment Schereien gemacht, und nun ginge er endgültig heim. Er trug irgendwelche seltsamen Fetzen. Es waren keine Jeans. Es war etwas anderes. Gut, dachte ich mir, soll er tragen, was er will.

»Ich hab eine Prüfung gemacht, nichts Besonderes, und jetzt hab ich meine Sachen gepackt...«

»In Ordnung«, sagte ich. »Trinkst du was?«

Ich hätte ihn gern möglichst lange bei mir gehalten. Ich schenkte ihm einen Fruchtsaft ein. Ich war beklommen. Ich wußte nicht, wie ich ihn über Kikas Tochter fragen sollte, um nicht allzu neugierig zu erscheinen. Er sah auf meine Bibliothek.

»Kann ich mir über die Ferien ein paar Bücher ausleihen?«

Er nahm sich die *Reise nach Indien*, *Moby Dick* und *Frühstück bei Tiffany*, Romane, nach denen

Filme gedreht worden sind. Ich selbst hätte ihm noch mindestens zehn solche aufgeladen, doch ich hielt mich zurück.

»Wie soll ich zu den Büchern sagen?« sprach ich. »Auf Wiedersehen oder Lebt wohl?«

Er sah mich groß an.

»Zu welchen Büchern?«

So scherzten wir also kongenial, mir aber begann das Herz zu schlagen. Wir waren schon an der Tür, als ich ihn fragte:

»Wo wird denn deine Freundin die Ferien verbringen?«

»In Mozirje«; sagte er, »bei der Großmutter.«

Für mehr aber hatte ich nicht den Mut. Schon daß ich indirekt aus ihm herausgestochert hatte, daß es wirklich um Kikas Tochter ging, erschien mir unglaublich schamlos. Aber natürlich, hinterher schlug ich mir auf den Kopf. Als älterer Mensch und gleichsam Autorität hätte ich ja wohl etwas mehr fragen können! Kann mir ein Untermieter verübeln, wenn ich mich auch interessiere, ob seine Eltern von ihm und seiner Freundin wissen? ... Nein, diese Frage wäre schon reine Einmischung gewesen. Und ich hätte noch nichts davon gehabt. Ich hätte eigentlich fragen müssen, ob *ihre Eltern* von ihnen wissen ... Doch auch von der etwaigen Antwort auf diese Frage hätte ich nichts gehabt. Das Problem lautet: hätte Kika überhaupt eingewilligt, daß ihre Tochter in Ljubljana weiterstudiert, wenn sie gewußt hätte, daß der Grund für die Entscheidung ihrer Tochter die Liebe zu Šonc ist? ... Nein, nein, die meiste Schuld trage ich selbst, weil ich Kika nicht gleich, als ich Verdacht schöpfte, auch sagte, daß ihre Tochter schon mal in meiner Wohnung geschlafen hat. Ach, diese Schamhaftigkeit bei mir! ... Naja, Schamhaftigkeit. Vielleicht könnte man es auch Rücksicht nennen! Meinem Untermieter gegenüber werde ich ja wohl loyal sein!

Nehmen wir aber auch die Variante, daß ich Šonc, der fast zu meinem Freund geworden war, eröffnete, daß ich seine künftige Schwiegermutter beziehungsweise die Mama seiner Freundin kennengelernt habe ... Und wenn ich ihm auch sagte, er soll das nicht weitertragen, kann mir jemand garantieren, daß er es nicht doch seiner Freundin erzählt? Was weiß ich denn, wie sie ist! Kann ich mich verlassen, daß nicht ausgerechnet sie es Kika auf die Nase binden würde? ... Daß Kika von dieser allseitigen Beziehung sozusagen aus zweiter Hand erfährt und nicht von mir, nein, das durfte ich mir wieder nicht erlauben!

Ich glaube, ich befand mich in einer recht tüchtigen Pattstellung. Am meisten aber fürchtete ich, mit einer Unbedachtheit vielleicht auch zwei wertvolle Freundschaften zu vertun. Von denen ich eine zugleich für den Beginn einer überaus ernsten Liebesbeziehung hielt.

*

Nein, auch das Gespräch mit Šonc erleichterte mir nicht das Leben auf dieser brüchigen Welt!

Ich hatte aber noch eine Affäre. Mit Jožef!

Es war am Nachmittag, am vierundzwanzigsten. Ich kam von meinen erfolglosen Anrufversuchen auf der Post zurück, diesmal schon ganz überzeugt, daß ich Frau Kika Perova nie mehr sehen würde. Ich war traurig und zugleich stinksauer wegen der nonchalanten Leichtfertigkeit, mit der sich das Weib mich zu nerven erlaubte. Das Schlimmste war, daß ich für leichtfertige Ignoranz praktisch kein Gegenmittel hatte. Wenn

Kika wenigstens einen Anrufbeantworter hätte! Wenigstens unter einer der Nummern! ... So aber konnte ich mich weder verbal noch sonstwie an ihr auslassen. Naja, auslassen. Einer solchen Frau kommst du nicht einfach so mit dem Hammer, aber jede Sache ist normalerweise auf mehrere Arten durchführbar. Kurz, nach den erfolglosen Anrufversuchen blieb mir nichts anderes übrig, als über die Autos zu stänkern, zwischen denen ich mich zum Ende der Židovska durchquetschen mußte. Der ganze Novi trg und der Breg, alles war mit diesen Teufelsblechbüchsen verbarrikadiert. Hier sind wir eben nahe der Fußgängerzone, und die Autos drängten sich auf jedem Quadratzentimeter. Und als wäre das nicht genug, furzte noch ein roter Hunderteinser durch die Gasse und suchte offenbar einen Platz.

»Madonna«, sagte ich, »wenn das nicht unser Jožef ist!«

Aber nicht nur, daß er es wirklich war. Nicht nur, daß er mit hundert Sachen eben um die Fontäne bog, und nicht nur, daß es jedesmal, wenn er Gas wegnahm, fürchterlich krachte, sondern ich stellte sogleich auch fest, daß Jožef schon eine Weile hier manövrierte, denn die ganze Gasse war bläulich vor Rauch.

Ich ging heimwärts und fragte mich, wo die Miliz war. Wo sind sie jetzt, um Gottes willen, die Organe der Repression, die sonst den kleinen Sündern so gern auf die Zehen steigen?! ... Ich argwöhnte, daß eine öffentliche Drohung vorlag. Dieser ganze ökologische Schaden und Vandalismus gelten mir, der die Purgs nicht in die Wohnung lassen will. Davon überzeugte ich mich, als Jožef auf meine Höhe vorfuhr, sich meinem Tempo anglich und hupte. Wir sahen uns an. Sein Blick war extrem blutrünstig und er zeigte mir aus dem Auto seine riesenhafte Faust. Da, in diesem Moment, pries ich zum ersten Mal die Verhältnisse, die zwischen ihn und mich am Gehsteig und auf den Rand des Gehsteigs zwei Reihen geparkter Autos stellten. Ich eilte. Und er fuhr auf meiner Höhe.

Beim Haus kamen wir zusammen an. Eigentlich er noch früher, denn ein Auto zog sich wie zufällig aus der Parklücke genau vor meinem Haus zurück, und Jožef preschte hinein. Er parkte blitzschnell und stieg aus, und ich nahm genau da die Haustorklinke.

Doch ich trat nicht ein. Der ganz normale Verstand hielt mich ab.

Das Schloß am Haustor war schon lange kaputt. Ich hätte nicht hinter mir zusperren können, Jožef hätte mich auf der Stiege erreicht und mich schön allein und in Ruhe zu Brei geschlagen. Draußen war es viel besser. Leute gingen vorbei, und einige Gäste saßen auch hinterm Zaun beim Vitez. Ich blieb also, die Hand an der Klinke, stehen, und ein paar Augenblicke lang sahen wir uns an. In unseren Blicken war keine verwandtschaftliche Liebe mehr.

Da öffnete Jožef, tatsächlich machtlos, mir irgend etwas zu tun, die Kühlerhaube und beugte sich über den Motor. Er war in seinem schmutzigen grau-olivgrünen Overall, und in der schwarzen Hand hielt er eine Kombizange. Den Motor ließ er einfach laufen, dieses Wunder der Technik aber rumpelte und rauchte in diesem Moment nicht einmal übertrieben, weil es im Leerlauf war. Ich dachte nach, was zu tun war. Wenn ich einfach dastehe, kann sich die Sache auch bis in die Nacht hinein ziehen. Es besteht aber auch die Möglichkeit, daß Jožef das Warten satt bekommt, zu mir hergeht und mich kurzerhand in den Hausflur schiebt. Und dann adijo, mein ganzer Verstand! ... Und damit das nicht geschähe, ging ich selbst zu ihm hin.

In der äußersten Not beschloß ich halt, daß es am klügsten sein würde, mich extrem dumm zu stellen.

»Dieses Auto ist aber heute irgendwie laut«, sagte ich und stellte mich zum Kotflügel.

Es war, als höre und sehe er mich nicht. Ganz gespannt und mit hochrotem Kopf hing er über der Maschine und hantierte rund um eine Sache mit Deckel und Rohr herum. Unterhalb davon ist eine komplizierte Sache mit einem Haufen Schrauben und Haken. Hier drückte er einen Hebel, und der Motor brüllte. Er drückte einmal, zweimal, dreimal ... Jedesmal drückte er mehr, und die Maschine heulte jedesmal schlimmer und pfiff sogar so, daß ich dachte, sie würde gleich explodieren. Und am Ende krachte es noch.

KRRRRRJOU ... KRJO-KRJO-KRJOUUUU ... KRJOUUUEEEEIII ... PCHCH!!!

Gleichzeitig aber rauchte es auch wie aus dreihundert Millionen Teufelsärschen. Das Auto erbrach bläulichen und würgenden Rauch. Die Passanten fluchten und wichen zurück, die Gäste vor dem Vitez aber schwenkten die Servietten. Ich sah zu meinen Fenstern hinauf. Sie waren klarerweise offen. Eine schöne Luft werd ich im Zimmer haben! ... Als ich wieder zu Jožef sah, stand dieser da und gaffte mich mit diesem speziellen Lächeln an. Ich sagte:

»Wahrscheinlich stimmt was mit dem Motor nicht.«

Jožef schloß sein Mündchen, nahm die Haube und schmiß sie gewaltsam nieder. Dann machte er einen Schritt auf mich zu. Ich dachte: wenn etwas fliegt, dann jetzt! Er ging um das Vorderende des Autos, dann aber ging er auch um mich herum. Er machte die Tür auf. Ich stand so, daß er mich mit ihr wegschob. Daran war ich selbst schuld, ich gebe es zu, zum folgenden aber forderte ich ihn durch nichts heraus. Er berührte mit der Kombizange meine Nase und sagte kalt:

»Du bist wohl ein Mechanikprofi, was? Schau dir diesen niedergefickten Hühnerstall an. Wenn du mir bis morgen Abend nicht zehntausend Mark für einen neuen Kübel bringst, reiß ich dir, beim Arsch meiner Mutter, alle Därme raus.«

Nachdem wir uns noch eine Weile finster gemustert hatten, quetschte er sich hinein und schlug die Tür zu. Noch einmal und mit schwerem Fuß stieg er aufs Gas, und wieder heulte und rauchte es. Dann zeigte er mir brutal seine Zähne und fuhr mit diesem krachenden Abfall, der wieder die halbe Welt in erstickenden Rauch hüllte, los.

Ich aber stand da wie angenagelt, nicht wissend, was ich mir denken sollte. Und was denken die Leute, erkannte ich, als ich mich endlich rührte und mich zum Haustor begab. Die Gäste beim Vitez sahen mich mit tiefer Verachtung an und tuschelten über mich.

Ja, ich bin schuld. Im Grunde ist meine Sturheit an allem schuld.

Was aber auf Jožefs Forderung sagen?

Ha, ich trag ihm doch nicht wirklich irgendwelche Mark dorthin! Diese Drohungen sind doch wohl ein Reflex des kompletten Irrsinns! Um aber ruhiger zu schlafen, ging ich auf die Miliz. Meine Sippschaft droht mir, sagte ich. Der Diensthabende erwiderte, daß es ohne Delikt keine Verfolgung gebe. Er hatte die Kappe schief auf und einen Zahnstocher im Mund. Also, sagte ich, müssen sie mich zuerst umbringen? Tja, sagte er und zuckte die Achseln. Ich war nicht interessant. Danke. Auf Wiedersehen.

*

Erst am nächsten Tag, nach all diesen Kalvarien, kam Post von Kika. Eine Ansichtskarte. Aus Barcelona!
Ich las:

Lieber Žani!
Wenn du mich angerufen hast, entschuldige. Ich war ein wenig unterwegs. In London, Frankreich und Spanien. Um diese Zeit reise ich am liebsten. Aber am 26. 6. fahre ich trotz allem zu dir. Vormittags einmal, würde ich sagen. Ich bitte dich, sei phlegma, wenn du vielleicht eine Stunde warten mußt. Was weiß ich, wie es wird. Ich melde mich aber auf jeden Fall, und wenn auch nur für fünf Minuten. Küßchen!
Kika

Was soll ich sagen. Glücklich wäre nach so einem Brief nur der verrückteste Optimist!

21. Kapitel

Nun, aber sie kam immerhin.

Am 26. Juni, so wie sie gesagt hatte.

Aber um drei Uhr nachmittags!

Als sie an der Tür erschien, war ich schon total mit den Nerven runter.

»Na«, sagte ich, »was hat das zu bedeuten, Kruzifix! Jetzt daherkommen? Es wird ja schon bald finster!«

»Um Himmels willen«, sagte sie, »ich hab mit meiner Tochter eine Wohnung gesucht, wenn du schon meinst, ich bin dir eine Erklärung schuldig.«

»Was denkst du denn! Natürlich bist du mir eine schuldig!«

»Nichts bin ich dir schuldig!«

Und so weiter, aber im Grunde gefiel es ihr, daß ich schimpfte.

»Also«, sagte ich, »wie lange bleibst du? Fünf Minuten? Zehn Minuten?«

»Nein, nein«, sagte sie, »bis morgen gleich. Natürlich, wenn du mich irgendwo unterbringst.«

»Wenn ich dich irgendwo unterbringe!« sagte ich und beschrieb mit dem Arm einen Kreis durch die Wohnung. »Das alles wartet nur auf dich!«

Dann duschte sie, denn das erste, wonach sie sich sehnte, war nicht ich, sondern mein Bad.

In Ordnung, dachte ich mir, jetzt ist, was ist. Wenn ich es fast einen ganzen Monat ausgehalten habe, geht auch noch diese Lappalie!

Während des Wartens überlegte ich, wann ich ihr sagen sollte, daß der Freund ihrer Tochter ausgerechnet bei mir wohnt, und daß die nämliche hier schon geschlafen hat. In diesen modernen

Zeiten ist, was sie getan haben, an sich wohl nicht problematisch: ich hegte die Hoffnung, daß es auch Kika nicht so nimmt. Die größte Schwierigkeit zeigte sich anderswo, nämlich darin, daß ich nicht die leiseste Ahnung hatte, wie Kika reagieren würde, wenn ich ihr, ehe *wir* etwas im sexuellen Sinn hätten, sagte, ihre Tochter habe es schon vor gut einem Monat und praktisch nur einen Meter weit weg hinter sich gebracht! ... Ich würde es zwar nicht genauso sagen und würde auch den Geschlechtsverkehr nicht erwähnen – ich würde eben sagen, sie hat hier geschlafen – aber bitte, seien wir nicht naiv! Jeder weiß, daß die Jungen diese Dinge eins-zwei-drei machen! Und auch nicht nur einmal!

Ich entschuldige mich, weil ich so direkt bin, aber sonst weiß ich auch nicht, wie es sich sagen ließe. Wie auch immer, nach gründlicher Überlegung entschloß ich mich, vor ihr fürs erste nichts zu erwähnen.

Aus dem Bad kam sie in meinem Bademantel. Sie spazierte barfuß hin und her und sprach:

»Schön! ... Wunderbar! ... Herrlich! ...«

Und ich schmolz. Denn es ist nicht egal, nämlich, wem deine Wohnung gefällt.

Dann aber erblickte sie die gerahmte Reproduktion eines Marc Chagall. Neben der Karte Europas ist das das einzige Ding, das ich als Wandschmuck habe. Es stellt ein Mädchen in rotem Kleid, mit nackter Brust dar, das auf einem sich bäumenden weißen Pferd sitzt. Die Maid hat in jener Hand, die sich auf den Pferdekopf stützt, rote Spielkarten (oder einen Fächer, es ist nicht ganz klar), im dunklen Haar trägt sie eine rote Blume, um die Taille aber hält sie ein Mann, der nicht real erscheint. Dieser Mann reitet nämlich nicht mit, er steht aber auch nicht daneben. Die Gesichter des Mannes und der Frau sind dicht beieinander, und das Bild macht den Eindruck einer Liebesreise. Das ganze ist im Grunde eine Fantasievorstellung, etwas, womit wir uns in der Tat etwas anderes vorstellen. Wie bei Ančkas Bild, dem mit dem Mädel auf dem Balkon und dem Mannsbild unten, so geht es auch hier um eine Sehnsucht ganz bestimmter Art, wenn ich nicht irre.

»Wie schön!« rief Kika, mir aber war es peinlich. Tatsächlich hatte ich das Bild abnehmen wollen, denn mir war durchaus nicht danach, daß gerade die Person, die mich reizt, sofort meine Wünsche ablesen kann. Doch ich hatte es ganz einfach zu tun vergessen.

Dann lehnten wir uns aufs Fensterbrett und gafften hinaus, auf die Stadt, die Straße und den Fluß. Unter dem Einfluß Kikas auf mich erschien mir mein altes Panorama noch schöner. Ich sagte:

»Am schönsten ist es in der Früh. Dann ist der Raum voller Sonne. Am Tag, wenn es heiß ist, ist sie nicht da, gegen Abend haben wir sie aber wieder. Na, schon jetzt! ... Schau, wie sie von den Fenstern strahlt!«

Es rührte mich, als sie bemerkte, daß die Uhr am Kirchturm nicht ging. Ich mußte direkt ein paarmal schlucken, bevor ich ihr erzählte, wie es im Winter mit den Uhren war und was ich tat, um die Zeit zum Gehen zu bringen. Sie hörte mit echtem Interesse zu. Dann sagte sie:

»Ihr Männer seid amüsanter als die Frauen. Ihr seid kindisch. Wir Mädchen träumen die gan-

ze Jugend nur davon, wie es einmal sein wird. Ihr Burschen lebt mehr in der Gegenwart und provoziert die Ereignisse, wenn auch manchmal auf saudumme Art. Wir dagegen warten – und wenn wir erwachsen sind, sind wir schon alt und langweilig.«

»So ist es«, sagte ich. Ich räusperte mich und rezitierte:

»Alt bist du alt bist du, gackerst schon schwer,
der letzte Zahn wackelt,
kein Mann mag dich mehr.«

Wir küßten uns gleich dort am Fenster, aber echt mit diesem forschenden und feinschmeckerischen Gefühl. Und dann gingen wir vom Fenster weg, und hier unterbreche ich mich. Ich möchte dazu nichts mehr sagen.

22. Kapitel

Ich wachte auf, als es zu dämmern begann, so um neun herum. Es war aber noch hell, denn um Sonnwend dauert der Tag – besonders noch wegen der Zeitumstellung – bis gegen halb zehn. Ich sag ja, was für ein Unterschied zwischen dem Winter- und dem Sommersolstitium! Wie ist es im Winter düster, und wie ist es im Sommer schön!

Ich ging unter die Dusche beziehungsweise mich brausen, dann aber legte ich mich wieder zu Kika. Nicht, um wieder zu schlafen, sondern um sie zu necken. Schlafende erwecken zwar Sympathie, doch man hat keinerlei Nutzen von ihnen.

Zuerst kitzelte ich sie am Ohr. Sie fuhr weit mit der Hand vorbei. Die Ärmste hatte wahrscheinlich nicht den geringsten Begriff, wo sie ihr Ohr hat. Als ich sie aber an der Sohle kitzelte, wirkte es.

»Uch, du bist so lästig!«

Sie rollte sich zu einem Knäuel wie eine verschmuste Igelin.

»Sei nicht so langweilig«, sagte ich. »Hab Erbarmen!«

»Du hab Erbarmen!« jammerte sie. »Dein halbes Leben warst du allein, und hast trotzdem was anzufangen gewußt! Und jetzt, wo ich hier bin, weißt du nicht mehr, was du sollst!«

»So ist es, da hilft nichts.«

»Weißt du was, laß mich in Ruh!«

Sie trat mich und zog den Fuß schnell unters Bettuch zurück.

»Mir ist schon klar, was du bist«, sagte ich. »Ein Griesgram, das bist du!«

»Du hast nicht den blassesten Dunst, was für eine Strapaz heute Ajda und ich in Ljubljana hatten! ...«

»Aber, du hast doch selbst vorgeschlagen, am Abend auszugehen!«

»Wie kannst du dir jede Dummheit merken! ... Joj, könnt ich jetzt schlafen! ...«

Dann stand sie doch auf, warf den Morgenrock um, hob ihre Fetzen auf und kurvte ins Bad. Was für ein schönes Erlebnis es ist, wenn außer einem noch eine attraktive Person im Haus herumstreicht!

Aus dem Bad kam sie bereits angezogen. Sie hatte dasselbe Kleid wie zuvor an. Erst jetzt fiel mir auf, daß sie kein rechtes Gepäck dabeihatte.

»Wo hast du denn deine Sachen? Am Bahnhof?«

»Nein, bei einer Freundin. Wir holen bei ihr dann die Tasche.«

Auf den Zwieback schmierte sie sich etwas Butter und sie aß ein paar Erdbeeren. Nicht mehr, obwohl ich ihr einen Haufen mit den besten Sachen hinkomponiert hatte. Aber ich war lieber still. Man kann nicht den ganzen Tag streiten.

Hinaus kamen wir mit den letzten Seufzern des Abends, um es poetisch zu sagen. Das Feuerwerk zu Ehren der Unabhängigkeit begann gerade, als wir bei der Fontäne am Novi trg waren. Wir hielten uns an den Händen und überhaupt. Die Leute kamen von allen Enden, und der innere Teil der Stadt wurde immer voller. Mich in der Masse zu drängen war nie meine Leidenschaft, an diesem Abend aber zog es mich förmlich unter die Leute. Nicht, weil ich dachte, ich hätte zu viele Knöpfe am Jackett oder meine Schuhe wären noch zu wenig zertreten, sondern aus dem einfachen Grund: ich wollte mich mit der schönen Kika Perova zeigen, einer richtigen Dame aus der lichten Welt, der Frau, die am meisten dazu beitrug, daß auch aus mir ein Herr wurde!

Doch gerade ihretwegen mußte ich einen Kompromiß eingehen. Kika lobte zwar im Grunde die noch ziemlich gemäßigte Atmosphäre, und das Fest schien ihr sogar ziemlich würdig, doch sie hielt sich lieber ein wenig raus. Bei einem Stand mit Nationaldelikatessen kaufte ich Kolatschen, ich besorgte uns auch zwei Krüge Bier, und wir drückten uns an die Escarpe über dem Wasser. Ich sagte:

»Ich hab dich lieb.«

Was für bescheuerte Worte! Sie hören sich fast an wie »ich hab 'nen Hieb«, doch auf Kika Perova wirkten sie, als kratzte ich sie am Rücken, wo sie selbst nicht konnte.

»Mmmmm«, sagte sie, »ich hab dich auch lieb.«

Was soll ich mir Schöneres wünschen? Ich kriegte eine Gänsehaut vor Genuß und Befriedigung. Mag manches noch so abgedroschen sein, man kommt nicht ohne Zeremoniell und – trotzdem alles klar ist – ohne mündliche Versicherungen aus. Beide Seiten fühlen sich danach gestärkt und mehr aneinander gebunden. Wir küßten uns. Um uns waren Leute und Stimmenlärm, es gab Musik, Gesang und andere Sensationen. In der Luft, im Fluß, in den Fensterscheiben und im Schaum unseres Biers kreisten und erloschen die Farbfunken.

Dann machten wir einen Rundgang. Immer mehr Leute wurden es. Auch gab es viel mehr

Stände und Jahrmarktsgekreisch. Kika kaufte ich als witzige Erinnerung ein Lebkuchenherz. Da, genau in diesem Moment, beschlich mich das widerliche Gefühl, daß uns jemand beobachtet. Ich sah mich um.

Zwar wünschte ich mir, sie würden uns zusammen sehen, wenn wir in harmonischer Zweisamkeit wären, wenn wir eingehakt gingen, wenn auch deutlich wäre, daß Liebe im Spiel ist, und sie würden erkennen, wie inferior sie für mich mit ihren niedrigen Leidenschaften waren – jetzt aber, wo ich sie sah, war mir gleich klar, daß sie durch nichts zu überzeugen waren. Alle vier, Malči, Jožef, Ljubica und Bojan (der auf Jožefs Hals ritt) standen im Rahmen eines Haustors. Sie stierten mich mit einem richtigen Mörderblick an. Das Haar um die Glatze sträubte sich mir wie einem Hund, der einen Katzenzerberus sieht.

Ich drehte mich rasch weg beziehungsweise zu Kika.

»Schau dir die Leute im Gewölb an! Das sind die einen Verwandten, die mich aus der Wohnung drängen möchten!«

Kika sah hin. Ich wartete auf ihre Reaktion. Als sie lächelte und die Achseln zuckte, war ich verblüfft. Solche Leute müßten besonders ihr abscheulich erscheinen!

»Die da meinst du?« sagte sie.

Ich sah hin. Dort, wo vorhin die Purgs waren, standen zwei Soldaten des slowenischen Militärs und ein Mädchen mit Blumenstrauß.

Ich stellte mich auf die Zehen und drehte mich herum. Die Katzenköpfe waren verschwunden. Sie waren von der Erde verschluckt. Verdunstet. Ich ächzte:

»Sie waren dort, und jetzt sind sie weg!«
Sie glaubte mir nicht. Sie sagte, ich hätte verschrobene Sinnestäuschungen. Sie wisse nicht, warum, aber ich fantasiere. Übertrag deine Ängste, sagte sie, nicht auf mich! Laß das!

Die Purgs eine Sinnestäuschung? Lächerlich! Ich bin Realist! Ich habe nie Sinnestäuschungen!

Kika kaufte mir, in dem Wunsch, mich zu mir zu bringen, ein Känguruh zum Aufziehen. Es war klein wie ein Ei, in grellen Farben, und hatte Boxhandschuhe an den Vorderpfoten. Wenn man es aufzog, machte es Salti rückwärts. Zuerst ging es für den Absprung ein wenig nieder, dann aber »frk«, eine Drehung in der Luft und die Landung auf den Füßen, zopp. Und so mehrmals, bis die Feder darin nicht mehr gespannt war. Eine wirklich lächerliche Erscheinung und ein äußerst beknacktes kleines Geschenk, doch Kika hatte gut erraten, was für mich in diesem Moment das Passendste war. Wir amüsierten uns, zu den Purgs aber kann ich folgendes sagen: nicht daß ich sie vergaß, das hätte ich unter keinen Umständen vermocht, doch sie wurden auf eine Art lächerlich. Sie verloren sich in den unendlichen Weiten der Welt.

Ein Känguruh kaufte Kika auch für ihre Tochter. Ich dachte, vielleicht sei genau jetzt der passendste Augenblick. Die Stimmung war insgesamt schon auf einer so intimen Stufe, daß ich es zu riskieren wagte.

»Wahrscheinlich weißt du es noch nicht, aber deine Tochter war schon in meiner Wohnung.«

Wer wäre da nicht verwundert? Normal, auch Kika war es.

»Du weißt wohl«, sagte ich, »daß sie mit einem

Burschen aus Mozirje geht, der in Ljubljana Jus studiert?«

»Weiß ich«, sagte sie lebhaft, »aber, woher weißt denn du davon?«

»Ich weiß es«, sagte ich, »dieser Bursche wohnt nämlich bei mir!«

»Unglaublich!« rief sie. »Also bist du ihr schon begegnet!«

»Im Grunde nein«, sagte ich. »Sie hat nur bei ihm geschlafen.«

Da begann sie zu grübeln. Aber recht offensichtlich. Evo, dachte ich, Komplikationen!

»Warum sagst du mir das erst jetzt?«

Ich holte Luft.

»Vorher war ich nicht sicher, ob es sich wirklich um deine Tochter handelt.«

»Aber bestimmt bist du es schon den ganzen heutigen Tag!«

»Ich weiß es schon ein paar Tage. Davor war es nur ein Verdacht.«

»Warum hast du mir deinen Verdacht nicht gleich gesagt?«

»Na, weißt du was! Da haben wir uns kaum gekannt!«

»Warum hast du's mir nicht heute gesagt, als ich zu dir gekommen bin? Verdammt, es geht doch um meine Tochter!«

»Soll es! Ist sie nicht volljährig? Wo steht, daß ich dir etwas sagen muß? Ich muß dir gar nichts sagen!«

»Warum sagst du es mir dann jetzt?«

Sie nagelte mich ordentlich fest. Ich hatte nichts mehr, das ich sagen konnte.

Sie drehte sich um, total finster, und ging. Und ich ihr nach. Wir schlugen uns aus der Menge auf der Čopova und gingen über die Kreuzung. Sie führte. Sie ging drauflos.

»Was hättest du an meiner Stelle getan?« sagte ich. »Versetz dich in meine Haut, na!«

Sie lächelte hänselnd.

»Du hast Angst gehabt, es mir zu erzählen.«

Sie drückte auf die Gegensprechanlage bei einer Tür in der Cankarjeva. O du fatale Cankarjeva! Als die Tür aufging, sagte sie:

»Weißt du was, Žani, entschuldige, aber ich werde hier schlafen.«

»Unmöglich!« fuhr ich auf. »Wir müssen das ausreden!«

»Morgen«, sagte sie. »Morgen. Heute bin ich zu müde.«

Ich war total aufgewühlt.

»Wenn du sagen willst, daß du nicht kommst, dann sag, daß du nicht kommst!«

»Nein, nein«, sagte sie. »Ich komme. Um zehn herum. Aber jetzt laß mich, damit ich mich ausschlafe.«

Ich starrte wie einer, der ausgeraubt werden sollte. Sie lächelte.

»Du wirst selbst zugeben, daß deine Couch zu klein ist, um kommod drauf zu schlafen.«

»Versprich, daß du kommst«, sagte ich.

»Ich versprech's«, sagte sie.

Heim ging ich also allein, allein, mit diesem lächerlichen Känguruh in der Hand. Katastrophe.

*

In der Nacht warf mich Katzengeschrei aus dem Bett. Es kam aus dem Hausflur und war durch zwei geschlossene Türen zu hören.

»Joooudl ... joooudl ... joooudl!«

Kurz, wir alle wissen, wie es ist, wenn die Teufeln einmal anfangen. Wenn ich etwas ganz gemein hasse, dann hasse ich Katzen, wenn sie sich paaren. Dieses Gejaule, als bäte jemand, tief unterdrückt, um Gnade ... Den Klagen und der gespannten Stille folgt ein Kampf mit Kreischen und Fauchen, und es hört sich an, als krachten dreihundert Teufel zusammen. Dann beruhigt sich die Sache gewöhnlich für längere Zeit, sagen wir für fünf Minuten – die man halt braucht, um einzuschlafen – und dann fängt das triste Gejodel von neuem an.

Der Flur vor meiner Wohnung ist ein herrlicher Platz für solche Sachen. Wenn ihn die Katzen einmal besetzen, gehen sie nicht so leicht. Ich machte das kleine Licht und stand auf, zitternd vor Wut. Die Uhr schlug halb drei. Und eingeschlafen war ich um eins! Und das kaum. Wegen Kika! Ich war ein nervliches Wrack!

Aus der Stadt waren keine Laute zu hören. Die Party war vorbei. Alle schlafen schon, nur die Katzen machen Radau! Ich zog den Morgenrock an und machte im Vorzimmer Licht. Mein Plan war folgender: schnell die Wohnungstür öffnen und sie so erschrecken, daß sie nie mehr kommen. Wenn etwa ich im Dunkel hockte und nichtsahnend leise jodelte, und plötzlich ginge eine Tür auf, und aus ihr stürzte Licht und mit ihm jemand, der brüllte »Marsch, ihr verfluchten Dreckschweine!«, ich würfe mich vor Grauen die Stiege hinunter oder verreckte an Ort und Stelle am Schock.

Darauf rechnend, daß Katzen als unsere entfernten Verwandten gleich reagieren würden, schlich ich leise zur Tür, drehte zweimal ganz leise das Rädchen am Schloß – währenddessen der

Katzenjammer im Flur weiterging – dann aber machte ich blitzschnell auf und brüllte:
»Marsch, Dreckschweine!«
Doch im Flur war niemand.

Nur meine Silhouette zeichnete sich am Boden und auf der Mauer auf der anderen Seite ab. Auch von flüchtenden Katzenpfoten war nichts zu hören. Und überhaupt herrschte Stille.

Wer also hat gejammert? Wo sind die Teufelsbiester jetzt?

Hinterm Eck zur Rechten war es dunkel. Ich muß nachsehen, sagte ich mir, ob sich die Bestien nicht dorthin verzogen haben und jetzt heimtückisch darauf warten, daß ich mich wieder hinlege. Ich griff nach dem Knopf des altertümlichen Schalters.

Da aber packte mich jemand am Arm.

23. Kapitel

Ich schrie nicht einmal, so bestürzt war ich. Eine starke Hand schob mich in den Vorraum zurück. Hinter ihr kam Jožef.

»Jo...!«

Mehr brachte ich nicht heraus, denn mit der anderen Hand verschloß er mir den Mund und stieß mich hinein. Ich flog gegen die Badezimmertür. Noch gut, daß sie zu war, sonst wäre ich ins Bad gefallen und hätte mir vielleicht den Kopf an der Klomuschel eingeschlagen. Jožef schloß schnell die Wohnungstür und sperrte wieder ab, dann trat er zu mir. Er hielt beide Hände vor sich, à la, gib acht, wenn du mir nichts tust, tu ich dir auch nichts. Daß ich ihm was tue, war nicht einmal denkbar. Wie sollte ich? Physisch waren wir absolut ungleichberechtigt. Trotzdem er in der Übermacht war, schnalzte er mir die Hand ins Gesicht, als er mir näherkam, einfach so, nebenbei, wegen der Coolness, und stieß mich in Richtung Zimmer.

»Marsch!« preßte er zwischen den Zähnen hervor.

Ich machte, daß ich hineinkam. Meine Wange brannte, meine Beine zitterten, mein Herz schlug, und der Zorn würgte mich.

»Wo hast du die Švabica? Wo hast du das nazistische Hundsvieh?«

Nazistisches Hundsvieh? Die Ironie ist, daß gerade die gewalttätigsten Menschen überall Nazis sehen!

Weil ich zu langsam ging, trat er mich. Dann schlug er noch auf den Schalter hinter der Tür. Überm Tisch ging das Licht an. Er wußte, wo alles war. Er sah sich um.

»Wo hast du die Hure versteckt?«

»Hier ist niemand«, sagte ich. »Ich bin allein.«

Dann sagte er:

»Gib mir den Wohnungsschlüssel!«

Ich händigte ihm den Schlüssel aus, und er nahm vom Türstock von sich aus noch den vom kleinen Zimmer. Er ging rüber und sperrte mich ein. Was er im Studentenzimmer trieb, weiß ich nicht. In der Zeit, als er nicht da war, zog ich mich an. Hose, Hemd, Socken. Zuerst das. Um nicht so jämmerlich auszusehen.

Er war nicht länger als eine Minute fort. Als er aus dem kleinen Zimmer zurückkam, ging er zuerst direkt zu den Fenstern und zog die Rouleaus herunter. Sein Vorgehen wirkte durchdacht und geradlinig. So geradlinig sogar, daß es kein Hindernis duldete. Unterm rechten Fenster, dem hinterm Bett, stand das Klappfauteuil Rex, in dem ich die Gewohnheit hatte zu lesen. Erst trat er danach, weil Rex aber praktisch nicht ausweichen konnte, stand er doch schon im Winkel, nahm er ihn und schmetterte ihn in die Mitte des Zimmers. Normal wäre daran zu denken, daß den Krach jemand hört, sei es oben oder unten, doch ich wußte, das würde nicht sein. Der alte Franjo, der mit seiner Frau unter mir wohnt, war im früheren Regime im Gefängnis, darum mag er mich als Exkommunisten nicht und wünscht mir alles Schlechte. Die jungen Leute auf dem Boden aber machen oft einen noch Millionen Mal ärgeren Krawall, darum nehmen sie von den paar Dezibel unter sich gewiß nicht einmal Notiz.

Als Jožef die Fenster dichtgemacht hatte, nahm er direkten Kurs auf mich, der ich am Tisch stand. Wieder stieß er gegen Rex, und auch diesmal kam es ihm nicht in den Sinn, ihn zusammenzuklappen und wegzustellen, sondern er packte ihn gnadenlos und warf ihn gegen die Wand. Er traf genau die eingeglaste Chagall-Reproduktion. Alles zerbrach, und der Stuhl lag kaputt auf dem Boden. In diesem Moment klatschte mir Jožef schon beide Hände auf die Schultern, daß ich auf einen der Stühle sackte. Gleich darauf ließen die Hände mich aus, und schon im nächsten Moment knallte mir Jožef die flache Hand so nachlässig auf den Scheitel, daß mir die Zähne klapperten.

»Du kleiner beschissener Glatzkopf!«

Dabei hätte er wenigstens grinsen können, das wäre schon Zeichen einer gewissen Menschlichkeit gewesen. Aber er grinste nicht. Mir auf die Glatze zu schlagen, war offenbar sein langgehegter Wunsch.

Er ging um mich und den Tisch herum, setzte sich auf die Bank an der Wand, genau mir gegenüber. Ich war ganz im Lichtkreis, ihn aber erhellte das Licht nur bis auf halbe Brusthöhe, denn Jožef ist, vergessen wir es nicht, abnorm entwickelt. Ich meine, was den Körper angeht. Sein Gesicht war also im Halbdunkel, sehen aber konnte ich es trotzdem. Seine Augen starrten mich entrückt an. Sie hatten einen seichten blechernen Glanz. Ich dachte, jetzt wäre vielleicht die Zeit, etwas vorzubringen. Zwar glaubte ich nicht an den Dialog mit einem Debilen, doch ich sagte:

»Sag mir, Jožef, was hab ich dir getan ...«

Ich war immer naiv; warum sollte es jetzt anders sein. Ich interessiere mich eben. Das kann er mir nicht übelnehmen. Ich wußte ja wirklich nicht, was ich ihm angetan hatte. Aber im Grunde ist mir klar, worum es ging. An allem ist mein Charakter schuld. Ich werde ein Beispiel aus der Selbstbedienung bringen. Wir warten etwa in der Schlange, und vor mir ist eine Dame (eine von der hiesigen Sorte!) mit einem Berg Material im Wagen. Während die Verkäuferin den Berg auf diesen Tisch an der Kasse umlädt und kassiert, bleibt der Wagen, und ich kann mein Körbchen nirgendwo hinstellen. Ich sehe die hinter mir an: alle pressen den Mund, wie auch ich. Wir sind wütend. Die Dame, im Gegensatz zu uns, zeigt keinerlei Nervosität. Sie legt langsam ihr Zeug in die Plastiktaschen und Körbe. Warum sollte sie es eilig haben müssen? *Sie* wird ihre Ware bezahlen! Darum sieht sie uns, die Wartenden, auch nicht an. Bis sie bezahlt hat und sich von der Kassa zurückzieht, hat sie alle Rechte. Schließlich schiebe ich den Wagen selber weg und stelle mein Körbchen neben die Kassa. Die ganze Zeit habe ich die anderen Wartenden im Sinn, darum lege ich die Sachen selbst auf den Tisch, das Körbchen aber nehme ich vom Bord, damit die Kundschaft hinter mir gleich ihren Wagen in den geschaffenen Raum schieben kann. Die kassierten Artikel gebe ich gleich ins Säckchen. Wenn die Summe addiert wird, halte ich schon das Geld in der Hand. Die Leute spüren, daß ich meinen Wert auf dieser Welt nicht kenne. Sie beginnen zu mäkeln und drängen nach vor. Die Kassierin fegt mit der Hand mein Säckchen beiseite, noch ehe ich bezahlt und den Zettel habe, und beginnt beim nächsten zu kassieren. Ja, so ist es mit mir. Vor mir kriegen die Leute das Gefühl, etwas mehr zu sein. Ihre Überwertigkeit wünschen sie an mir dann auch zu erproben. Jožef war im Grunde nur ein Werkzeug dieser Politik.

Auf meine Worte sagte er nichts. Es war, als wollte ich mich mit einem Dampfkessel (Jožefs Körper) unterhalten, dem oben ein rundes Meßgerät (Jožefs Kopf) aufsaß, das den größtmöglichen Druck anzeigte.

Urplötzlich rührte er sich. Er nahm aus der Jackentasche Zigaretten und Feuerzeug. Beides knallte er auf den Tisch und sagte:

»Hier bin jetzt ich der Chef. Dein Zimmer ist dort. Dalli! Verpiß dich!«

Ich war paralysiert. Ist das möglich? Daß mir jemand in der eigenen Wohnung sagt, wohin ich mich verziehen darf? Das ist ... das ist ... unmöglich! Hier geh ich nicht weg! Von hier können sie mich nur tragen! Ich blieb sitzen und sah verwirrt auf den Tisch, der noch vor zehn Minuten mein, ausschließlich mein Stück war, schön, hart, aus massivem Holz, mit einer Oberfläche, geglättet von meinem Gebrauch, und darauf waren noch immer meine Zeitung, meine Brille, mein Kristallaschenbecher ... und auch das Känguruh, das mir Kika gegeben hatte ...

Ich saß, nicht wissend, was tun. Und in diesem Zustand, als mir nicht klar war, was ich tun sollte, wollte ich wenigstens dieses Spielzeug nehmen und es drücken. Sowie ich es aber mit dem Finger berührte – es stand genau in der Mitte des Tisches – begann es in ihm zu surren. Reflexartig zog ich die Hand zurück. Das Boxkänguruh ging langsam nieder ... hüpfte, schwupp, und machte einen Salto rückwärts. Nicht mehr.

Wir begafften beide das Wunder. Ich sah Jožef an. Dies war der Moment, wo auch ein Mörder mit den rohesten Absichten wenigstens etwas Sinn für Spaß zeigen müßte ... Doch Jožef, der Idiot, schnaubte verächtlich und streckte die Hand nach dem Känguruh aus. Er packte es, holte damit aus und schleuderte es gegen den Fernseher. Einfach so, blind. Das arme Spielzeug zersprang natürlich in Stücke.

Jetzt gab es nichts mehr zu warten. Ohne ein Quentchen Überlegung nahm ich den Kristallaschenbecher, sprang auf und warf ihn auf Jožefs Kopf.

Was im Grunde dumm von meiner Seite war. Affekthandlungen zahlen sich nicht aus. Ich hätte mir denken können, daß ich ihn damit nicht erschlage, sondern im besten Fall nur verletze. Und wir alle wissen, wie es mit verwundeten Raubtieren ist. Aber auch wenn ich gut überlege, ich würde dasselbe noch einmal machen. Ungeachtet der Folgen.

Der Aschenbecher traf. Es ist ein gezähntes und schweres Ding. Ich habe ihn heute noch. Er traf ihn jedoch, weil er sich bückte. Hätte er sich nicht, dann wäre er danebengegangen. So ist es halt. Und er traf ihn nur hinterm linken Ohr. Ich weiß noch den Ton des Aufschlags. Df. Ekelerregend. Ich möchte das keinem wünschen. Trotzdem war noch grauenhafter, daß Jožef, wie auch zu erwarten war, nicht auf der Stelle tot umfiel. Noch ehe der Aschenbecher nach dem Fall mit dem Rumpeln fertig war, faßte sich Jožef schon da hinten am Kopf. Worauf er, als er das Blut an der Hand sah, noch mich anschaute. Ja, das war dieser Augenblick. Der Augenblick, als wir uns noch ein letztes Mal in der Stille maßen. Wenigstens ich hörte nichts. Nur mein mir ziemlich bekanntes Herz dröhnte. Angst? Ja doch, ja, aber ich war auch zu allem bereit!

Dann brüllte er los. Er brüllte, sprang hoch und stürzte den Tisch nach mir um.

Ich sprang zurück – dabei aber fiel ich über den umgeworfenen Stuhl auf den Rücken. Eigentlich nicht auf den Rücken, sondern mehr auf Hüfte und Ellbogen. Der Teppich sorgte dafür, daß die Begegnung mit dem Parkett keine direkte war, und auch der Tisch fiel nicht auf mich, was überhaupt ein Glück war!

Doch Jožef packte bereits den Stuhl, den, der am oberen Tischende stand, und holte damit aus.

Im letzten Moment wälzte ich mich rum und entkam ihm. Doch ich wälzte mich mehr aus Gründen der Inertie denn aus Geschicklichkeit. In meinem Alter ist schon geschickt, wenn du von der Couch fällst und mit einem bloßen Armgips davonkommst. Nun, und nach dem Stuhl flog auch Jožef heran, mit der ganzen Masse seiner Korpulenz. Er versuchte mich am Fuß zu packen, ich aber trat, auf gut Glück, nach ihm. Es traf ihn irgendwo an der Schulter, glaube ich. Weil er kniete und nicht stabil war, warf es ihn auf den Hintern, ich aber rappelte mich inzwischen an der Couch halb auf und stieß mich ab.

Der Selbsterhaltungstrieb gebot mir, möglichst bald auf die andere Seite des umgestürzten Tisches zu kommen, die Seite, auf der die Bank war. Dabei aber hatte ich kein bestimmtes Ziel. Im Grunde trieb mich die Hoffnung, bei einem meiner Manöver doch die paar Schritte oder Sekunden Zeit zu gewinnen, um irgendeinen zu meiner Verteidigung tauglichen Gegenstand zu finden. Zwar dachte ich jetzt schon an Pepčeks Luger, doch ernsthaft auf sie zu rechnen, war völlig sinnlos. Um zum Vorzimmerschrank zu kommen, ihn zu öffnen, die Pistole auszuwickeln, zu repetieren, mit ihr auf den Teufel zu zielen und ihn gut zu treffen, hätte ich zumindest eine Minute klösterlicher Ruhe gebraucht!

Ich stieß mich, wie gesagt, von der Couch ab, um möglichst schnell auf die andere Seite des Tisches zu kommen, doch ich stolperte auf dem Teppich, der diagonal durchs Zimmer zum linken Fenster führt – und wieder fiel ich. Ich plumpste über dieses zerbrochene Fauteuil und blieb ein paar Augenblicke lang liegen, weil es mir weh tat.

Jožef rutschte gleich so auf den Knien zu mir. Er nahm mich mit der Hand am Hals. Doch mein Hals ist schließlich kein Hühnchenhals, von allem abgesehen. Ich entwand mich dem Griff und gab ihm noch eins mit dem Ellbogen in die Rippen. Da versuchte er mich mit beiden Händen zu fassen, aber er blieb ohne Gleichgewicht. Er fiel, so, mit der linken Seite, der Hüfte, auf den armen Rex und zermalmte ihn endgültig, Gott gebe ihm die ewige Ruhe!

Das muß Jožef schon wehgetan haben, denn er verfluchte seine Mutter und ließ mich aus, ich aber kletterte so über ihn, jetzt wirklich schon mit den letzten Kräften, auf die andere Seite und warf mich an der aufrecht stehenden Tischplatte vorbei zum Kamin. Hinterm Kamin, erinnerte ich mich, war ein eiserner Schürhaken! Wenn ich ihn in der Hand habe, wehre ich mich damit, wenn mir aber mehr Zeit bleibt, dann springe ich ins Vorzimmer, schließe die Tür hinter mir und sperre nach Möglichkeit zu. Wenn ich zusperre, gelingt es mir vielleicht zur Luger zu kommen, bevor Jožef die Tür eintritt. Doch aus der Wohnung darf ich nicht fliehen! Denn in diesem Fall wäre alles umsonst!

Ich rang mich zum Schürhaken durch – ja, er war dort – für sonst was war keine Zeit. Die Vorzimmertür hatte den Schlüssel auf dieser Seite. Ich würde ihn erst herausziehen und dann noch das Loch auf der anderen Seite anzielen müssen. Ich erraffte kaum den Schürhaken und stellte mich ihm entgegen, da war er schon vor mir. Er sah grauenerregend aus, ich meine, diese ganze Erscheinung, der blutige Kopf, der Gestank und die zerrauften Kleider. Viel schöner war auch ich nicht, nur halb so groß und mit doppelt so großen Augen. Ich entschied mich und holte aus.

Vollkommen instinktiv schwang ich zuerst gegen seinen Kopf, als er aber die Hände hob, um sich zu schützen, holte ich rundherum aus, die Seite herunter, und versetzte ihm, tschack, einen Hieb in die Nierengegend.

Jožef machte erst den Mund auf, dann aber glotzte er eine Zeitlang nur dumm. Ja, es war qualvoll. Ich wußte nicht, was kommt. Dann griff er sich dorthin und fiel auf die Knie. Danach wälzte er sich auf dem Boden. Und von ihm war nur dies zu hören:

»K-k-k-k-k ...!«

Der Schmerz war wahrscheinlich entsetzlich. Er wand sich auf dem zerschundenen Boden und war vollkommen machtlos. Aber jetzt wußte ich nicht, was mit ihm tun! Nur das eine war mir klar, daß ich ihn aus der Wohnung schaffen mußte. Wenn er tief bewußtlos gewesen wäre, hätte ich ihn irgendwie rausgezogen, an den Händen oder an den Füßen. In diesem Zustand aber, in dem er jetzt war ... Vermutlich wäre es das Beste gewesen, ihm dieses Eisen noch einmal überzuziehen, doch wie sollte ich, ein verfluchter Amateur, wissen, wohin auf den Kopf und wie hart man schlägt, damit es gerade paßt?! Bei der Rechtsordnung, die bei uns herrscht, möchte ich nicht erleben, daß sie mich, weil ich aus einem Schwein einen Invaliden gemacht habe, für ein paar Jahre einbuchten! Damit sperrten sie mich praktisch lebenslang ein! Madonna, ich wußte wirklich nicht, was tun. Ich stand ein wenig abseits von ihm mit dem erhobenen Schürhaken und brüllte wie ein Essighändler.

»Schleich dich! Verschwind nach Hause!«

Ich hielt den Schürhaken über ihm und wies mit der Hand. Meine Stimme riß total.

»Dalli! Verschwind! Schleich dich! ...«

Das Vieh aber streckte sich plötzlich nach meinen Füßen und zog mir den Boden weg. Soviel wußte ich noch, daß ich gegen die Wand zwischen dem Lehnstuhl und dem Kamin fiel, aber es war keine Zeit, um mich abzufangen. Ich schlug mit der Schläfe gegen die Mauer und fiel in Dunkel.

24. Kapitel

Ich kam auf dem Boden des Studentenzimmers zu mir, ohne jede Unterlage, einfach so, auf dem Parkett. Mein Kopf tat entsetzlich weh und ich fror. Ja, das waren meine ersten zwei Empfindungen. Aber in diesem Sinn etwas zu unternehmen, nämlich zur Aufhebung dieser zwei Empfindungen, dazu war in mir keine Kraft.

Eine halbe Stunde verging, bevor der Wille in mir erwachte und ich mich zur Couch zu schleppen begann. Alles in mir tat weh, außer dem Kopf auch die anderen Knochen, und erst recht die Muskeln. Schließlich legte ich dann doch die Entwicklung, wie man dazu sagte, vom Kriechtier über den Vierbeiner zum Menschen zurück, oder besser gesagt, zum Idioten, denn ich saß da auf der Couch, eingehüllt in zwei Decken, und schaukelte vor und zurück, ohne einen vernünftigen Gedanken!

Schließlich aber riß es mich. Ich hörte von der anderen Seite Schnarchen ...! Was war geschehen?!

Ich orientierte mich im Raum, und erst jetzt kam mir zu Bewußtsein, daß ich nicht nur im Studentenzimmer war, sondern daß ich für immer im Studentenzimmer war! Dies würde von jetzt an, hieß es, meine ganze Wohnung sein ... So hatte Jožef entschieden!

Und jetzt bin ich hier! Ich verfüge über ein Bett, einen Tisch, einen Schrank und einen Stuhl.

Aber was ist mit dem Klo und der ganzen übrigen Quadratur? Um das kulturelle Milieu nicht einmal anzusprechen! ...

Was ist mit der Tür? Ist sie zugesperrt? Kann ich vielleicht nicht mal raus?

Ich stand auf, doch mir wurde dunkel vor Augen. Es war, als fiele ich wieder in Ohnmacht. Ich mußte mich setzen. Zum Glück aber dauerte die Störung nicht lange. Danach ging ich rasch zur Tür. Nein, sie war nicht zugesperrt. Ich machte leise auf und hinkte zur Wohnungstür. Ja, die war zugesperrt. Normal. Was dachte ich denn!

Aber um Gottes willen! Wie würde ich nur meine physischen, hygienischen, alimentären und alle anderen Bedürfnisse stillen?

Ohne Bad, Küche und Kleider bin ich absolut unmöglich!

Nein, so geht das aber nicht!

Ich ging ins Studentenzimmer auf eine Denkpause zurück. Die Sonne erhellte noch nicht das grüne Leinen an den Fenstern. Das heißt, es war noch früh. Ich lauschte dem Schnarchen auf der anderen Seite. Dazwischen ist zwar eine tragende Mauer, doch die Tür, die einmal beide Zimmer verband, beziehungsweise dieser Raum, den ich mit Isoliermaterial stopfte und verschloß, ließ einiges an Schall durch. Jožef sägte dermaßen stark, daß das Holz förmlich vibrierte. Ich habe, beschloß ich, im Grunde nur Zeit, bis Jožef wach ist. Bis dahin muß ich die Luger haben!

Sich jetzt auf irgendeine andere Hilfe, besonders die Nachbarschaft, zu verlassen, ist illusorisch! Nur mit Gerissenheit jag ich den Teufel da raus! Wenn unbedingt nötig, erschieß ich ihn auch!

Doch wie in die Wohnung kommen?

Den Studenten war erlaubt, mein Bad zu benützen, und zu diesem Zweck hatte ich auch Tone einen Schlüssel für die Wohnung ausgehändigt. Hatte das Jožef bedacht? Hoffen wir nicht! Wenn Tone den Schlüssel nicht nach Mozirje mitgenommen hat, dann muß er irgendwo in diesem Zimmer sein! Wenn ich ihn finde, halte ich den beredtesten Beweis für Jožefs Debilität in den Händen. Dann ist es aber eine wirkliche Schande, wenn ich, der ich relativ hell bin, mir nicht zu helfen weiß!

Den Schlüssel fand ich sofort. Er war in der oberen Schreibtischlade. Ein gewöhnlicher flacher Schlüssel für ein Zylinderschloß, aber wie großartig in seiner Bedeutung!

Noch einmal lauschte ich dem Schnarchen, dann aber ging ich schleunigst zur Wohnungstür und sperrte einfach, daß es nicht einfacher sein konnte, auf.

Jeder, der fähig ist, sich zu denken, in welche Gefahr ich mich begab, wird wahrscheinlich sagen, ob es nicht besser gewesen wäre, zu warten, bis Jožef irgend etwas zu erledigen hat, und die Wohnung erst dann zu besetzen. Ja, in Ordnung, aber was war mit meinen Mark? Was war mit meinen zwanzigtausend Mark? Was, wenn sie Jožef gefunden hat? Soll ich warten, bis Jožef mit all den D-Mark, die ich langsam die ganzen Jahre gesammelt habe, geht? Sollte das klüger sein? Ich zweifle!

Womit, wenn nicht mit diesem Geld, hätte ich übrigens die Verwüstung, die ich schon gleich im Vorzimmer sah, beheben sollen?

Die Tür ins Zimmer, aus dem jetzt das Schnarchen viel stärker zu hören war, war zwar zu, doch aus dieser Tatsache konnte ich nur teilweise Trost schöpfen. Hier brannte das Licht und erleuchtete einen Anblick, den ich keinem Wohnrechtsinhaber wünsche!

Zuerst erschütterte mich der Blick auf den Fernseher. Aus einem mir völlig unverständlichen Antrieb hatte ihn Jožef in den Vorraum geworfen. Nach einem solchen Flug wäre selbst ein weniger empfindliches Teil nicht ganz geblieben. Mehr möchte ich nicht beschreiben, überhaupt schon deshalb nicht, weil auch der Schrank nicht versperrt war und weil der Schrank eigentlich dasjenige war, das mich am meisten interessierte. Beziehungsweise sein Inhalt. Der Inhalt war aber zur Gänze draußen. Draußen war auch der Inhalt des Rauchfangs, und noch manches wäre zu finden gewesen, doch mich interessierte im Augenblick Pepčeks Luger, die ich im Schrank verstaut hatte!

Mit zitterndem Herzen hockte ich mich zwischen das Gelump. Nach einer halben Minute vorsichtigen Stöberns fand ich sowohl den PVC-Sack als auch den Lappen, in dem die Luger sonst war. Doch die Luger, die war nicht da!

So also!

Ich sackte zwischen diesem Material auf dem Boden zusammen und wollte vor Zorn explodieren.

Jožef hatte die Mark gesucht und die Pistole gefunden. Dann hatte er wahrscheinlich auch die Mark gefunden, und jetzt war beides bei ihm!

Klein Wohnung mein, mein liebes Heimchen, wie kannst du ein solches Rindvieh in deinem Innern dulden? Wie soll ich ihn jetzt verjagen?!

Ich war verzweifelt.

Ja, verzweifelt war ich. Doch das hielt mich nicht davon ab, beschleunigt zu denken.

Warum hatte Jožef die Tür zum Wohnzimmer zugemacht? Für den Fall, daß ich doch irgendwie ins Vorzimmer komme und ihn überfallen will? ... Die Tür ist also versperrt oder irgendein Gegenstand lehnt dagegen, der rumpeln wird, wenn ich sie zu öffnen versuche ... Im Grunde geht es hier um Unsinn. Wer wagte sich ohne Waffe da rein?

Das nazarenische Schnarchen, das aus dem großen Zimmer kam, nahm ich als einzigen Trost in dem Chaos. Es war das kräftige Schnarchen eines Gerechten. Solange auf Erden solche Menschen sind, Menschen, die wissen, wo ihr Platz ist und die ihre Geltung kennen, errettet die Menschheit sich leicht aus jeglicher Klemme!

Und tatsächlich. Urplötzlich fühlte ich, daß noch nicht alles verloren war. Das Bad! Das Fenster zwischen Bad und Küche!

Ich stand auf und ging hin. Doch am Fenster, das mir der Student Šimec eingesetzt hatte, waren alle drei Teile zu und die Griffe auf der anderen Seite! Beim Einbau hatte ich es selbst so verlangt. Den Großteil der Zeit nämlich halte ich mich in der Küche beziehungsweise im Zimmer auf. Doch ist in der Praxis die Sache die, daß der mittlere Teil, den ich am öftesten gebrauche, für gewöhnlich nur zugelehnt ist, und zwar wegen der Höhe des Griffs. So brauche ich nicht auf einen Stuhl beziehungsweise auf die Klomuschel zu steigen, um ihn zu erreichen, sondern ich nehme den unteren Teil des Fensters und schiebe oder ziehe ihn nur, abhängig davon, auf welcher Seite ich bin.

Jetzt, im Bad stehend, schob ich am mittleren Teilfenster nur.

Und das Fenster ging auf.

25. Kapitel

Ja, das ist dieser Denkdefekt bei den Debilen! Jožef hatte wahrscheinlich nicht einmal bedacht, daß jemand auf einem so ungewöhnlichen Weg zu ihm kommen könnte! Oder er hatte das Fenster vielleicht aus purer Nichtgewöhnung übersehen. Als Kind war er öfter bei uns, und auch später, das Fenster aber schrieb er sich nicht ins Gedächtnis, weil es halt nicht da war. Und das blieb ihm. Darum hatte er es vielleicht nicht registriert, obwohl er es bemerkt hatte! ... Zum Beispiel, na. Ich mag diese Theorie. Nüchtern gesehen aber hatte er wohl nur zu prüfen vergessen, ob die Teile tatsächlich zu sind.

Wie auch immer, der Weg war praktisch frei. Doch ich fragte mich, bin ich wirklich zu so einem Unsinn fähig, mich ohne adäquate Waffe zu Jožef zu wagen und ihm die Pistole abzunehmen? ...

Nein, antwortete ich mir, nicht fragen. *Die Zeit verrinnt!*

Von Angst würde ich nicht einmal reden. Natürlich hatte ich Angst. Doch ich sagte mir: heut bin ich schon gestorben; es wird mich wohl nicht noch einmal erwischen! Und wenn, dann erwischt es mich halt! Ohne mein Zuhause kann ich sowieso nicht leben!

Ich stieg auf den Klodeckel und dann noch auf die Waschmaschine, und ich setzte mich ohne besondere Probleme rittlings ins Fenster. In Küche und Zimmer herrschte Schatten, denn die Fenster zur Straße waren noch immer vermacht, und das Licht überm Tisch gelöscht, doch ein entsetzliches Chaos und Fiasko war schon bei diesen Sichtverhältnissen evident.

Ich verfrachtete noch das zweite Bein rüber und horchte. Das Schnarchen war röchelnd und gurgelnd, äußerst grindig, doch auf meine Ohren wirkte es wie die schönste Opernarie!

Der Abstieg auf die andere Seite gelang mir tadellos. Ich schaffte es trotz meiner Jahre. Bravo!

Jožef sah ich von der Küchenmitte aus. Er lag auf der ausgezogenen Couch, diagonal (denn sonst wären seine Füße über den Rand gehangen), auf dem Bauch, mit dem Kopf zum Fenster, in Kleidern und Schuhen, und die linke Hand hing ihm runter.

Das Bücherregal über der Couch war leer. Darin war kein einziges Buch geblieben. Gar alle Romane lagen auf dem Boden, etliche auch weit weg, sogar in der Küche lagen ein paar Exemplare. Die meisten aber lagen neben der Couch. Dort war ein ganzer Haufen. Jožef, so denke ich mir, hatte jedes Buch am Einband wie an Flügeln genommen und es geschüttelt, in der Hoffnung, die D-Mark flögen heraus. Etwas anderes kann ihn zu diesem Akt nicht getrieben haben! Die Mark, freilich! Und in diesem Sinn hatte er – während ich bewußtlos lag – auch die Schränke und überhaupt alles umgekrempelt!

Ich begab mich hinter der aufrechten Fläche des Tisches, der noch immer umgestürzt lag, in Deckung. Ich besichtigte das Terrain und erwog die Situation. Unterm Aspekt des Schadens war es besser, nichts zu sehen. Es wäre zum Verzweifeln gewesen! Mich interessierten die taktischen Chancen. Die Tür war tatsächlich vermint. An der Klinke hing ein Erinnerungsbierkrug, ein schweres Steingutstück mit metallenem Deckel. Ein einziger Kitsch im Grunde, ein Souvenir meiner Exfrau. Es war sehr klug gewesen, nicht die Tür zu berühren. Doch jetzt interessierte sie mich nicht mehr. Mich interessierte die Pistole. Von dort, wo ich war, war sie nicht zu sehen. Ich hoffte nur, sie würde nicht irgendwo unterm Polster beziehungsweise unterm Kopf sein. Doch davon würde ich mich überzeugen müssen. Ich würde mich bis zu ihm vorkämpfen müssen, dann würden wir schon sehen, wie und was. Solange er schlief, war ja alles in Ordnung. Wenn er aber aufwachte ...

Ich nahm den hölzernen Schnitzelklopfer, der neben Dostojevskis *Schuld und Sühne* auf dem Boden lag. Ich drehte ihn so, daß der Metallteil unten war, und schwang ihn ein paarmal. Zur Not würde es gehen!

Jetzt aber mußte ich mich in den Raum zwischen Couch und Fenster hinter Jožefs Kopf vorkämpfen. Aber wie dort hinkommen? Links, auf dem längeren und schöneren Weg, wo weniger Hürden waren, oder rechts und knapp an Jožef vorbei?

Die Hauptschwäche des schöneren Weges war die Offenheit und die erhebliche Distanz. Er muß inzwischen nur aufwachen, da, verflucht, und er erschießt mich wie einen Hasen! ... Die Hauptschwäche des häßlicheren Weges aber waren der Berg von Büchern neben der Couch und Jožefs Nähe.

Doch ich wählte die zweite Variante. So würde ich ihm sofort eine überziehen können, wenn er aufwacht.

Jetzt aber kein Gezauder mehr! Gehen wir! Im Grunde ist es am gefährlichsten, hinterm Tisch zu hocken und zu zittern! *Die Zeit verrinnt!*

Ich umklammerte fest den Klopfer und machte mich auf den Weg.

Die Bücher, ja, meine geliebten Bücher waren jetzt meine größte Hürde. Für jeden Schritt mußte ich mir zwischen ihnen den festen Boden erwühlen, die Literatur aber schwamm wie lebendig herum. Die Romane verursachten während des Rutschens Geräusche und dumpfes Klapsen. Wenn einer etwas lauter rutschte, durchdrang meinen ganzen Körper ein dumpfer reflexartiger Schmerz. Um vom konstant hohen Puls nicht einmal zu reden. Auch nicht vom trockenen Mund. Und von meinem Kopfweh auch nicht.

So äquilibrierte ich also neben meinem schnarchenden und röchelnden Verwandten, blieb nicht ein einziges Mal mit dem Fuß in der Luft stehen, hielt über ihm den Hammer fürs Fleisch und bat ich weiß nicht wen, daß ich nicht genötigt sein würde, übereilt und flüchtig zuzuschlagen. Sein Kopf war zu mir gedreht. Hinterm Ohr hatte er das gestockte Blut, aus seinem Mund troff brauner Speichel, die Atemstöße aus ihm aber stanken nach Tabak und Wein. Jožef schändete auf die widerwärtigste Weise das Bett, auf dem Kika und ich sozusagen noch vor ein paar Stunden in der Umarmung lagen. Unser Tun war mir so heilig erschienen, daß ich danach nicht einmal vor dem eigenen, obwohl einsamen Schlaf die Bettücher hatte wechseln wollen. Nun würde ich, wenn ich überlebte, um des besseren Gefühls willen alles auswechseln müssen, vielleicht auch die Couch als ganzes! Das Schwein verdiente eigentlich, daß ich ihm schon jetzt, unverzüglich, eine verpaßte und ihm den Schädel einschlug!

Die Pistole lag auf dem Parkett neben seiner Hand.

Als ich sie sah, wurde mir nicht leichter. Jožefs Fleischerhand und Pepčeks Luger sympathisierten dermaßen, daß ich einen Moment lang direkt erstarrte. Sie waren sich so und auch sonst nahe. Ich sah diesen Gegenstand an, wagte aber nicht, ihn an mich zu nehmen. Noch immer stand ich zwischen den Büchern und war noch immer zu sehr in Reichweite dieser Bestie, die zwar aussah, als schliefe sie, die aber schon gezeigt hatte, wie kundig sie in der Verstellung war.

Relativ sicher fühlte ich mich erst nach den folgenden zwei Schritten, den schwersten zwei, die ich mit meinen Füßen in meinem Leben gemacht habe. Dort, zwischen dem Fenster und dem Kopfende der Couch, kniete ich nieder, bis zum Äußersten müde, überall zitternd von der durchgemachten Strapaz und Angst.

Ich atmete jetzt am Ende aber doch leichter, denn in der Lage zu sein, einem Monstrum in Ruhe den Hirnkasten einschlagen zu können, ist nicht schlecht. Und ich gebe zu, ich erwog wahrhaftig, ob ich überhaupt das Risiko eingehen sollte, zu seiner Hand nach einer besseren Waffe zu greifen, als ich schon hatte. Sollte ich nicht lieber ohne Pardon auf seinen Kopf donnern und so im Eilverfahren die Gefahr für mich beseitigen? ...

Teuflische Gelüste triezten mich, wirklich. Doch der Verstand siegte. Den unmittelbaren Problemen hätte ich damit zwar ein Ende gemacht, doch ich hätte eine Masse neuer, vielleicht völlig unbeherrschbarer, auf mich gezogen. Nein, wenn wir schon arbeiten, machen wir's gründlich. Soll die Bestie, wenn sie aufwacht, von allein wegrennen!

Es war aber ziemlich schwer, nämlich die Hand nach dieser grauenerregenden Tatze zu strecken. Ja, es kostete mich was an Herz- und Nervenschlägen, obwohl die Prozedur als solche nicht einmal anstrengend war. Bis zur Pistole hatte ich nicht mehr als gut einen halben Meter. Doch es wäre dumm gewesen, einfach nach ihr zu greifen!

Jožef schnarchte, richtig, aber seine Hand berührte, wenn auch nur mit einem Finger, wenn auch nur mit dem einen schmutzigen Nagel, aber immerhin doch den Pistolengriff. Es war wie beim Mikado. Wenn ich schnell zugreife, wird es wakkeln. Die Luger hatte ich überhaupt im Verdacht, daß sie schon bei meiner bloßen Berührung einen elektrischen Funken auf Jožefs Nagel werfen könnte! Denn, wie schon gesagt, zwischen ihnen war Zusammengehörigkeit oder, um mich korrekter auszudrücken, vielleicht sogar echte Liebe zu spüren. Zwischen mir und ihr gab es jedenfalls keine. Ich hielt die Luger, wenn sie auch von Pepček war, nur für ein Gerät, das einem im konkreten Notfall zugute kommen konnte. Eine Waffe aber mag solche Leute nicht. Das ist ähnlich wie mit dem Auto, wenn mich einer fragt. Man muß den Teufel mögen, so denke ich es mir, und ihn ständig herumkutschieren, sonst folgt er einem nicht!

Meine Aktion war ein Akt wider die Natur. Ich wollte mir etwas aneignen, das mir im Grunde gar nicht zustand. Und ebensolcher Mut war anzuwenden, wie ihn das slowenische Volk 1941 zeigte, als es sich, an Widerstand nicht gewöhnt, gegen die Schreckensmacht erhob!

Außer meinen inneren Ressourcen aber beschäftigte ich bei dieser Verrichtung auch beide Hände. Die Linke hielt den Fleischklopfer in der Luft über Jožefs Kopf, und die Rechte griff nach der Pistole. Diese lag auf der rechten Seite, mit dem Lauf zu mir. Es war nicht möglich, sie nur mit zwei Fingern zu nehmen und zu mir zu ziehen, sondern es sah aus, als würde ich sie richtig packen und heben müssen, denn zwischen ihr und mir war ein ganz hübscher Haufen Bücher.

Fast hatte ich sie schon gepackt, da ...

Ich weiß nicht, wie ich es beschreiben soll, aber Jožef hörte in dem Moment, als ich die Pistole berührte, zu schnarchen auf. Ich weiß nicht, vielleicht hätte ich die Pistole genau jetzt nehmen müssen, aber weil gleichzeitig auch seine Hand zuckte, wich meine zurück, als hätte sie sich verbrannt. Ich war halt nicht Herr über meine Reflexe, das ist es. Jedenfalls bin ich froh, daß meine linke mit dem Klopfer bewaffnete Hand nicht zugleich auch zuschlug. Denn es hätte sich nicht ausgezahlt.

Jožef wälzte sich nämlich auf den Rücken und begann wieder, diesmal mit dem Gesicht zur Decke, mit vollkommen offenem Mund, noch ärger zu schnarchen. Wie es halt in solchen Fällen normal ist. Und die Pistole? Die Pistole war auf dem Boden geblieben! Allein!

Pepčeks Luger lag so wie zuvor auf dem Boden. Ohne jeden Schutz. Mochte es ihr gefallen oder nicht, jetzt hob ich sie, von dem unverhofften Glück regelrecht zitternd, einfach auf!

26. Kapitel

Sollte ich damit anfangen, an höhere Mächte zu glauben?

Pepčeks Luger war zwar wieder in meinem Besitz; wieviel ich für dieses Ziel aber seelisch und physisch durchmachte, kann ich gar nicht sagen. Und wie ich das alles zusammen überhaupt aushielt, läßt sich wahrscheinlich nicht anders erklären als mit Motivation. Hier geht es nicht um Mut und auch nicht um höhere Mächte, würde ich meinen. Es geht um den Überlebenstrieb. Ich werde niemandem Loblieder singen müssen!

Die bloße Luger aber – ich weiß nicht, ob ich mit ihr auch einen Funken Freude hatte. So, wie sich die Handlungen folgten, war jede neue fataler als die vorhergehende. Und was jetzt, wo ich die Pistole habe? Ist damit jetzt alles gelöst? Woher denn! Ein noch schwererer Akt erwartet mich! Jožef wecken und unter Todesdrohung hinausjagen! ... Ja, das erst wird das wahre Abenteuer sein!

In erster Linie aber riet mir der Überlebenstrieb, mich aus Jožefs Nähe zurückzuziehen. Möglichst schnell, denn die Bestie könnte aufwachen, mich anspringen und erwürgen, noch ehe sie bemerkt, daß die Übermacht bei mir ist. Mit Jožef wollte ich keinesfalls mehr auf Tuchfühlung kommen. Die Bank, an der Wand gegenüber befestigt, war noch immer an ihrem Platz. Ja, einzig die Bank! Dorthin werde ich mich setzen.

Der Rückzug auf die andere Seite des Zimmers erforderte weniger Vorsicht, denn jetzt war ich auf jeden Fall schon besser dran. Ich setzte mich auf das linke Ende der Bank. Von dort aus war es exzellent möglich, den vier Meter entfernten Jožef zu überwachen und im Visier zu behalten. Wenn er aufwachen und erkennen würde, in welcher Situation er war, würde er nur fliehen können. Kein Mensch ginge mit bloßen Händen auf mich los. Keiner, der ein bißchen Verstand hat ...

Ja, aber was ist mit Jožef? Jožef, der nicht allzu viel Verstand hat? Was ist mit ihm?

Bei dem Bild, das in meinem Kopf entstand, schüttelte es mich. Jožef, einen Meter breit und zwei Meter hoch, donnert mit erhobenen Händen auf mich los, ich aber glaube kurzerhand nicht, daß es möglich ist, ihn mit diesem Pistölchen niederzustrecken, darum fliehe ich nicht einmal ...

Brrr ... Fort mit dem Kleinmut! Ich muß schießen, sowie er erkennen läßt, daß er zu mir will! Ohne Verzug! Sodaß ich nicht nur für einen, sondern für mehrere Schüsse Zeit genug haben würde!

Aber wohin zielen? Aufs Bein? Eine Dummheit ... Auf den Kopf? Das könnte ich nicht. In den Kopf schießen können nur echte Mörder. Ich werde in die Brust schießen, wo er am breitesten ist. In diesem Fall ist auch am wenigsten Möglichkeit, ihn zu verfehlen.

Hoffen wir, sagte ich mir, daß die Waffe funktioniert. Soll ich sie noch ein wenig checken?

Ich drückte den Knopf und das Magazin flog mir in die Hand. Ich zählte die Patronen, man sieht sie nämlich an der Seite. Eins, zwei, drei ... sieben. Das heißt, daß die achte im Lauf ist. Soll ich nachprüfen, ob es stimmt? ...

Ich weiß nicht, ob das Schnarchen schon vorher oder genau in diesem Moment aufhörte. Ich hatte nicht aufgepaßt. Ich hörte aber, daß die Couch quietschte. Ich hob den Kopf.

Jožef, der noch vor kurzem zur Decke geröchelt hatte, lag jetzt auf der Seite und blinzelte mich an. Er war noch nicht ganz in Betrieb.

Zu uns kamen wir beide auf einmal.

Ich ging daran, das Magazin in den Griff zurückzuschieben, zuerst natürlich verkehrt rum, Jožef aber bückte sich blitzschnell zu seinen Füßen und zog ein Hosenbein hoch. Ich sah einen kurzen, dicken, am Knöchel fixierten Revolver. Trotz der Panik, die mich erfaßte, brachte ich das Magazin irgendwie rein (obwohl das für den ersten Schuß gar nicht nötig war) und sprang auf. Jožef aber bemühte sich, den Revolver aus diesem Geschlinge zu ziehen. Ich schrie:

»Laß das! Laß das!«

Er nur weiter. Er zog tüchtig an diesem Ding, aber irgendwie ging es nicht raus. Da drückte ich ab.

Die Pistole aber ... wollte nicht losgehen! Diese teuflische Mechanik war blockiert! In dem Moment aber, als ich den Hebel aus der Position »gesichert« bewegte, krachte es fürchterlich im Zimmer!

Ich kam nicht gleich dahinter, was war. Ich sah nur, wie Jožef sich auf die Couch warf, gehüllt in bläulichen Nebel. Er fuchtelte mit den Händen und kreischte. Er brüllte nicht gleich, das stimmt, doch als er anfing, ging es durch die Ohren:

»Iiiiijaau! ... Iiiiiijau! ... Jau-jau!«

Und so weiter. Ich wußte nicht, was vorging. Ich nämlich hatte nicht geschossen. Während ich Jožef angaffte, plumpste der von der Couch auf die Bücher.

»Jau-jau-jau! ... Jau-jau-jau! ...«

Nun aber sah ich schon, was er hatte. Er streckte die Hand nach mir und brüllte mit verzerrter Visage:

»Nicht schießen, verfluchter Scheißdreck, nicht schießen! Schau, ich hab mir in den Fuß geschossen! Laß mich! Ich geh! Iijau! Ich geh!«

Er versuchte sich aufzurappeln, aber er rutschte auf den Büchern. Den Revolver hatte er noch immer am Fuß fixiert. Dort war alles zerfetzt und blutig, der Fuß, der Schuh, alles. Er rappelte sich auf, inzwischen aber jammerte und fluchte er die ganze Zeit. Es stank nach Pulver, und die Luft war noch immer bläulich. Eine richtige Höllenatmosphäre!

Noch immer zielte ich auf ihn, obwohl tatsächlich keine Gefahr mehr bestand, er aber warf sich in Richtung Tür. Er machte sie nicht einmal auf, er nahm sie regelrecht mit. Der Bierkrug fiel ins Vorzimmer, er aber trat direkt darauf und – zzzk – fuhr ab und plumpste so teuflisch auf den Fernseher beziehungsweise diese Reste, daß er beim Aufprall schrie, für Flüche aber blieb ihm keine Luft mehr in den Lungen, so denke ich mir zumindest, denn er floh ganz leise weiter, und das sogar auf allen vieren, bis er im Flur verschwand. Ich ging ihm nach und sah ihm zu, wie er sich an der Mauer aufrichtete. Dann, ohne sich um mich zu kümmern, hinkte er zur Stiege. Hinunter hüpfte er dann auf einem Fuß, er hielt sich am Geländer und winselte vor Schmerzen.

Ich ging ins Zimmer zurück und öffnete das linke Fenster. Der sowieso schon schmerzende Kopf explodierte mir fast von der Sonne. Als ich runtersah, stürzte Jožef eben aus dem Haus und warf sich ins Innere des roten Hunderteinsers. Nach einigen Versuchen sprang die Karre an und fuhr mit Heulen, Krachen und Rauch zickzack auf der unüblich leeren Straße davon.

27. Kapitel

Zuerst trank ich mich mit Wasser voll. Ich war nämlich vollkommen dehydriert. Erst dann, als diese Not gestillt war, erkannte ich, daß ich noch immer die Luger in der Hand hielt. Klar, das war wegen dem Schock beim abrupten Aufhören der Gefahr. Ich hatte ein gewisses Bedürfnis nicht ausgelebt, oder? Hätte ich den Schurken kaltgemacht, wäre es anders gewesen.

Ich legte sie weg und streckte mich auf der Bank aus. Erst in dieser Lage wurde mir bewußt, wie an mir alles zitterte. Leber, Magen, Milz ... um nicht aufzuzählen! Der Puls aber war langsam und überaus kräftig: bumm ... bumm ... bumm ... Ich weiß nicht, warum ich das Herz nicht schon vorher in diesem Sinn spürte. Es pochte, das stimmt, aber ich hatte nicht das Gefühl, wie ich es jetzt hatte, verrecken zu müssen! Ja, das wird es sein: vorher hatte ich das Adrenalin immer gleich verbraucht, jetzt aber blieb es mir über!

Ich glaube, so nahe am Herzinfarkt war ich noch nie gewesen. Bumm ... bumm ... bumm ... Wenn ich das überlebe, sagte ich mir, werde ich wirklich wahrscheinlich noch lange leben. Unter der Bedingung natürlich, daß es keine solchen Schocks mehr gibt!

Ich hatte die Hand unterm Kopf und versuchte mich zu beruhigen, indem ich zur Decke gaffte. Nur da oben waren keine Spuren der Schlacht. Die Sonne beschien mich direkt und wärmte mich, sie schien aber auch auf den Fluß, und die Wasserreflexe wogten sacht an der Decke. Die Ruhe und fast absolute Stille, die über der ganzen Stadt lag, ging auch auf mein Herz über. Langsam langsam fiel der Puls auf normal, parallel dazu aber begann mir die Müdigkeit zuzusetzen, diese wahre, wenn man neben der Schwere von Körper und Gliedern auch Befriedigung spürt. Tatsächlich, alles war so vollbracht, wie es sein mußte. Jetzt hätte ich auch einschlafen können. Ich hätte geschlafen. Ich hätte drei Tage und drei Nächte geschlafen ...

Da warf es mich empor. Die Mark!

Das obere Türchen am Kamin klaffte weit.

Mit neuerlich gewecktem Herzen taumelte ich hin und wühlte mit der Hand in dem gußeisernen Gitter. Ohne Notwendigkeit im Grunde. Waren doch auf dem Boden darunter genug alte Kohle und Asche, ein Zeichen, daß es Jožef nicht zu blöd gewesen war, auch an solchen Orten zu kramen.

Die Dose meines Vaters war futsch und mit ihr zwanzigtausend Mark!

Soll ich den Schweinen nach Krakovo nachrennen? Soll ich versuchen, das gestohlene Geld mit der Pistole zu erzwingen? ... Ja sicher, was denn noch! Sie würden mich erschlagen wie einen verirrten Plünderer!

Apathisch setzte ich mich auf das umgeworfene Lederfauteuil und hielt mir die Augen zu. Ein Mensch mit mehr Energie und mehr Haar am Kopf hätte sich herumgeworfen und ein Drama gemacht, ich aber konnte in diesem Moment wahrhaftig den Blick auf die Trümmer meines Heims nicht ertragen. Mir schien, als wäre gar alles zerstört. Fernseher, Radio, Schreibmaschine, Kommode, Parkett, Geschirr, die Glassachen, zwei Stühle, davon einer der Rex ... Er hatte zwei Küchenkästen zerbrochen, einige Schubladen, das Nachtlicht beim Bett, und alles, was er fand, herumgeschmissen, um jetzt nicht von den Büchern, den gefressenen Lebensmitteln und dem gesoffenen Wein aus dem Kühlschrank zu reden ...

Und jetzt noch diese Mark. Ich blieb ohne Ersparnisse, praktisch ohne alle Mittel für die Reparatur des Trümmerhaufens, für die chemische

Reinigung, für den Kauf irgendwelcher neuer Kleider, und schon gar für den Kauf von Apparaturen!

Da durchfuhr es mich.

Hat nicht das Gitter auf der Seite ein Loch? Noch einmal hockte ich mich zum Kamin und machte auch das untere Türchen auf. Unten war, normal, Asche, soviel dein Herz begehrt. Ich krempelte den Ärmel auf und stieß die Hand hinein ...

Jemanden in Spannung zu halten, ist mir fremd, darum soll gleich klar sein: ich ertastete die Dose!

Ich zog sie zusammen mit rund einem halben Kilo Asche raus. Aber das ist nicht wichtig.

In unseren Breiten gilt als geschmacklos, wenn sich einer über Geld freut. Das geht irgendwie nicht mit der menschlichen Würde zusammen. Doch als die präzis gefalteten Banknoten, zwar im Format der Dose, doch sehr dicht hineingeschichtet, raushüpften, dachte ich ... dachte ich ... ich dachte, kurzum, ich werde verrückt!

Früher ließen Leute, die einen Sturm heil überstanden, eine Kirche oder zumindest eine Kapelle bauen. Und sie taten recht, besonders, wenn ihnen etwas zum Leben blieb! Ich bin ein anderer Mensch, wie schon irgendwo mitgeteilt wurde. Ich bin nicht religiös. Ich werde einen Fernseher kaufen und Geschirr und werde reparieren lassen, was geht, und zu guter Letzt, im Grunde ist der Schaden ja vielleicht gar nicht so groß, wie er jetzt, wo alles herumliegt, aussieht! Auf jeden Fall wird mir auch etwas zum Leben bleiben!

Es wollte mich schier zerreißen. Mit Tränen in den Augen ließ ich die Banknoten durch die Finger gehen, als zählte ich sie, aber ich zählte gar nicht. Doch ich entschied mich auf Anhieb. Ich werde ein Auto kaufen!

Ich werde, jawohl, das kaufen, dem ich mich immer widersetzte, in der Angst, daß mir etwas zustoßen könnte. Aber um Gottes willen! Es kann einem auch etwas Angenehmes im Zusammenhang mit dem Auto zustoßen!

Ich werd eins kaufen, normal, ein bescheideneres Auto. Einen R 4 zum Beispiel.

Davor muß ich zwar den Führerschein machen, doch das Auto kauf ich auf jeden Fall, weil ... wenn ich ganz ehrlich bin, ich es mir schon lange wünsche. Ich hab genug davon, nur in diesem kleinen Grätzel meine Runden zu drehen. Es gibt auf der Welt noch andere Orte, wenn ich nicht irre. Ich wünsch mir mehr Freiheit, mehr Weite, einen frischen Wind, wollen wir sagen, Reisen, Abwechslung ... Das schönste Erlebnis aber wird sein, wenn ich einige Leute besuche, nach Mozirje fahre, nach Wien, nach Semič ... Auf jeden Fall, diesen Šimec muß ich finden! Ja, wir müssen ein wenig reden! Ich muß mich ihm zeigen! Er soll sehen, daß ich anders bin!

Schade wäre es aber auch, wenn ich Ančka ganz fallenließe.

Was ist denn mit diesem ihren neuen beziehungsweise alten Matija?

Äh. Letzten Endes sind wir alle nur Menschen. Heute sind wir, schon morgen sind wir vielleicht weg. Was heißt morgen! Schon heute hab ich Glück, noch immer am Leben zu sein! Was heißt noch immer! Wieder!

Jetzt werd ich mich gründlich duschen, brausen im Grunde, und mich umziehen. Und dann fang ich an, die Bude in Ordnung zu bringen. Vielleicht war auch diese Heimsuchung zu etwas gut. Sowieso wär es nötig, denk ich, ein paar Sachen wegzuwerfen. Einige hätt ich auch schon längst durch neue ersetzen müssen, obwohl es mit neuen so ist, daß sie sich nicht das sofortige Vertrauen eines Menschen verdienen, der überall das Relative sieht. Der Mensch ist halt so. Er kann nicht ganz aus seiner Haut, schon gar nicht, wenn er Kolenc heißt, wenn er sich Žani nennt und seinen ständigen Wohnsitz am Breg hat. Davon aber, wie ihn andere nennen, das heißt Schühlein, davon wird er sich überhaupt nie lösen!

Vor dem Gang ins Bad öffnete ich noch das zweite Fenster. Dabei glitten meine Augen zum Turm der Jakobskirche und zur Uhr darauf.

Ruhigen Gewissens kann ich schreiben, daß mir die Knie weich wurden. Die Uhr zeigte nämlich sechs Uhr und drei Minuten.

Ist das möglich?

In einer einzigen Nacht hatte sich die Uhr um drei Minuten bewegt! Sage und schreibe, drei volle Minuten!

Ich rieb mir die Augen, sah immer wieder hin und überzeugte mich jedesmal wieder: meine Zeit war doch ein bißchen weitergekrochen!

Wo ist jemand, dem ich das sage?! Aha, Kika Perova! ... Wann nochmal hat sie gesagt, daß sie kommt?

DIE ZWEITE NIEDERSCHRIFT, WENN DU PRAKTISCH ALLES HAST, NUR NOCH WEGLASSEN UND HINZUFÜGEN MUSST, IST KONKURRENZLOS UNTER DEN GENÜSSEN

Die Erstausgabe von Zoran Hočevars Roman aus dem Jahr 1997, die im ansonsten auf theoretische Bücher spezialisierten Verlag /*cf. in Ljubljana erschien, bringt anstelle eines Nachworts ein ausführliches Interview mit dem Autor, in dem neben dem Buch auch Fragen, die die Lesegewohnheiten des Autors, die literarische Öffentlichkeit und den Kunstbetrieb in Slowenien betreffen, zur Sprache kommen, und die auch für den Leser der deutschen Ausgabe interessant sind. Weil das Interview den Charakter des Buches als Dokument seiner Zeit unterstreicht und wir diesen Charakter natürlich wahren wollen, haben wir uns entschlossen, es in die deutsche Ausgabe zu übernehmen. Einige der genannten Realien, die die slowenische Literatur bzw. die Geschichte Jugoslawiens betreffen, bedurften einer Erklärung in Fußnoten. Die Fragen stellte die Lektorin des Verlags /*cf. Zoja Skušek.

Weißt du, warum du uns im Lektorat »in die Augen gesprungen« bist und warum wir dich angerufen und gefragt haben, ob du einen Roman für uns hast? ... Miha Mazzini hatte im Delo häßlich über die slowenischen Literaten und ihre TV-Barden ge-

schrieben, dein erstes Buch Porkasvet *aber ausgenommen, es sogar sehr gelobt.*

Aber *Porkasvet* ist nicht das erste. Tatsächlich ist *Šolen z Brega* das erste, doch wurde es gute fünf Jahre lang in den Lektoraten herumgelegt – wahrscheinlich, weil es als volkstümlich galt, als etwas Rigides und sogar schlecht Geschriebenes. Wegen der »einfachen« Kolencschen Narration hielt man den Autor vermutlich für einen Trottel und bemerkte weder den Humor noch den Aufbau noch die Verbindung zur guten Literatur. Ich wage zu sagen, daß sich diese Kolenci, diese durchschnittlichen Intellektuellen, diese unsicheren Leute, die ohne äußeres Paradigma den Wert eines Produkts nicht bestimmen können, ein wenig den Mund verbrannt haben. Naja. Denen ist das egal. Nicht, daß ich mich loben will, und ich will auch keinen von seinem Misthaufen jagen. Vielleicht ist dieses Büchlein am Ende nichts Besonderes. Ich behaupte aber, daß es ein gutes Dokument ist. Und die Ereignisse beziehungsweise Nichtereignisse rund um das Manuskript sind genauso ein gutes Dokument. Ich habe sogar einen Brief, die Antwort einer Lektorin, die mir im Zusammenhang mit dem Manuskript von *Porkasvet* empfohlen hat, es ruhigen Gewissens in den Müll zu schmeißen: derartige Literatur nämlich bekämen die Lektorate haufenweise aus ganz Slowenien.

Die Lektoren sind hier konditioniert – wie die Pawlowschen Hunde mit den Klingeln; die ihnen genehmen Helden haben immense metaphysische Dimensionen.

Viele Verlagslektoren können entweder nicht lesen oder sie haben Angst, daß, wenn ich dazu Šolens Grundangst paraphrasiere, die slowenischen Hauswirte beginnen, einen freundschaftlichen Umgang mit ihren Untermietern zu pflegen. Ich denke, das zweite trifft zu. Überhaupt schon deshalb, weil sie mir im Zusammenhang mit *Šolen z Brega* empfahl, jene Dame nämlich, ihn jemandem zur Korrektur zu geben, weil er im übrigen amüsant sei und wert, erhalten (sic!) zu werden. Doch auf welche Weise, sagte sie nicht. Den Text bekam ich zurück.

Warum Šolen, warum Breg?

Šolen ist ein Spitzname, der im Fall von Kolenc genau die richtige Bedeutung und den richtigen Klang hat. Breg darum, weil ich dort, auf Nr. 10, zwölf Jahre lang, von 1978 bis 1990, lebte. Im Tavčar-Haus, im zweiten Stock, von der Straße aus die linken zwei Fenster. Hinter diesen Fenstern ist ein 8 m langes und 3,5 m breites Zimmer mit einem wunderbaren Parkett. Früher einmal war es das ehrwürdige Kabinett Ivan Tavčars,* und in ihm, so heißt es, spazierte auch König Alexander, angeblich ein Freund der Familie, jedenfalls aber der Chef von Tavčars Frau, einer Hofdame. Als ich dort wohnte, diente das Zimmer als Maleratelier und Wohnraum.

---

* Ivan Tavčar (1851–1923), Schriftsteller, Politiker (Landtagsabgeordneter, Reichsratsabgeordneter, 1911–1921 Bürgermeister von Ljubljana), eine der führenden Persönlichkeiten des slowenischen Liberalismus; Verfasser einiger bedeutender Romane. (Anm. d. Ü.)

*Hat dich dieses vornehme Zimmer bei der Arbeit
blockiert oder angeregt?*

Angeregt. Weil es fast 4 m hoch ist, zog ich im
Teil abseits der Fenster in 185 cm Höhe zwei Balken zwischen den Wänden ein, nagelte Bretter
darauf und machte eine Treppe. Und das war
dann ein Bett für zwei und ein Lagerraum für die
Bilder. Weil es aber auch mit dunklen Tapeten
ausgekleistert war, riß ich sie runter. Und meine
Freundin und ich verspürten auch keinen Respekt vor dem Parkett. Doch das ist kein Schaden; die Tapeten sind auf Vavpotičs Portrait von
Ivan Tavčar verewigt, und das Parkett ist noch
immer dort. Man müßte es nur einmal abschleifen und versiegeln. Herr Ante Tavčar, der letzte
noch lebende Sohn seines Vaters, war, muß ich
sagen, sehr geduldig mit uns, und er übertrieb
auch nicht mit der Miete ... »Von Breg« kurz darum, weil der Breg einiges an Verbindung mit meinem Leben hat. Und dort war es noch ziemlich
schön. Ich meine, wenn wir in Betracht ziehen,
daß im wesentlichen das Ganze nichts als Verzweiflung ist.

*Janez Kolenc – Šolen ist sehr genau ausgearbeitet,
sogar in seiner Art zu reden sind keine Ausrutscher:
sie ist immer dieselbe, philiströs, durchzogen mit
halbintellektuellen Fremdwörtern, unschuldigen
Flüchen, Preziositäten. Er ist ganz korrekt, ordentlich, sauber.*

Der Tick mit den Schuhen, der Haß auf Katzen,
diese Reserviertheit ... das alles kam wie von
selbst. Es gefiel mir. Und auch Kolenc wirkt

irgendwie gefällig. Er sollte jedenfalls den Lesern gefallen, die ihm ähnlich sind, die gern ein feines Buch in der Hand und ihre Ruhe haben. Es stimmt aber, Kolenc hat nicht alles erzählt. Manches hat er trotz seiner fast naiven Offenheit verschwiegen. Ich denke, daß jeder im Grunde die Wurzeln seiner Traumen ganz gut kennt und weiß, was er aus sich machte, wenn es ohne Risiko ginge. Kolenc betont die Wahrung seiner Integrität im Zusammenhang mit Malči, er schweigt aber über die Integrität, wenn es um Šimec geht, der ein besserer Mensch ist als er. Kolenc ist halt ein Durchschnittsmensch, der bei seinen kleinen Kaprizen nur deswegen bleibt, weil er Angst hat, Taten zu setzen. Mit der Liebe zu Schuhen und Büchern, dem Anschein eines unschädlichen, schon etwas in die Jahre gekommenen Herren und der etwas naiven Sprache eines Halbintellektuellen aber ist er dem durchschnittlichen Leser verführerisch lieb, und der identifiziert sich leicht mit diesem Helden. Direkt ein bißchen zu leicht. Ich weiß es, weil ich das Manuskript herumgab. Alles ist so natürlich und unprätentiös, oder? Die Reaktionen waren in der Hauptsache gut. Ich fügte mir mit dieser Schrift aber Schaden bei den intellektuellen Lesern zu, das heißt bei den Verlagslektoren. Davon war schon die Rede.

Wie ist dann deine Schreibtechnik: Plan oder »momentane Inspiration«?

Ach, ich würde Inspiration nicht a priori abtun. Es gab aber eine Notwendigkeit. Diesen Winter hörte ich zu malen auf und stellte die Schreibmaschine auf den Tisch. Es war wie im Jahr 78, nur umgekehrt. Und ich begann mit zwei Fingern: »Als ich neulich zu Ančka Kujk kam, war der 21. 1. 1991. Zuerst erblickte ich am oberen Treppenabsatz (...) eine Katze. Es war eine von der grauen Sorte, getigert, gewöhnlich.« Und so weiter. Satz für Satz, ohne zu wissen, was rauskommen würde. Jetzt ist der Text natürlich ein wenig anders und eingerichtet. Das zweite Kapitel war das jetzige dritte, und für die Beschreibung Milčeks verwendete ich die Beschreibung meines Freundes Flajšman, der zwar kein Koch ist, dafür aber ein fürchterlicher Esser. Und am Ende erschien es mir spaßig, daß er auf dem Klo den Löffel abgibt. Im dritten Kapitel beschrieb ich die Wohnung und erwähnte den Brief aus Frankreich ... usw. Interessant, das mit dem Brief. Er war ganz zufällig da. Erst später verwendete ich ihn als wichtige dramaturgische Stütze (oder wie soll ich sagen). Eigentlich fielen mir während des Schreibens aus heutiger Sicht völlig unmögliche Lösungen für Herrn Žani ein. Erst danach, nach dem Unabhängigkeitskrieg, der mir, nebenbei, schrecklich auf die Nerven ging, denn ich hatte eine katastrophal schlechte Konzentration zum Schreiben, danach wurde mir, ohne Frage, die ganze Sache wirklich halbwegs klar. Das heißt, irgendwo in der Mitte. Dann, am 18. August, als der Text getippt war, ließ ich ihn gut drei Monate abliegen (so mache ich das immer), und im nächsten Winter entstand dann praktisch der Roman (oder was es schon sein mag), so wie er jetzt ist. Die zweite Niederschrift, wenn du praktisch alles hast, nur noch weglassen und hinzufügen mußt, ist konkurrenzlos unter den Genüssen.

Was ist mit Porkasvet,* der eine Art »Kultroman« wurde, hattest du für ihn einen Plan?

Nicht einmal. Nur die ungefähre Vorstellung von einem ziemlich ekelerregenden Typen, der aber seine Geschichte sympathisch offen erzählen wird. Und das Romanchen erhielt genauso erst beim zweiten Schreiben diese Kraft, ohne die es die erwünschte Gleichsetzung zwischen Leser und Held nicht gibt, jedenfalls keine attraktive Lektüre. Ich begann ihn im Juni 92 und setzte, so wie bei Šolen, den Beginn der Handlung auch in diesem Monat an. Etwas aber ist interessant. Von meinem dritten Buch,** dessen Aufbau ich gleich am Anfang ziemlich klar vor mir hatte, mußte ich acht Versionen schreiben, aber wirklich Versionen, nicht nur Korrekturen, sodaß es letztendlich auf einer Stufe vor dem zweiten Schreiben ist. Am meisten quälte mich die Sprache. Ich kriegte die Rede- und Ausdrucksweise des Haupthelden in keiner Weise hin. Auch dieser erzählt selbst seine Geschichte. Die Sprache, die ich bei Šolen und bei Vojc Pujšek sofort hatte, war bei diesem Menschen die ganze Zeit unmöglich. Jetzt habe ich sie gefunden. Farblos und geizig, doch voll verschlissenem Pathos und absolut ohne Humor. Meine Absicht ist aber, daß es den Leser vor Lachen zerreißt. Äh, jetzt mach doch mal halblang. Ein vorheriges Konzept, heißt das, nützt überhaupt nichts.

---

* Zoran Hočevar: Porkasvet. [Scheißwelt.] Ljubljana: Državna založba Slovenije 1995. (Zbirka Drzni znanilci sprememb.) (Anm. d. Ü.)
** Zoran Hočevar: Za znoret. Roman. [Zum Durchdrehen.] Ljubljana: Državna založba Slovenije 1999. (Zbirka Drzni znanilci sprememb.) (Anm. d. Ü.)

Wieviele Leute im Roman hast du dir bei dir zu Hause ausgeborgt? Wird jemand böse sein, wenn er sich wiedererkennt?

Milček ist fast das wortwörtliche Abbild meines Freundes und figuriert nur als wichtiges Glied in Šolens Geschichte. Pepček könnte Šolens Ersatzvater sein. Aber Pepček ist vielleicht auch die Verkörperung meines Bedürfnisses nach einem Vater. Wenn nicht nach einem Vater, dann wenigstens nach einem Bruder, denn mein eigener Bruder ... Ich meine, wenn dich das interessiert, solche Dinge ... Aber fangen wir mit meinem Vater an. Er wurde im neunzehnten Jahrhundert geboren, kämpfte in Saloniki und bei Maister,* war Tischler, Sokolturner und Sänger. Ein Pfundskerl, der noch mit sechzig den Handstand am Barren machte. Doch schau dir den Vogel an. Die Traditionstreue erlaubte ihm nicht, sich dann, als die Kinder da waren, noch irgendwie um sie zu bemühen. Aber wenn ich jetzt, was Erziehung und

---

* Saloniki: an der Front, die zwischen dem Golf von Orfani und der Meerenge von Otranto verlief, kämpften von 1915 bis 1918 slowenische Freiwillige in den serbischen Einheiten auf seiten der Entente; diese, zumeist Deserteure der k. u. k. Armee, formierten sich in Rußland zu Divisionen, die über England und Frankreich zum Einsatz geschickt wurden. Sie kämpften durchaus für ein befreites Serbien. Maister: Rudolf Maister (1874-1934), Offizier der k. u. k. Armee, nach deren Zusammenbruch vom Nationalen Rat für Štajersko zum General und Befehlshaber über die gesamte Untersteiermark bestellt; unter seinem Kommando wurden die bis Mitte 1919 dauernden Kämpfe um den Verlauf der nördlichen Grenze des SHS-Staates geführt. Während er erreichte, daß Maribor im Gebiet des heutigen Slowenien verblieb, blieben seine militärischen Erfolge im heutigen Südkärnten nicht von Dauer. Auf Beschluß der Pelbiszitkommission mußte Maister im September 1919 Kärnten verlassen. In der Volksabstimmung 1920 sprach sich die Mehrheit der Bevölkerung des gemischtsprachigen Abstimmungsgebiets für den Verbleib bei Österreich aus. (Anm. d. Ü.)

Prügel betrifft, Mama und ihn vergleiche, kann ich ihm unendlich dankbar sein, denn er ließ mich wenigstens in Ruh. Und jetzt mein Bruder. Auch er, gleich 21 Jahre älter als ich, kümmerte sich nie um mich, trotz meines fast greifbaren Wunsches, daß er mich irgendwie als Sohn oder wenigstens als Freund ansehen würde. Überhaupt aber zog er schon bald nach meiner Geburt und dem Krieg in eine andere Stadt und hatte *seine* Familie, was sollte er mit mir. Myein Bedürfnis nach einem verstehenden Vater oder älteren Bruder blieb somit unausgelebt. Eine Spur davon ist Žanis Freundschaft mit Pepček, der gleich um einiges älter gewesen ist. Doch für Pepček verwendete ich nicht meinen Bruder, obwohl er übrigens Partisanenoffizier war. Literarisch lieber war mir sein einstiger Freund, ein Altersgenosse, ein tatsächlich sehr jung pensionierter Offizier, der auch wirklich Fregattenkapitän war, was, glaube ich, so viel wie ein Oberstleutnant ist. Dann, gegen Ende des Buches, ja, dort habe ich dann meinen Bruder in der Person des Onkel Samo, eines hohen UDBA-Offiziers, der sich aus Belgrad wegen der Hinterlassenschaft aufspielt, mich aber überhaupt nicht in Rechnung stellt ... Willst du noch mehr von der Art? Woher habe ich zum Beispiel Jožef? Jožica war der Name meiner Mama, die trotz ihrer Freigeistigkeit, außerordentlichen Klugheit und Belesenheit ein richtiger Teufel sein konnte. Aber nur darin ist eine Ähnlichkeit, und im Namen, keinesfalls im Äußeren, und auch im Charakter nicht. Jožef war auch mein Taufname. Dann aber einmal, als ich einen neuen Ausweis bekam und sie mir sagten, ich müsse für zwei Namen ein amtliches Gesuch einreichen, legte ich ihn glatt ab, wie irgendein unangenehmes Alter ego. Wenn du mich aber fragst, ob jemand böse sein wird, sage ich dir nein. Sie sind schon tot. Aber Milček, der ist sehr lebendig. Nur, vor ihm habe ich wenig Angst.

Und Vlasta?

Vlasta? Wahrscheinlich denkst du an diese traumatische Szene. Zu diesem Thema habe ich nichts Interessantes. Ich schlenderte einmal zusammen mit meiner Freundin Jelena die Kneza Mihaila in Belgrad entlang. Extra für mich hatte sie sich ungemein schön angezogen, obwohl sie sonst als Malerin angemessen lax war. Aber es gefiel mir. Kein Problem. Vielleicht tut es mir aber immer noch leid, daß wir an diesem Tag nur spazieren gingen.

Gibt es noch etwas »Wahres«? Irgendwelche Sachen, Situationen, Menschen?

Zuerst Šolens Bibliothek, die im Grunde die Bibliothek meiner Mutter ist. Dann der taube Jože und die Modellsteherin Marička. Und der Winter war genau so, und mit den Uhren war es wirklich so. Real ist auch die Nachbarin Karla, diese Bank am Breg vor Haus Nr. 10 und Kastelic, der vorbeikam. Aber wir gaben uns nicht die Hand. Ich saß nur dort. Sachliche Fakten gibt es eigentlich sehr wenige im Buch, wenn man bedenkt, wie viele ich einarbeiten wollte. Im Zusammenhang mit Šolens Perzeption der Welt beschrieb ich so einiges auf den Straßen, die Schwarzwechsler zum Beispiel, dann diese russische Band am Eck vor dem Magistrat, dann waren mehr bekannte Leute drin und viel mehr politisches Geschehen, mehr beknackte Grübeleien über irgendwas, mehr Details, sogar diverse Klinken, Türen, eine Anzahl von Stiegen, Materialien ... Dann behielt ich natürlich nur das unbedingt Nötige und die gelungensten Beschreibungen bei. Lange befaßte ich mich zum Beispiel mit diesem Hauptproblem Šolens, du weißt schon, daß er keine für sich findet, keine wirklich Passende für sich als einer außergewöhnlichen Rarität. Er erinnerte sich etwa, wie er einmal in der Trubarjeva ging und ihm so eine Mollige in die Arme fiel, die beim Hinausgehen aus der Boutique Bobenček am oberen Treppenende stolperte. Es war etwas zu komisch. Ich wollte irgendwie mit Gewalt auch diesen Bobenček drinnen haben, ein bißchen wegen des sympathischen Namens, ein bißchen, weil das einer der ersten privaten Läden dieser Art war, die dann irrsinnig um sich griffen. Aber dann kam das und noch manches raus, ich sag ja. Einmal begegnete ich auch Kolenc persönlich. Ganz genau so einer bog beschleunigt an mir vorbei in die Markthalle ein. Im Grunde gibt es hier, wahrscheinlich im Gegensatz zu ihrem Selbstbild, eine Menge Leute von dieser Art. Ljubljana ist ihre Stadt. Die erfundensten Personen sind Vlasta und Kika, versteht sich. Es gibt aber auch solche, das wollen wir nicht bestreiten. Später lernte ich sogar eine solche Self-Made-Woman wie Frau Perova kennen.

Welches Kapitel hat dich am meisten beschäftigt?

Das sechzehnte. Die »Abrechnung« des Herrn Kolenc mit dem Untermieter. Dazu will ich sagen, daß Šonc Jusstudent ist, weil meine Tochter damals Jus studierte. Mit diesem Kapitel schlug ich mich ich weiß nicht wie oft herum, weil es als das entscheidende perfekt sein mußte. Was mir daneben am meisten Arbeit machte, war diese Grübelei Šolens, als er im zweiten Kapitel von Ančka nach Hause kommt und feststellt, daß er nur Fehler macht. Nebenbei, diesen Gedankengang gab es in der ersten Fassung gar nicht. Die wenigsten Probleme hatte ich mit dem dritten Kapitel. Es blieb fast unverändert.

Was schreibst du am liebsten?

Dialoge. Es ist schön, sich in eine einzelne Person einzuleben und aus ihrer Beschränktheit heraus zu sprechen. Darum sind Dialoge auf der anderen Seite aber auch eine anstrengende Arbeit. Von einem komplexeren Gespräch läßt sich nicht mehr als eine halbe Seite am Tag niederschreiben. Und selbst diese erfährt an vielen nachfolgenden Tagen eine strenge Revision.

Kürzlich wurde in Nedelo ein Interview mit einem bekannten Önologen veröffentlicht. Sie fragten ihn alles, nur nicht, was für einen Wein er am liebsten trinkt. Also?

Am liebsten habe ich Literatur, die diese triviale Verzweiflung so getreu wie möglich abbildet, ohne Inspirationen und Überbau. Kein Wunder also, wenn mir Platon, der zum Nutzen des Staates das ganze Künstlergeschmeiß vernichten will, am besten erscheint. Also seine *Apologie* und das *Symposion*, Cellinis *Mein Leben*, die *Dunkelmännerbriefe*, *Rameaus Neffe*, Hugos *Teufelsschiff*, Vä-

ter und Söhne, der erste Teil des *Idioten*, die Novellen Čehovs, *Moby Dick, Drei Männer im Boot*, Londons Erzählband *Die Teufel auf Fuatino, Die Bratküche zur Königin Gänsefuß, Pan*, das *Porträt des Künstlers als junger Mann* und das erste und noch ein Kapitel (das in der Bibliothek spielt) des *Ulysses, Der gute Soldat Švejk* (aber nur Hašeks Teil), *Der Ekel*, die *Travniker Chronik, Der Tod in Vendig, Die Geschäfte des Herrn Julius Cäsar, Der schöne Sommer, Kaltblütig*, die ersten drei Kapitel von *Humboldts Vermächtnis*, Kunderas *Symposion*. Nicht ertragen kann ich folgende Titel: *Das Schloß, Lebensansichten des Katers Murr, Moravigne, Wenn ein Reisender in einer Winternacht*. Übrigens, wenn du glaubst, ich habe Schreiben aus Büchern gelernt, irrst du dich. Ich habe eigene Erfahrungen.

Eine Dame hat vor kurzem gesagt: bis zum dreißigsten Lebensjahr sind für alles deine Eltern schuld, von da an aber – ich bitt' schön – du allein. Aber die Leute haben angeblich Interesse an Kindertraumen, an Datteln und Maiglöckchen.*

Bis zum siebten Lebensjahr, bis zur Schule, ließen mir meine Eltern völlige Freiheit. Wir wohnten in der Stadt, was Metlika trotz seiner

---

* Zum letztgenannten Titel vgl. Prežihov Voranc: Maiglöckchen. Elf Kindheitsgeschichten. Aus dem Slowenischen neuübersetzt von Klaus Detlef Olof. Klagenfurt: Wieser 1993. Die Erzählung Datteln entspricht Kapitel 5 von Ivan Cankars autobiographischen Skizzen Mein Leben, vgl. Ivan Cankar: Der Sünder Lenart. Aus dem Slowenischen übersetzt, mit Anmerkungen und einem Nachwort versehen von Erwin Köstler. Klagenfurt: Drava 2002. (Band 8 der in Einzelbänden erscheinenden Werkausgabe Ivan Cankar in deutscher Sprache. Übersetzt und herausgegeben von Erwin Köstler.) (Anm. d. Ü.)

Kleinheit jedenfalls ist – und nicht einmal Ljubljana ist in dieser wesentlichen Dimension, wenn überhaupt, viel größer – ich trieb mich aber unter anderem auch in kilometerweit entfernten Dörfern herum. Allein, weil die übrigen Eltern ihren Kindern so etwas nicht erlaubten. Kannst du dir denken, daß ein Kind von seinem vierten bis zum siebten Lebensjahr ganze Tage herumwandert, sich zu allen Arten von Leuten gesellt, Kühe hütet, sogar allerlei Sexualität kennenlernt, Bomben zerlegt und zu den Häusern Brot betteln geht? Heim ging ich nur zum Schlafen. Auch später interessierte mich alles andere, nur die Schule nicht. Ich zeichnete und las aber gern. Doch später, wenn du erwachsen wirst (was sehr unangenehm sein kann) und du dich schließlich entscheidest, Künstler zu werden, wenn du schon die Prädispositionen bei dir festgestellt hast, ist es gut, wenn du, wie Paul Klee, auch auf die besten Einflüsse und auf jede billige Meisterschaft verzichtest und dich auf diese Kindergefühle stützt, die dir noch geblieben sind. Es ist aber eines der seltenen Dinge, derer ich mir völlig bewußt bin, ich meine, im Hinblick darauf, was ich in der Literatur will, nämlich der Wunsch, daß sich sowohl die gemeinen Motten als auch die Gebildeten meine Bücher und Dramen schnappen. Als Vorbild schweben mir die *Dunkelmännerbriefe* vor. Die scharfsinnigen Leute, ideelle Führer und Förderer der Reformation, die sie, übrigens anonym, aus Sicherheitsgründen im Latein der katholischen Pfarrer schrieben, erreichten, daß das gewöhnliche Zielpublikum die Sache ernst nahm (konkret in England, am meisten), die Klugen aber amüsierten sich köstlich.

Ist das slowenische Buch zufällig aus dieser Liste herausgefallen?

Nein. Doch was soll's, wenn der beste slowenische Text *Martin Krpan* ist!* Der aber fällt nicht unter die mir wirklich lieben Bücher, obwohl er ein Meisterwerk ist. Und die *Chronik von Visoko* ist in Ordnung.** Tavčars Buch nicht deshalb, weil ich in seinem Haus gewohnt und auf dem Dachboden ein Typoskript des sechsten Kapitels gefunden habe. Das Buch ist wohl gut geschrieben, die Finte zur Rettung Agates aus dem Wasser aber ist ein wenig zu seicht. Und der gütige Bischof könnte eine etwas komplexere Figur sein. Wenn er ein richtiger Herr wäre, das heißt raffinierter und geistreicher und arroganter, könnte er sich leichter erlauben, den Bauern eine solche fast idiotische Finte hinzuschmeißen. So aber sieht es aus, als wäre er selbst fast nicht draufgekommen.

Und die zeitgenössische slowenische?

Ich kann kein Buch neben die oben aufgezählten stellen. Und noch etwas: weil ich in letzter Zeit überhaupt wenig lese, möchte ich nicht das, was ich gelesen habe, vor etwas stellen, das ich nicht gelesen habe.

Und Frauenliteratur?

Die existiert nicht.

---

* Vgl. Fran Levstik: Martin Krpan. Aus dem Slowenischen von Helga Mračnikar. Klagenfurt: Drava 1983. (Anm. d. Ü.)
** Vgl. Ivan Tavčar: Die Chronik von Visoko. Aus dem Slowenischen übersetzt und herausgegeben von Werner Engel. Würzburg: Königshausen & Neumann ²1998. (Anm. d. Ü.)

Die Regale in den Buchhandlungen der Welt sind voll davon.

Wovon sprichst du? Von Literatur? Von den schönen Künsten oder vom Häkeln? Ich habe keine Ahnung, wovon du sprichst. Ich weiß aber, immer, wenn ich irgendwo auf etwas Fades, schon hundertmal Ausgelutschtes stoße, kommt dies in der Regel aus einem empfindsamen Frauenherzen. Ich verstehe diese Besessenheit der Frauen mit der Frauenliteratur nicht. Noch meine Mama zum Beispiel nahm es Kardelj während seines Aufenthalts als Illegaler in unserem Haus wahnsinnig übel, daß er unter allen ihren Büchern für sich nur irgendeinen amerikanischen Schund mit dem Titel *Dichter und Bandit* fand, mir aber drängte sie Zofka Kvedrova auf, ich solle über ihre Töchter, diese Vladka, Mitka und Mirica, lesen. Wie sie wachsen, wie ihre Beinchen dick werden, und welche Schühchen, o Wunder, Mitka für die Sonne geeignet erschienen, und welche für den Regen, und wie ihr Mutterherz, ich meine Zofkas, dabei bebte. Kürzlich aber fuhren mir ein paar kleine Gedichte dieser Polin, die letztes Jahr den Nobelpreis bekommen hat, ein (sie erschienen in den Razgledi). Das eine Gedicht zum Beispiel, in dem sich ein Kater im stillen aufregt und auf sein Frauchen flucht, weil sie ihn allein in der Wohnung gelassen hat. Das Tier versteht eben nicht, daß sie gestorben ist. So macht man das. Aus Kleinem Großes. Und dann ist das selbstverständlich nicht mehr nur Frauenliteratur.

Nur?

Ja, nur Frauen – ist schlecht. Wenn etwas nur Männerliteratur ist, auch. Und überhaupt, mich über Literatur fragen! Schon von Natur aus bin ich kein Kunstkonsument. Wenn schon, dann interessiert mich mehr als die jetzige literarische Produktion die augenblickliche bildende Kunst. Besser gesagt, ich lasse mich gern von solchen Leckerbissen umhauen, wie es zum Beispiel diese Deacon-Statue in der Mala galerija war, oder Baršis Installation in Venedig, die Skulpturen von Rachel Whiteread – besonders diese Badewanne aus Kautschuk von ihr, dann die letzten Bilder von Bojan Gorenc, die alte verdorbene Louise Bourgeois überhaupt, dann die Installationen von Cornelie Parker – du weißt ja, sie sammelt am Strand die von den Gezeiten schon abgerundeten Steine auf, die früher Teil eines Fischerhauses waren, dann läßt sie jeden einzelnen an einer Angelschnur von der hohen Decke hängen und stellt so von neuem ein aufgelockertes, luftiges Häuschen zusammen; dann Marina Abramović, sowieso, dann ...

Du zählst viele Frauen auf ...

Ja, hier sind aber die Frauen sehr stark. In der heutigen bildenden Kunst sind eine Menge Frauen. Sie haben sich gefunden. Diese Schweizerin Pipilotti Rist hatte heuer in Venedig ein wunderbares Video. Ein fröhliches Mädchen geht langsam mit der Metallimitation irgendeiner tropischen Blume auf dem Gehsteig und schlägt vollkommen dionysisch die Fensterscheiben der parkenden Autos ein, und eine Polizistin geht vorbei und salutiert ihr. Wenn du jetzt eine Erklärung haben willst, ich habe keine, weil das eine hauptsächlich visuelle Angelegenheit ist, aber sicher ist eines: Pipilotti Rist macht vielleicht wirklich etwas wie Frauenkunst, die aber absolut nicht schwach ist.

Du bist auch Maler?

Ich war es, aber keiner vom romantischen Typ, vom bekennenden, der sich das Herz aus der Brust reißt und es in Stücke schneidet. Meine Absicht in all diesen zwanzig Jahren war, aus dem Chaos der schwarzen und weißen Striche auf der Leinwand nicht einmal ein System zu machen, eher wohl die Ahnung von etwas Tierischem dazwischen, irgendwo da drinnen. Das, im wesentlichen. Doch wirklich gelungene Bilder habe ich nur ein paar. Übrigens habe ich in meiner konsequentesten Zeit kaum vier Bilder im Jahr gemacht, und das bei zwölfstündiger täglicher Arbeit. Und interessant, daß mich damals die zeitgenössische bildende Kunst nicht interessierte. Ich hatte keinen Begriff davon, was in der Welt vor sich ging. Einmal kam Kapus zu mir und fing etwas über Ausgangspunkte ähnlich wie bei Newman zu reden an ... Welchen Newman meinst du, sagte ich, Randy? W-was für einen Randy, sagte Kapus, gotteswillen ...! Barnett! ... Vielleicht werde ich dann mehr die zeitgenössische Literatur verfolgen, wenn ich – und falls ich – wieder zum Malen oder Zeichnen oder Darmaufspulen oder was auch immer in diesem Sinn übergehe.

Jetzt malst oder zeichnest du nichts?

Nichts. Aber nicht aus Mangel an Energie. Ich habe eben die Möglichkeiten des Manipulierens mit schwarzen und weißen Linien ausgeschöpft und bin rückblickend auf die Fehler draufgekommen. Manchmal zeichne ich nur mehr etwas auf irgendein Stück Papier, ein wenig zur Meditation, ein wenig, um nicht ganz und gar alles, worin ich gut bin, zu vernachlässigen. Denn gut zeichnen und auf eine eigene Art zu zeichnen, das ist eine Lehre, die lange dauert. Der zweite Grund dafür, daß ich aufhörte, bildender Künstler zu sein und Literatur zu schreiben begann, ist materieller Natur. Es wurde mir immer schwerer, auf dem Rücken meiner Frau zu leben. Von meinen Bildern verkaufte ich in zwanzig Jahren kaum fünf, und alles für eine Bagatelle. Bei uns gibt es sozusagen keinen Markt, und das Interesse für bildende Kunst dreht sich im allgemeinen erst um den Impressionismus und nur um einige spätere etablierte Namen, trotz einer verbesserten Steuerpolitik in diesem Sinn. Aber bitte, dieser zweite Grund ist zweitrangig. Gleichzeitig mit dem Verschwinden des Interesses für die bildnerische Arbeit verspürte ich eben wieder das Bedürfnis, etwas zu schreiben, wie es schon einmal war. 1976 war im Experimentaltheater Glej mein Stück in Versen *Potepuhi* [Die Vagabunden] aufgeführt worden. Und ich erinnerte mich, in welche Euphorie ich während des Schreibens dieses Stücks gefallen war. Nein, vor allem das, die Erinnerung an die einstige Begeisterung, brachte mich, neben dem immer geringeren Interesse am Malen, zur Literatur zurück. Beziehungsweise vorwärts. Weil etwas Neues getan werden mußte. Und weil mich die Natur des Menschen interessiert, diese »illustrative«, vom bildnerischen Standpunkt aus eigentlich unappetitliche. In Ordnung, ich möchte trotzdem noch einmal auf das hiesige Verständnis der bildenden Kunst zurückkommen. Richtig widerlich, wie wenig Bedürfnis es hier nach visuellen Genüssen gibt, wenn ich schon nicht sagen kann, es gibt keines nach genußvoller Lektüre. Als fehlte uns etwas. Als hätten wir Angst, uns visuell und in der Berührung auszuleben. Ich glaube, es ist eine große Sünde, wenn du so vor einem Stuhl stehst, dessen Sitzfläche der Künstler entfernt hat, und vor einer nackten Frau, die durch den Stuhl ihren nackten Arsch streckt und dich auffordert, dich zu setzen, du aber sagst: was ist das wieder für eine unverschämte Frechheit! Wo ist die gute alte Kunst, die meine Seele erfüllt und mich kulturell hebt?! ... Da fehlt noch ziemlich viel, bevor wir uns nicht nur mit dem Verstand bewußt werden, daß gute Kunst immer riskant und dreist war. Und daß heute auch der Betrachter beziehungsweise der zufällige Teilnehmer immer mehr riskieren muß. Man muß sich halt auf das Abenteuer einlassen. Sich mit dem nackten Arsch auf den nackten Arsch setzen. Egal, was passiert.

Und das wird dann im Roman die Szene sein, wo sich Herr Kolenc mit seinem Studenten anfreundet.

So ungefähr.

Aber deswegen hat seine Uhr sich noch nicht bewegt. Nicht eine Minute.

Na klar. Und selbst diese drei Minuten nach dem Kampf mit Jožef hat er ziemlich billig gekriegt.

Seine Uhr würde eigentlich erst dann wieder gehen, wenn er anfinge, etwas zu arbeiten, etwas zu produzieren. Aber Achtung, so eine Uhr wird für den Fall, daß sich einer zu sehr beeilt, zur Höllenmaschine. Je schneller er geht, umso früher bringt sie ihn um, den Antreiber. Im Falle von Künstlern kann dies die Zeitbombe in Form des Unverständnisses der Umgebung sein. Aber um Šolen muß man keine Angst haben, nicht? Er ist kein Genie.

Für den Leser oder die Leserin ist das Spiel zwischen dir und Kolenc amüsant. Wer schreibt eigentlich, du oder er? Letzten Endes bewahrt unser Volk die Beweise auf: Janez Kolenc hat einen Leserbrief an Delo geschrieben, oder?

Ach, lassen wir diese Spiele. Kolenc ist unser lieber Slowene. Von uns Slowenen ist bekannt, daß wir es ziemlich mit den Gelenken haben. Wahrscheinlich sind die Leute hier zu viel gekniet. Weiters, wir schreiben gern Leserbriefe, was auch fast schon ein Anzeichen von Krankheit ist. In einem kleinen Volk gibt es wenige Genies, und die kleine Umgebung erträgt noch die paar, die geboren werden, nicht. Wir sind freilich *einigermaßen* klug und wenigstens soweit auch kultiviert, daß wir auf unser Benehmen und auf unsere Konfektionssachen aufpassen können, wir fürchten aber die Šimecs, die einfach so, mir nichts dir nichts, ein Fenster einbauen möchten, und vielleicht noch eines zu einem finsteren Loch. Wenn ich diesen Herrn Kolenc auch menschenfreundlich behandle, mache ich mich doch ein wenig über ihn lustig. Ich amüsiere mich, kurz gesagt.

Und ich möchte, daß sich auch die Leser amüsieren. Und daß wir auch diese ganze, bislang so leidende Kultur als einen im Grunde entspannenden Zeitvertreib zu nehmen beginnen. Hat es doch selbst Kolenc sogar irgendwo gut auf den Punkt gebracht, daß wir schlußendlich ein altes Volk sind. Hören wir endlich einmal auf damit, mit stürmischer Seele herumzuwüten, setzen wir uns an ein Tischchen und trinken wir einen guten Kaffee mit Schlag.